13.09. – 1

El profe

Charlotte Brontë

El profesor

Prólogo de
Nora Catelli

Traducción de
Gemma Moral Bartolomé

GRANDES ESCRITORAS

Título original: *The Professor*
Traducción: Gemma Moral Bartolomé

© 2009, de la presente edición RBA Coleccionables, S.A.
© de la traducción: Gemma Moral Bartolomé
Traducción cedida por Alba Editorial, s.l.u.
© del prólogo: Nora Catelli

Diseño de la cubierta: Llorenç Martí
Foto de cubierta: Corbis

Reservados todos los derechos. Ninguna parte de esta publicación puede ser reproducida, almacenada o transmitida por ningún medio sin permiso del editor.

ISBN: 978-84-473-6121-2
Depósito legal: M-1.776-2009

Impreso por Dédalo Offset, S.L.

Impreso en España - Printed in Spain

Prólogo

En el siglo XIX el genio de las hermanas Emily y Charlotte Brontë no tiene parangón.

Su biografía es ejemplar y moderna a la vez, ya que no fueron privilegiadas ni por origen ni por formación; su destino literario las muestra como dos escritoras distintas, tan innovadoras y opuestas como paralelas en talento. De hecho, nada les fue fácil ni a ellas ni a los otros cuatro hijos de Maria Branwell y Patrick Brontë, pobre y autoritario pastor anglicano de Haworth, en el condado de Yorkshire.

Maria, Elizabeth, Charlotte (1816-1855), Patrick Branwell, Emily y Anne, niños de gran inteligencia y precocidad, compartían, con el solo recurso a la biblioteca del padre, un mundo de extraordinaria fantasía. La madre murió en 1821; Maria y Elizabeth en 1824. Unos meses antes, las cuatro hermanas mayores habían estado internadas en la escuela para hijas de clérigos sin recursos de Cowan Bridge, donde pasaron hambre y frío, como describió Charlotte en Jane Eyre. Mientras Patrick Branwell empezaba una vida de disipación, las hermanas supervivientes volvieron a Haworth. Entre 1835 y 1848 Charlotte y Anne se ganaron la vida como institutrices y maestras; tras estudiar en el Pensionnat Héger de Bruselas, en 1843 la primera regresó a Bélgica como profesora de inglés; en sus novelas El profesor y Villette *plasmó la experiencia.*

En 1845 Charlotte descubrió los extraordinarios poemas secretos de su hermana Emily, que seleccionó y publicó, junto con algunos propios y otros de Anne, la tercera escritora Brontë y la menos dotada. Fue el surgimiento de «Currer, Ellis y Acton Bell», el triple pseudónimo masculino del que Charlotte, muertas sus hermanas, se deshizo en 1850.

Aun ocultándose tras identidades masculinas, sus inicios literarios fueron duros. Después de abandonar Bélgica, Charlotte empezó El profesor, la primera de sus obras, que fue rechazada por su editor y publicada de modo póstumo en 1857. Curiosamente ese frustrado intento fue seguido en 1847 por el éxito inmediato de Jane Eyre.

Entre julio de 1848 y enero de 1849 se sucedieron las muertes de Patrick Branwell, de Emily, autora de la inigualable Cumbres borrascosas y de Anne. Entonces Charlotte volvió otra vez a Haworth, junto a su padre; en octubre de 1849 apareció la monumental Shirley, ambientada durante los levantamientos de los trabajadores contra las nuevas fábricas textiles de principios del siglo XIX. En esos años Charlotte empezó a frecuentar las tertulias londinenses de los escritores William Thackeray y Elizabeth Gaskell y, contra la opinión de su padre, se casó en 1854 con el reverendo A. B. Nicholls, que había sido adjunto en Haworth; murió un año más tarde, probablemente de alguna complicación ginecológica. Dos narraciones póstumas, The Secret y Lily Hart, se conocieron en 1978.

No por azar la primera –El profesor– y la última –Villette– de las novelas de Charlotte transcurren en la única ciudad extranjera que conoció bien: Bruselas. A pesar de las diferencias entre el planteo más sencillo de la primera y el mucho más matizado, rico y hasta sensual de la última, en ambas se advierte su inago-

table pasión por la observación y el destino de los débiles y oscuros –maestras, institutrices, industriales, amanuenses– que Brontë convirtió en una materia novelística insólita para la época. Ésa es su gran aportación; puso el arte de la novela al servicio de fuerzas históricas nuevas y, entre ellas, esos personajes de la modernidad que dejaban atrás títulos nobiliarios, lugares fijos en la sociedad, herencias y castas.

Ni en el El profesor *ni en* Villete *hay melodrama, folletín, espectros o cambios de fortuna debidos a la magia o lo fantástico. En un prólogo que dejó preparado para su publicación, Charlotte hizo patente la razón de esa ausencia de elementos espectaculares o extravagantes: «mi héroe debía abrirse camino en la vida tal como había visto que hacían hombres reales». El «hombre real» es el joven William Crimsworth, un huérfano que, rechazado por su acaudalado hermano mayor y poco inclinado a convertirse en clérigo, marcha a Bruselas y se convierte en profesor en un internado de señoritas. Allí observa y compara la forma de ser de católicos y protestantes, desde la higiene, el vocabulario, la cultura, las costumbres y la moral. Pero William no es sólo un observador, sino un personaje complejo, entre la ambición y la pacatería, entre el deseo y la pudibundez, entre las tentaciones del cuerpo y las restricciones de su alma asustadiza. Innovadora en el análisis psicológico de esos actores de la modernidad y sus desafíos, Brontë lo muestra inquieto, observando en secreto a sus alumnas, casi como un* voyeur. *Después lo presenta ejerciendo cierta presión despótica sobre las estudiantes y emitiendo juicios necios sobre ellas y sus destinos. Incluso, al final de la novela, Brontë lo exhibe acechando las reacciones de su mejor amigo para asegurarse, a través de las observaciones de éste, de que su prometida, Frances, es la mujer ideal. Se trata de un juego entre miradas de hombres que se alimenta del oscuro vínculo de la alianza masculina y que Brontë descubre con deslumbran-*

te penetración: para amar del todo a Frances William necesita la aprobación de su amigo de juventud.

Frances será perfecta, porque se trata de una suiza hija de madre inglesa, que reúne lo mejor de las culturas continental e insular y se desenvuelve con exquisita corrección en ambas lenguas. Frances será perfecta, sobre todo, porque el amigo de William la aprueba. Tras superar algunos malentendidos, ella acepta casarse con William, no sin antes dejarle claro que seguirá ganando dinero. Esto es profético en la época de redacción de la novela: una heroína que pone como condición continuar trabajando después del matrimonio era, hace ciento cincuenta años, un espécimen raro, escasísimo. Y los dos pondrán en marcha una escuela y serán medianamente felices como antes fueron moderadamente guapos y relativamente exitosos.

¿Por qué leer El profesor? *La novela contradice muchos lugares comunes respecto de la literatura escrita por mujeres: no exalta los sentimientos sino el cálculo, no se abandona a los sueños sino que reivindica la vigilia de los trabajos y las tareas respetables, no lamenta lo prosaico de la modernidad sino que lo celebra. En ese mundo nuevo que la Inglaterra victoriana alumbró al ritmo de la revolución industrial, los trenes, la clase obrera y la idea de que el trabajo y el salario debían ser accesibles para las mujeres, Charlotte Brontë descubrió un programa novelístico del que* El profesor *fue el primer intento: contar la vida de los hombres y las mujeres reales.*

Nora Catelli
Enero 2009

NOTA AL TEXTO

Esta traducción de *El profesor* se basa en las ediciones modernas que parten del manuscrito original, fechado en su última página el 27 de junio de 1846, pero corregido y revisado por su autora en años posteriores, al menos hasta 1851, en sucesivas tentativas —nueve veces frustradas— de encontrar un editor para su novela. El prefacio fue escrito probablemente a finales de 1849 o principios de 1850, con la perspectiva de que la obra fuera publicada poco después de la aparición de *Shirley*. No se publicaría, sin embargo, sino póstumamente, en la edición en dos volúmenes de Smith, Elder de 1857, y firmada por Currer Bell, el seudónimo que utilizó para todas sus novelas Charlotte Brontë.

PREFACIO

Este pequeño libro se escribió antes que *Jane Eyre* y *Shirley* y, sin embargo, no puede pedirse indulgencia para él so pretexto de ser un primer intento. No lo fue, desde luego, pues la pluma que lo escribió había sufrido un desgaste considerable en una práctica de varios años. Cierto es que no había publicado nada antes de empezar *El profesor*, pero en más de una tosca tentativa, destruida prácticamente al ser terminada, había perdido todo gusto por la narrativa recargada y redundante en favor de una hogareña sencillez. Al mismo tiempo, había adoptado un conjunto de principios sobre la cuestión de los episodios y demás que, en teoría, merecerían la aprobación general, pero cuyos resultados, al ser llevados a la práctica, son a menudo para un autor motivo más de sorpresa que de placer. Me decía que mi héroe debía abrirse camino en la vida tal como había visto que hacían hombres reales, que no debía recibir jamás un solo chelín que no hubiera ganado, que ningún vuelco súbito debía elevarlo de la noche a la mañana en riqueza y posición social, que cualquier pequeño bien que pudiera adquirir debía obtenerlo con el sudor de su frente, que antes de hallar siquiera un cenador en el que sentarse debía ascender al menos hasta la mitad de la Colina de la Dificultad, que jamás habría de casarse con una mujer rica, ni hermosa, ni con una dama de alcurnia. Como hijo de Adán, habría de compartir su destino: trabajo durante toda la vida combinado con una moderada dosis de placer.

Más adelante, sin embargo, descubrí que los editores en general no eran grandes partidarios de tal sistema, sino que preferían algo más imaginativo y poético: algo más acorde con una fantasía muy elaborada y un gusto innato por el patetismo, con sentimientos más tiernos, elevados, alejados de este mundo; de hecho, hasta que un autor intenta vender un manuscrito de esas características no puede saber cuántas reservas de romanticismo y sensibilidad yacen ocultas en el seno de quienes jamás habría sospechado que albergaran tales tesoros. Es creencia común que los hombres de negocios se inclinan preferentemente por la realidad; esta idea suele resultar falaz cuando se pone a prueba: una apasionada inclinación a lo exacerbado, lo extraordinario y excitante, a lo extraño, lo sorprendente y desgarrador agita almas que muestran una superficie serena y sobria.

Dadas las circunstancias, el lector comprenderá que, para haberle llegado en forma de libro impreso, este breve relato ha tenido que bregar en varios frentes —como en verdad ha ocurrido, aunque, después de todo, la lucha más encarnizada y la prueba mayor aún está por llegar—, pero su autor se tranquiliza, aplaca sus miedos, se apoya en el bastón de una moderada esperanza y murmura para sí, al tiempo que levanta los ojos hacia los del público:

«El que está abajo no ha de temer caída alguna.»*

---

* Esta cita, aunque no textual, pertenece al libro moral y alegórico *El peregrino (The Pilgrim's Progress)*, del escritor y predicador inglés John Bunyan (1628-1688), obra muy difundida en los países de habla inglesa. A lo largo de *El profesor* se suceden varias referencias a esta obra, como la Colina de la Dificultad, que se menciona más arriba, e incluso se ha llegado a establecer cierto paralelismo entre ambos libros, a lo que contribuyen también las abundantes alusiones bíblicas. *(Esta nota y las siguientes corresponden a la traductora)*.

CAPÍTULO I

El otro día, al revisar mis papeles, hallé en mi mesa la siguiente copia de una carta que envié, un año ha, a un viejo conocido del colegio.

Querido Charles:

Creo que cuando tú y yo estuvimos juntos en Eton no éramos lo que podría llamarse personajes populares; tú eras un ser sarcástico, observador, perspicaz y frío; no intentaré trazar mi propio retrato, pero no recuerdo que fuera especialmente atractivo, ¿y tú? Desconozco qué magnetismo animal nos unió; desde luego, yo jamás albergué por ti sentimiento alguno que se pareciera al de Pilades y Orestes, y tengo razones para creer que, por tu parte, estabas igualmente lejos de cualquier sentimiento romántico. No obstante, fuera de las horas lectivas, estábamos siempre juntos, charlando y paseando; cuando el tema de conversación eran nuestros compañeros o nuestros maestros, nos comprendíamos mutuamente, y cuando yo recurría a alguna expresión de afecto, a un aprecio vago por algo excelente o hermoso, tanto si era de naturaleza animada como inanimada, tu sardónica frialdad no me impresionaba; entonces, como ahora, me sentía superior a tal freno.

Ha pasado mucho tiempo desde que te escribí y más aún desde que nos vimos; el otro día, hojeando casualmente un periódico de tu condado, mis ojos fueron a dar con tu nombre. Empecé a pensar en los viejos tiempos, a repasar los acontecimientos ocurridos desde que nos separamos y me senté para escribir esta carta; no sé cuáles han sido tus ocupaciones, pero oirás, si decides escucharme, cómo el mundo me ha tratado a mí.

En primer lugar, tras abandonar Eton, me entrevisté con mis tíos maternos, lord Tynedale y el honorable John Seacombe. Me preguntaron si quería ingresar en la Iglesia y, en caso afirmativo, mi tío el noble me ofreció el beneficio de Seacombe, que le pertenece; luego mi otro tío, el señor Seacombe, insinuó que, cuando me convirtiera en rector de Seacombe y Scaife, tal vez se me permitiera tomar como señora de mi casa y cabeza de mi parroquia a una de mis seis primas, sus hijas, las cuales me desagradan profundamente.

Rechacé tanto la Iglesia como el matrimonio; un buen clérigo es una buena cosa, pero yo habría sido malísimo; en cuanto a la esposa, ¡oh, la idea de unirme de por vida a una de mis primas es como una pesadilla! Sin duda son todas bonitas y poseen grandes cualidades, pero ninguna que haga vibrar una sola fibra en mi pecho. La idea de pasar las noches de invierno al amor de la lumbre de la salita de la rectoría de Seacombe, solo, con una de ellas, por ejemplo la estatua grande y bien moldeada que es Sarah... No, en tales circunstancias sería un mal marido, igual que un mal clérigo.

Cuando rechacé las ofertas de mis tíos, me preguntaron «qué pretendía hacer». Contesté que debía reflexionar; me recordaron que no tenía fortuna propia ni esperanzas de conseguirla y, tras una larga pausa, lord Tynedale preguntó con seriedad «si tenía la intención de seguir los pasos de mi padre y dedicarme a la industria». Bien, yo no había pensado nada semejante; no creo que mi carácter me capacite para ser un buen industrial; mi gusto, mis ambiciones, no siguen esos derroteros, pero era tal el desprecio expresado en el semblante de lord Tynedale al pronunciar la palabra «industria», era tal el sarcasmo despectivo de su tono, que me decidí al instante. Mi padre no era sino un nombre para mí, mas me disgustaba oír que se pronunciaba con menosprecio ese nombre en mi propia cara; respondí, pues, con vehemente presteza: «No podría hacer nada mejor que seguir los pasos de mi padre; sí, seré industrial». Mis tíos no protestaron; nos despedimos con mutuo desagrado. Al recordar esta discusión, tengo la impresión de que hice muy bien en liberarme de la carga que suponía el mecenazgo de Tynedale, pero fui un estúpido al echarme inmediatamente a la espalda otra carga que podía resultar más intolerable aún y que, desde luego, no había siquiera sopesado.

Al momento escribí a Edward; ya conoces a Edward, mi único hermano, diez años mayor que yo, casado con la hija de un millonario, dueño de una fábrica, y en cuyas manos se halla ahora la fábrica y el negocio que eran de mi padre antes de que quebrara. Ya sabes que mi padre, considerado en otro tiempo todo un Creso, fue a la bancarrota poco antes de fallecer, y que mi madre vivió en la indigencia durante los seis meses posteriores a su muerte, sin recibir sostén alguno de sus aristocráticos hermanos, a los que había ofendido terriblemente al casarse con Crimsworth, el industrial de ...shire. Al final de los seis meses me trajo al mundo que luego abandonó sin mucha pena, creo, pues poca esperanza o consuelo albergaba para ella.

Los parientes de mi padre se hicieron cargo de Edward, así como de mí hasta que cumplí los nueve años. En aquella época quedó vacante la representación de un importante municipio de nuestro condado; el señor Seacombe presentó su candidatura; mi tío Crimsworth, un astuto industrial, aprovechó la oportunidad para escribir al candidato una carta furibunda, en la que afirmaba que, si lord Tynedale y él no accedían a contribuir de algún modo al sustento de los hijos huérfanos de su hermana, daría a conocer su actitud cruel y maligna con ella y haría todo lo posible por dificultar la elección del señor Seacombe. Este caballero y lord Tynedale sabían muy bien que los Crimsworth eran una raza decidida y sin escrúpulos, y también que tenían influencia en el municipio de X, de modo que, haciendo de la necesidad virtud, consintieron en costear mi educación. Me enviaron a Eton, donde estuve diez años, durante los cuales no volví a ver a Edward. Cuando mi hermano se hizo mayor se dedicó a la industria y siguió su vocación con tal diligencia, maña y éxito que en aquel momento, cumplidos los treinta, se estaba haciendo rico a marchas forzadas. De todo esto tenía yo noticia por las cartas escuetas y espaciadas que recibía de él, tres o cuatro al año; cartas que no concluían jamás sin alguna expresión de decidida animadversión a la casa de Seacombe, o algún reproche hacia mí, por vivir, en palabras suyas, de la prodigalidad de dicha casa. Al principio, cuando aún era un niño, no comprendía por qué no podía agradecer a mis tíos Tynedale y Seacombe la educación que me daban, pero a medida que fui creciendo y conociendo poco a poco la persistente hostilidad, el odio que mostraron a mi padre hasta el día de su muerte y los sufrimientos de mi madre, todos los agravios, en suma, contra nuestra casa, empecé a sentir vergüenza de la dependencia en que vivía y tomé la resolución de no aceptar nunca más el pan de unas manos que se habían negado a atender las necesidades de mi madre moribunda. Bajo la influencia de estos sentimientos me hallaba cuando rechacé la rectoría de Seacombe y la unión con una de mis primas.

Habiéndose abierto así una brecha insalvable entre mis tíos y yo, escribí a Edward contándole todo lo ocurrido e informán-

dole de mi intención de seguir su estela y convertirme en industrial; le preguntaba, además, si podía darme empleo. En su respuesta no manifestaba estar de acuerdo con mi conducta, pero decía que podía ir a ...shire si lo deseaba y que «vería qué podía hacerse para conseguirme un trabajo». Reprimí cualquier comentario que pudiera pasarme por la cabeza sobre su nota, metí mis cosas en un baúl y un maletín y emprendí el viaje hacia el norte sin más dilación.

Tras un viaje de dos días (entonces no existían las carreteras), llegué a la ciudad de X una lluviosa tarde de octubre. Siempre había creído que Edward vivía en aquella ciudad, pero descubrí que sólo la fábrica y el almacén del señor Crimsworth estaban situados en medio de la atmósfera humeante de Bigben Close; su residencia estaba a cuatro millas de distancia, en plena campiña inglesa.

Era ya de noche cuando me apeé delante de la verja de la morada que había de ser la mía por ser la de mi hermano. Mientras avanzaba por la avenida vi, a través de las sombras del crepúsculo y de la neblina húmeda y lúgubre que las hacía más densas, que la casa era grande y los jardines que la rodeaban suficientemente espaciosos. Me detuve un momento ante la fachada y, apoyando la espalda en un gran árbol que se elevaba en el centro del jardín, contemplé con interés el exterior de Crimsworth Hall.

Dando por terminadas preguntas, especulaciones, conjeturas y demás, me encaminé a la puerta principal y llamé. Me abrió un sirviente; me anunció; me despojó de la capa y el maletín mojados y me introdujo en una habitación, amueblada como biblioteca, donde ardía un buen fuego y había unas velas encendidas sobre la mesa; me informó de que su señor no había regresado aún del mercado de X, pero llegaría sin duda antes de media hora.

Cuando me dejó a solas me senté en la mullida butaca de tafilete rojo que había frente a la chimenea y, mientras mis ojos contem-

plaban las llamas que arrojaban los carbones ardientes y las pavesas que caían de vez en cuando sobre el hogar, mis pensamientos se dedicaron a hacer conjeturas sobre el encuentro que estaba a punto de producirse. Una cosa era cierta: no corría el peligro de sufrir una grave decepción; mis moderadas expectativas me lo garantizaban, pues no esperaba una gran efusión de cariño fraternal; las cartas de Edward habían tenido siempre un cariz que impedía engendrar o abrigar ilusiones de tal índole. Aun así, mientras estaba allí sentado, aguardando su llegada, sentía inquietud, una gran inquietud, no sé decir por qué; mi mano, ajena por completo al contacto de la mano de un pariente, se cerró para contener el temblor con que la impaciencia la habría sacudido de buen grado.

Pensé en mis tíos, y mientras me preguntaba si la indiferencia de Edward sería igual al frío desdén que siempre había recibido de ellos, oí que se abría la verja de la avenida. Las ruedas de un coche se acercaron a la casa; el señor Crimsworth había llegado y, tras un lapso de unos minutos y un breve diálogo con su sirviente en el vestíbulo, sus pasos vinieron hacia la biblioteca; unos pasos que bastaba para anunciar al amo y señor de la casa.

Yo seguía teniendo un vago recuerdo del Edward de diez años antes: un joven alto, enjuto, inexperto. Cuando me levanté de mi asiento y me volví hacia la puerta de la biblioteca, vi a un hombre apuesto y fuerte, de piel clara, bien proporcionado y atlético. Distinguí, en una primera impresión, un aire decidido y una gran agudeza, que se mostraba tanto en sus movimientos como en su porte, sus ojos y la expresión de su rostro. Me saludó escuetamente y, en el momento de estrecharnos la mano, me examinó de pies a cabeza; se sentó en la butaca de tafilete y me indicó otro asiento con un ademán.

—Esperaba que vinieras a la oficina de contabilidad, en Glose —dijo, y observé en su voz un tono brusco, seguramente habitual en él; también hablaba con el acento gutural del norte, ás-

pero a mis oídos, acostumbrados como estaban a la clara pronunciación del sur.

—El dueño de la posada donde se detuvo la diligencia me dio esta dirección —dije yo—. Al principio dudaba de que estuviera bien informado, puesto que no sabía que residieras aquí.

—¡Oh, no importa! —replicó—. Únicamente he llegado media hora tarde por haberte esperado, nada más. Pensaba que llegarías en la diligencia de las ocho.

Dije que lamentaba haberle hecho esperar; él no respondió, sino que atizó el fuego como si disimulara un gesto de impaciencia y luego volvió a examinarme.

Sentí cierta satisfacción interior por no haber traicionado, en los primeros instantes de nuestro encuentro, ninguna emoción, ningún entusiasmo, por haber saludado a aquel hombre con flema, serenidad y firmeza.

—¿Has roto definitivamente con Tynedale y Seacombe? —preguntó rápidamente.

—No creo que vuelva a tener la menor relación con ellos; creo que mi negativa a aceptar sus propuestas actuará como una barrera entre ellos y yo en el futuro.

—Porque —continuó él— será mejor que te recuerde desde ahora mismo que «ningún hombre puede servir a dos amos»[*]. Una relación con lord Tynedale sería incompatible con mi ayuda. —Había en sus ojos una especie de amenaza gratuita cuando me miró al terminar la frase.

No sintiéndome inclinado a replicar, me limité a especular mentalmente sobre las diferencias que existen en la constitución del pensamiento de los hombres. No sé qué conclusión sacó el señor Crimsworth de mi silencio, si lo tomó por un síntoma de contumacia o por una prueba de que su actitud autoritaria me

---

[*] Véase Mateo 6, 24.

había amilanado. Después de observarme durante un buen rato, se levantó de pronto de su asiento.

—Mañana —dijo— te informaré sobre unos cuantos puntos más, pero ya es hora de cenar y seguramente la señora Crimsworth estará esperando; ¿vienes?

Salió a grandes zancadas de la habitación y yo le seguí. Al atravesar el vestíbulo me pregunté cómo sería la señora Crimsworth. «¿Será —pensé— tan distinta a lo que a mí me gusta como Tynedale, Seacombe, las señoritas Seacombe, como el afectuoso pariente que camina ahora delante de mí? ¿O será mejor que todos ellos? Al conversar con ella, ¿tendré suficiente confianza para mostrar en parte mi verdadera naturaleza, o...?» Mis conjeturas se vieron interrumpidas al entrar en el comedor. Una lámpara que ardía bajo una pantalla de cristal esmerilado alumbraba una bella estancia revestida de paneles de roble; la cena estaba servida; de pie junto a la chimenea había una señora que parecía aguardar nuestra llegada; era joven, alta y de figura proporcionada; su vestido era hermoso y elegante; todo esto lo vi de una simple ojeada. El señor Crimsworth y ella intercambiaron un alegre saludo; ella le regañó medio en broma, medio enfurruñada, por llegar tarde; su voz (siempre tengo en cuenta las voces para juzgar el carácter de las personas) era vivaracha; pensé que indicaba un temperamento alegre. El señor Crimsworth pronto puso fin a sus joviales reproches con un beso, un beso propio aún de un recién casado (ni un año hacía de la boda). Ella se sentó a la mesa de muy buen humor. Al percatarse de mi presencia, me pidió perdón por no haberse fijado antes en mí y luego me estrechó la mano como hacen las señoras cuando, impulsadas por su alegre estado de ánimo, se sienten inclinadas a ser simpáticas con todo el mundo, incluso con conocidos que les son indiferentes. Pude reparar entonces en que tenía un buen cutis y unas facciones suficientemente marcadas, pero agradables; tenía los cabellos rojos, *muy rojos*. Edward y ella hablaron mucho, siempre discutiendo en broma; ella estaba enojada, o fingía estarlo, porque aquel día él había enganchado un caballo muy fiero a la calesa y se había burlado de sus temores. En ocasiones se dirigía a mí.

—Señor William, dígame si no es absurdo que Edward hable así. Dice que enganchará a Jack y no a otro caballo, y ese animal ya le ha tirado dos veces.

Hablaba con una especie de ceceo que no era desagradable, pero sí infantil; pronto vi también que sus rasgos, en absoluto pequeños, tenían una expresión, más que juvenil, de niña pequeña; su ceceo y su expresión eran, no me cabe la menor duda, encantadores a los ojos de Edward, y lo serían para la mayoría de los hombres, pero no para mí. Busqué sus ojos, deseoso de leer en ellos la inteligencia que no veía en su rostro ni oía en su conversación; era alegre, bastante limitada; vi alternarse vanidad y agudeza; la coquetería asomó a los iris, pero aguardé en vano a vislumbrar el alma. No soy como los orientales: los cuellos blancos, los labios y las mejillas rojos, las guedejas de lustrosos rizos no me bastan sin esa chispa prometeica que seguirá viva cuando se hayan marchitado azucenas y rosas y la bruñida cabellera se haya vuelto gris. A la luz del sol, en la prosperidad, las flores están muy bien; pero cuántos días lluviosos hay en la vida —noviembres de calamidades— en los que la chimenea y el hogar de un hombre serían realmente fríos sin el claro y animado resplandor del intelecto.

Tras haber examinado la bella página que era el rostro de la señora Crimsworth, un hondo suspiro involuntario anunció mi decepción. Ella lo tomó como un homenaje a su belleza y Edward, a todas luces orgulloso de su joven esposa, bella y rica, me miró de un modo que oscilaba entre el ridículo y la ira.

Aparté de ellos la mirada para pasearla cansinamente por la habitación, y vi dos cuadros empotrados en el revestimiento de roble, uno a cada lado de la repisa de la chimenea. Dejé de tomar *parte en la jocosa conversación del señor y la señora Crimsworth y me centré en el examen de aquellos dos cuadros. Eran retratos: una dama y un caballero, ambos vestidos a la moda de hacía veinte años. El caballero estaba en la sombra, no lo veía bien; la dama se beneficiaba de un haz de luz que le llegaba directamente de la lámpara, levemente tamizada por la pantalla. La reconocí al instante; había visto antes aquel retrato, en la infancia; era mi madre; ese cuadro y su compañero habían sido las únicas reliquias de la familia que se habían salvado de la venta de las propiedades de mi padre.*

Recordé que el rostro me gustaba cuando era niño, pero entonces no lo comprendía; ahora sabía cuán rara es esa clase de rostro en el mundo y apreciaba grandemente su expresión reflexiva, pero amable. Sus serios ojos grises tenían para mí un enorme encanto, así como ciertas líneas en las facciones que indicaban sentimientos sinceros y delicados. Lamenté que fuera sólo un retrato.

Pronto dejé solos a los señores Crimsworth; un criado me condujo a mi dormitorio; al cerrar la puerta, dejé fuera a todos los intrusos; entre ellos, Charles, también te contabas tú.

Adiós por el momento.

WILLIAM CRIMSWORTH

Jamás tuve respuesta a esta carta; antes de recibirla, mi viejo amigo había aceptado un nombramiento del gobierno para un puesto en una de las colonias y se hallaba de camino hacia el lugar donde desempeñaría sus deberes oficiales. No sé qué ha sido de él desde entonces.

El tiempo libre de que dispongo, y que tenía la intención de emplear en su provecho, lo dedicaré ahora al del público en general. Mi narración no tiene nada de emocionante y, por encima de todo, no es extraordinaria, pero puede que interese a algunas personas que, habiéndose esforzado en la misma vocación que yo, encontrarán a menudo en mi experiencia un reflejo de la suya. La carta anteriormente citada servirá como introducción; ahora, prosigo.

CAPÍTULO II

Una hermosa mañana de octubre siguió a la noche brumosa que había sido testigo de mi llegada a Crimsworth Hall. Me levanté temprano y paseé por el extenso prado ajardinado que rodeaba la casa. El sol otoñal se elevaba sobre las colinas de ...shire, iluminando una amena campiña; un bosque pardo y apacible daba variedad a los campos en los que acababa de recogerse la cosecha; un río que discurría por el bosque reflejaba en su superficie el brillo algo frío del sol y el cielo de octubre; diseminadas por las orillas del río, unas chimeneas altas y cilíndricas, casi como esbeltas torres redondas, señalaban las fábricas medio ocultas por los árboles; aquí y allá mansiones similares a Crimsworth Hall ocupaban agradables parajes en las laderas de la colina; el paisaje tenía en conjunto un aspecto alegre, activo, fértil. Hacía tiempo que Vapor, Industria y Maquinaria habían desterrado de él todo romanticismo y aislamiento. A unas cinco millas, en el fondo de un valle que se abría entre dos colinas de escasa altura, se encontraba la ciudad de X; sobre esta localidad se cernía un vapor denso y permanente, allí estaba la «Ocupación» de Edward.

Forcé la vista para observar aquella perspectiva, forcé el pensamiento para centrarme en ella durante un rato, y cuando descubrí que no me transmitía ninguna emoción agradable, que no despertaba en mí ninguna de las esperanzas que un hombre debería sentir al ver ante sí el escenario de su carrera, me dije: «William, te rebelas contra las circunstancias. Eres un idiota que no sabe lo que quiere. Has elegido la industria e industrial serás. ¡Mira!». Proseguí mentalmente: «Contempla el humo tiznado de hollín que surge de esa hondonada y acepta que ahí está tu puesto. Ahí no podrás soñar, no podrás especular ni teorizar; ¡ahí tendrás que trabajar!».

Tras haberme amonestado a mí mismo de este modo, regresé a la casa. Mi hermano estaba en la salita del desayuno; lo saludé serenamente; no podía hacerlo con alegría; estaba de pie, de espaldas a la chimenea; ¡cuántas cosas leí en la expresión de sus ojos cuando se encontraron nuestras miradas, cuando avancé hacia él para desearle buenos días, cuántas cosas contrarias a mi naturaleza! Me dijo «buenos días» con aspereza y asintió, y luego agarró un periódico de la mesa y empezó a leerlo con el aire de un patrón que busca un pretexto para escapar al aburrimiento de conversar con un subordinado. Por suerte para mí, había resuelto soportarlo todo durante un tiempo; de lo contrario sus modales habrían vuelto incontenible la indignación que me esforzaba por reprimir. Lo miré, examiné su figura robusta y fuerte; me vi reflejado en el espejo que había sobre la chimenea y me divertí comparando ambas imágenes. De cara me parecía a él, aunque no era tan apuesto. Mis facciones eran menos regulares, tenía los ojos más oscuros y la frente más amplia; físicamente yo era muy inferior, más delgado, más menudo, no tan alto. Como animal, Edward me superaba con creces. Si era tan superior en intelecto como en físico, sería su esclavo, pues no debía esperar de él la generosidad del león con otro más débil*; sus ojos fríos y avariciosos, sus modales graves y amenazadores me dijeron que no me perdonaría nada. ¿Tendría la suficien-

---

* Tal vez sea una alusión a la fábula del león y el ratón de Esopo.

te fuerza de voluntad para aguantarlo? No lo sabía; jamás me habían puesto a prueba.

La entrada de la señora Crimsworth me distrajo de mis pensamientos por un momento. Tenía buen aspecto, vestida de blanco, con el rostro y el atuendo que irradiaban la frescura matutina de una recién casada. Le dirigí la palabra con la soltura que su despreocupada alegría de la víspera parecía justificar, pero ella me replicó con frialdad y circunspección; su marido le había dado instrucciones: no debía dar demasiadas confianzas a su empleado.

En cuanto terminó el desayuno, el señor Crimsworth me comunicó que la calesa nos aguardaba frente a la puerta principal y que esperaba verme listo en cinco minutos para acompañarle a X. No le hice esperar; pronto nos hallamos en la carretera viajando a buen paso. El caballo que nos llevaba era el mismo animal fiero sobre el que la señora Crimsworth había expresado sus temores la noche anterior; en un par de ocasiones Jack pareció a punto de impacientarse, pero el uso enérgico y vigoroso del látigo en manos de su implacable amo no tardó en doblegarlo. Las dilatadas ventanas de la nariz de Edward expresaron su triunfo en la competición; apenas me habló durante el corto trayecto, sólo abrió la boca de vez en cuando para maldecir a su caballo.

X bullía de gente y de actividad cuando llegamos; dejamos las limpias calles, donde había casas y tiendas, iglesias y edificios públicos, y viramos hacia una zona de fábricas y almacenes, donde traspasamos dos macizas verjas para entrar en un gran patio pavimentado; estábamos en Bigben Glose, y la fábrica se alzaba ante nosotros, vomitando hollín por su larga chimenea y temblando a través de los gruesos muros de ladrillo por la agitación de sus intestinos de hierro. Los obreros iban y venían cargando un carro con piezas de tela. El señor Crimsworth miró a un lado y a otro y pareció captar todo lo que ocurría de una sola ojeada; se apeó y, dejando caballo y calesa al cuidado de un hombre que se apresuró a recibir las riendas de sus manos, me pidió que le siguiera al interior de la oficina de contabilidad. La oficina no tenía nada en común con los salones de Crimsworth Hall: un lugar para los negocios, con el suelo de madera, una caja fuerte, dos escritorios altos y taburetes y unas sillas. Una persona sentada en uno de los escritorios se quitó la gorra cuadrada cuando entró el señor Crimsworth; al instante se hallaba de nuevo absorbido en su tarea; no sé si escribía o calculaba algo.

Tras despojarse del impermeable, el señor Crimsworth se sentó junto al fuego, y yo me quedé de pie cerca de la chimenea. Al poco rato dijo:

—Steighton, puede salir; tengo asuntos que tratar con este caballero. Vuelva cuando oiga la campanilla.

El individuo del escritorio se levantó y se fue, cerrando la puerta al salir. El señor Crimsworth atizó el fuego, luego se cruzó de brazos y se quedó un rato pensativo con los labios apretados y el entrecejo fruncido; yo no tenía nada que hacer más que contemplarlo; ¡qué bien moldeadas estaban sus facciones! ¡Qué apuesto era! ¿De dónde procedía entonces ese aire de contracción, la estrechez y la dureza de sus rasgos?

Volviéndose hacia mí, dijo de pronto:

—¿Has venido a ...shire para aprender a ser un industrial?

—Sí.

—¿Estás decidido? Quiero saberlo ahora mismo.

—Sí.

—Bueno, no estoy obligado a ayudarte, pero aquí tengo un puesto vacante; si estás capacitado para ocuparlo, te aceptaré a prueba. ¿Qué sabes hacer? ¿Sabes algo aparte de toda esa basura inútil de conocimientos universitarios, griego, latín y demás?

—He estudiado matemáticas.

—¡Cuentos! Me lo imaginaba.

—Sé leer y escribir en francés y alemán.

—¡Mmm! —reflexionó unos instantes, luego abrió un cajón de una mesa cercana a él, sacó una carta y me la dio—. ¿Puedes leerla? —preguntó.

Era una carta comercial en alemán; la traduje; no sé si le satisfizo o no; su expresión no varió.

—Está bien —dijo, después de una pausa— que sepas hacer algo útil, algo que te permita ganarte el pan y el alojamiento. Dado que sabes francés y alemán, te emplearé como segundo escribiente para llevar la correspondencia con el extranjero. Te daré un buen sueldo, noventa libras al año, ¡y ahora —añadió, alzando la voz—, escucha de una vez para siempre lo que tengo que decir sobre nuestra relación y todas esas paparruchas! No toleraré tonterías al respecto; no van conmigo. No te pasaré ni una con la excusa de ser tu hermano; si descubro que eres estúpido, negligente, disipado o haragán, o que tienes algún defecto perjudicial para los intereses de la casa, te despediré como haría con cualquier otro escribiente. Noventa libras al año es un buen sueldo y espero que te lo ganes hasta la última moneda; recuerda también que en mi empresa las cosas se llevan de un modo práctico; me gustan los hábitos, sentimientos e ideas formales. ¿Has comprendido?

—En parte —respondí—. Supongo que te refieres a que debo hacer mi trabajo a cambio de un salario, a que no debo esperar favor alguno de ti, ni contar con tu ayuda para nada, salvo lo que gane. Es exactamente lo que me conviene, y con esas condiciones accederé a ser tu escribiente.

Me di la vuelta y me acerqué a la ventana; esa vez no busqué su opinión en la expresión de su rostro; no sabía cuál era ni me importaba. Tras unos minutos de silencio, volvió a hablar.

—Tal vez esperes alojarte en Crimsworth Hall e ir y venir conmigo en la calesa; sin embargo, quiero que sepas que eso me causaría demasiadas molestias; me gusta disponer de un asiento libre en mi calesa para cualquier caballero que, por razones de negocios, desee llevar al Hall a pasar la noche o lo que sea. Buscarás alojamiento en X.

Me aparté de la ventana y volví a acercarme a la chimenea.

—Por supuesto que buscaré alojamiento en X —repliqué—. Tampoco a mí me conviene alojarme en Crimsworth Hall.

Mi tono era bajo; siempre hablo en tono bajo. Pero los ojos azules del señor Crimsworth echaban chispas. Se vengó de un modo bastante extraño. Volviéndose hacia mí, dijo con aspereza:

—Supongo que serás pobre. ¿Cómo esperas vivir hasta que llegue el primer día de cobro?

—Me las apañaré —dije.

—¿Cómo esperas vivir? —repitió él, subiendo el tono de voz.

—Como pueda, señor Crimsworth.

—¡Si te endeudas será por tu cuenta y riesgo! Eso es todo —replicó—. Por lo que sé, podrías tener extravagantes costumbres aristocráticas; si es así, olvídalas; no tolero nada parecido aquí, y nunca te daré un solo chelín de más, sean cuales sean las deudas que puedas contraer; procura no...

—Sí, señor Crimsworth, comprobará que tengo buena memoria.

No dije nada más; no me parecía que fuera el momento adecuado para parlamentar. Tenía la intuición de que sería una insensatez dejar que se me encendiera la sangre a menudo con un hombre como Edward. Me dije: «Colocaré mi copa bajo este continuo goteo; me mantendré firme y callado; cuando se colme, rebosará por sí sola; mientras tanto, paciencia. Dos cosas son seguras: soy capaz de hacer el trabajo que el señor Crimsworth me ha asignado; puedo ganarme el sueldo a conciencia y ese sueldo bastará para mi sustento; y si mi hermano adopta conmigo la actitud de un amo cruel y altanero, la culpa es suya, no mía. ¿Conseguirán su injusticia y sus malos sentimientos apartarme del camino que he elegido? No. Al menos, antes de desviarme de él, avanzaré lo suficiente para ver hacia dónde se decanta mi carrera. Por el momento no hago más que empujar la puerta de entrada, que es bastante estrecha; debería llevarme a buen puerto». Mientras razonaba de esta manera, el señor Crimsworth tocó una campanilla; el primer escribiente, el individuo al que había excluido previamente de nuestra conversación, volvió a entrar.

—Señor Steighton —dijo—, enseñe al señor William las cartas de Voss, Hnos. y déle las respuestas en inglés para que las traduzca.

El señor Steighton, un hombre de unos treinta y cinco años, con el rostro a la vez astuto y abotargado, se apresuró a ejecutar su orden; depositó las cartas sobre el escritorio, y pronto me encontré sentado y ocupado en traducir las respuestas inglesas al alemán. Un sentimiento de intenso placer acompañó este primer esfuerzo para ganarme la vida, un sentimiento que no envenenó ni debilitó la presencia del implacable tirano, que se quedó de pie observándome durante un rato mientras yo escribía. Pensé que intentaba leer mi carácter, pero me sentía tan seguro, pese a su escrutinio, como si llevara un yelmo con la visera bajada, o más bien le enseñé mi semblante con la confianza con que uno mostraría una carta escrita en griego a un iletrado: podría ver líneas y reconocer caracteres, pero no sabría interpretarlos. Mi naturaleza era distinta a la suya, y sus signos eran para él como palabras de un idioma desconocido. No tardó mucho en darse la vuelta bruscamente, como perplejo, y abandonar la oficina de contabilidad; no volvió a entrar en ella más que un par de veces en el transcurso de aquel día; en ambas ocasiones mezcló y apuró un vaso de brandy con agua, ingredientes que extrajo del armario que había junto a la chimenea. Tras echar una ojeada a mis traducciones —sabía leer tanto francés como alemán—, volvió a salir en silencio.

CAPÍTULO III

Serví a Edward como segundo escribiente con lealtad, puntualidad y diligencia. Lo que se me asignó, tenía la capacidad y la determinación de hacerlo bien. El señor Crimsworth me vigilaba atentamente, buscándome defectos, pero no encontró ninguno. Puso también a vigilar a Timothy Steighton, su favorito y mano derecha. Tim estaba totalmente confundido; yo era tan riguroso como él mismo, y más rápido. El señor Crimsworth hizo averiguaciones sobre mi estilo de vida, quiso saber si había contraído deudas; no, saldaba siempre mis cuentas con la casera; había alquilado un pequeño alojamiento y me las arreglaba para pagarlo de un magro fondo, los ahorros acumulados en Eton de mi dinero de bolsillo. Lo cierto es que, habiendo detestado siempre pedir ayuda pecuniaria, había adquirido en edad temprana el hábito de una economía sacrificada, administrando mi asignación mensual con inquieto esmero, a fin de evitar el peligro de verme obligado posteriormente, en algún momento de apuro, a pedir una ayuda suplementaria. Recuerdo que muchos me llamaron tacaño en aquella época, y que yo solía acompañar el reproche con este consuelo: mejor que me interpreten mal ahora a que me rechacen después. En estos momentos disfrutaba de mi recompensa; la había tenido antes, cuando al despedirme de mis irritados tíos, uno de ellos me había arrojado un billete de cinco libras que pude dejar allí mismo, afirmando que los gastos del viaje los tenía ya cubiertos. El señor Crimsworth empleó a Tim para descubrir si mi casera tenía alguna queja sobre mi moral; ella respondió que le parecía un hombre muy religioso, y preguntó a Tim a su vez si pensaba que yo tenía la intención de hacerme sacerdote, pues, afirmó, había tenido coadjutores alojados en su casa que no podían compararse a mí en seriedad y formalidad. El propio Tim era «un hombre religioso»; de hecho, se había unido a los metodistas, lo que no le impedía (que quede claro) ser al mismo tiempo un granuja redomado, y se fue muy azorado tras oír hablar de mi devoción. Cuando se lo hubo comunicado al señor Crimsworth, éste, que no frecuentaba ningún lugar de culto ni reconocía más Dios que a Mamón,* convirtió la información en un arma arrojadiza contra la ecuanimidad de mi temperamento. Inició una serie de burlas encubiertas, cuyo significado no advertí en un principio, hasta que mi casera me contó casualmente la conversación que había tenido con el señor Steighton, lo cual me lo aclaró todo. Después de aquello, iba a la oficina preparado y conseguí parar los sarcasmos blasfemos del dueño de la fábrica, la siguiente vez que me los lanzó, con un escudo de impenetrable indiferencia. Al poco rato se cansó de gastar su munición con una estatua, pero no se deshizo de sus flechas; se limitó a dejarlas reposar en su carcaj.

En una ocasión, mientras trabajaba para él como escribiente, me invitaron a Crimsworth Hall con ocasión de una gran fiesta de cumpleaños en honor del señor de la casa; siempre había tenido por costumbre invitar a sus escribientes en celebraciones similares y difícilmente podría haberme dejado al margen; sin embargo, me mantuvo en un estricto segundo plano. La señora Crimsworth,

---

* En la Biblia, dios falso que personifica el afán de riquezas.

elegantemente vestida de raso y encaje, rebosante de salud y belleza, no me concedió más atención que la expresada por un gesto distante; Crimsworth, por supuesto, no me dirigió la palabra, y no me presentaron a ninguna de las jóvenes señoritas que, envueltas en nubes plateadas de gasa blanca y muselina, se sentaban en fila en el lado opuesto al mío de un largo y amplio salón. De hecho, estaba prácticamente aislado y no podía hacer otra cosa que contemplar a aquellas jóvenes resplandecientes desde lejos, y cuando me cansaba de tan deslumbrante escena, para variar me fijaba en el dibujo de la alfombra. El señor Crimsworth estaba de pie con un codo apoyado en la repisa de mármol de la chimenea, y a su alrededor había un grupo de jóvenes muy atractivas con las que conversaba alegremente. Así situado, el señor Crimsworth me miró; me vio cansado, solitario, abatido, como un preceptor o una institutriz desolados, y quedó satisfecho.

Empezó el baile. A mí me habría encantado que me presentara a alguna joven inteligente y agradable y haber tenido la libertad y la oportunidad de demostrar que podía sentir y transmitir el placer del intercambio social; que no era, en resumidas cuentas, un tarugo, ni un mueble, sino un hombre sensible que actuaba y pensaba. Muchos rostros sonrientes y gráciles figuras se deslizaron por delante de mí, pero las sonrisas se prodigaban a otros ojos, y otras manos que no eran las mías servían de apoyo a las figuras. Aparté la mirada, atormentado, me alejé de los bailarines y entré en el comedor revestido de roble. Ninguna fibra de simpatía me unía a ningún ser vivo de aquella casa. Busqué el retrato de mi madre con la vista. Cogí una vela de una palmatoria y la sostuve en alto; contemplé la imagen un buen rato, fijamente, acostumbrándome a ella. Noté que mi madre me había legado buena parte de sus facciones y de su semblante: su frente, sus ojos, su cutis; no hay belleza que complazca más el egoísmo de los seres humanos que un parecido refinado y suavizado de sí mismos; por ese motivo, los hombres observan con complacencia las facciones del rostro de sus hijas, donde a menudo la semejanza se asocia de forma halagadora con la suavidad de los matices y la delicadeza de los contornos. Me preguntaba qué opinaría un observador imparcial de aquel retrato, para mí tan interesante, cuando una voz que sonó cerca, a mi espalda, pronunció las palabras:

—¡Mmmm! Hay sentido común en ese rostro.

Me di la vuelta; junto a mí había un hombre alto y joven, aunque seguramente tenía cinco o seis años más que yo, y opuesto por completo a cualquier asomo de vulgaridad, aunque ahora mismo, dado que no estoy dispuesto a esbozar su retrato con detalle, el lector habrá de contentarse con el esbozo que acabo de ofrecerle; aquello fue lo único que vi de él en aquel momento; no investigué el color de sus cejas ni tampoco el de sus ojos; vi su estatura y el perfil de su figura; también vi su nariz respingona con su aire de exigencia; me bastaron estas observaciones, escasas en cantidad y de carácter general (exceptuando la última), pues me permitieron reconocer a la persona.

—Buenas noches, señor Hunsden —musité. Incliné la cabeza y luego, bobo de mí, me alejé con timidez. ¿Y por qué? Simplemente porque el señor Hunsden era un industrial, dueño de fábricas, y yo sólo era un escribiente, y mi instinto me impulsaba a alejarme de un superior. Había visto a Hunsden a menudo en Bigben Close, que visitaba casi todas las semanas para tratar de negocios con el señor Crimsworth, pero jamás le había dirigido la palabra, ni él a mí, y sentía cierto resquemor involuntario contra él porque en más de una ocasión había sido testigo tácito de los insultos que Edward profería contra mí. Yo tenía la convicción de que Hunsden no podía más que considerarme un pobre esclavo sin temple, por lo que me dispuse a rehuir su compañía y evitar su conversación.

—¿Adónde va? —preguntó, al ver que me alejaba. Yo había observado ya que el señor Hunsden se permitía hablar con brusquedad y me dije, contra toda lógica: «Cree que puede hablarle como quiera a un empleado, pero quizá mi talante no sea tan flexible como él cree, y su grosera confianza no me agrada en absoluto».

Respondí a la ligera, más bien con indiferencia que con cortesía, y seguí mi camino. Él se interpuso con frialdad.

—Quédese un rato —dijo—. Hace mucho calor en el salón de baile; además, usted no baila, no tiene pareja esta noche.

Tenía razón y cuando habló, ni su expresión, ni su tono, ni su actitud me disgustaron, sino que satisficieron mi amor propio. No se había dirigido a mí por condescendencia, sino porque, habiéndose retirado al frío comedor para refrescarse, quería hablar con alguien que le procurara una distracción pasajera. Detesto que sean condescendientes conmigo, pero me gusta hacer favores. Me quedé.

—Es un buen retrato —añadió, volviendo al tema del cuadro.

—¿Le parece hermoso el rostro? —pregunté.

—¿Hermoso? No, ¿cómo puede ser hermoso con esos ojos y esas mejillas hundidas? Pero es peculiar; parece estar pensando. Podría uno charlar con esa mujer, si estuviera viva, de otros temas que no fueran vestidos, visitas y cumplidos.

Estaba de acuerdo con él, pero no lo dije. Él prosiguió.

—No es que admire una cabeza de ese estilo; le falta carácter y fuerza; hay demasiada sen-si-bi-li-dad —así pronunció él la palabra, haciendo una mueca al mismo tiempo— en esa boca; además, lleva la aristocracia escrita en la frente y definida en la figura; detesto a los aristócratas.

—¿Cree usted entonces, señor Hunsden, que puede descubrirse una ascendencia patricia por unas formas y unas facciones determinadas?

—¡Al diablo con la ascendencia patricia! ¿Quién duda de que esos lores de tres al cuarto puedan tener «unas formas y facciones determinadas», igual que los industriales de ... shire tenemos las nuestras? Pero ¿cuáles son mejores? Las suyas no, desde luego. En cuanto a sus mujeres, la cosa cambia; ellas cultivan la belleza desde la infancia y puede que alcancen cierto grado de excelencia en ese punto gracias a la práctica y los cuidados, igual que las odaliscas orientales. Sin embargo, incluso esa superioridad es dudosa; compare la figura de ese cuadro con la señora de Edward Crimsworth; ¿cuál es más hermosa?

—Compárese a sí mismo con el señor Edward Crimsworth, señor Hunsden —repliqué tranquilamente.

—Oh, Crimsworth está mejor dotado que yo, lo sé; además, tiene la nariz recta, las cejas arqueadas y todo eso, pero esas ventajas —si lo son— no las heredó de su madre la patricia, sino de su padre, el viejo Crimsworth, quien, según dice mi padre, era el tintorero más auténtico que jamás echó índigo en una cuba de ...shire, a pesar de lo cual era el hombre más apuesto de los tres Ridings[*]. Es usted, William, el aristócrata de la familia, y no es ni mucho menos tan atractivo como su hermano plebeyo.

Había algo en la rotundidad con que se expresaba el señor Hunsden que me complacía, porque me hacía sentir cómodo; seguí la conversación con cierto interés.

—¿Cómo sabe usted que soy hermano del señor Crimsworth? Pensaba que usted y todos los demás me consideraban únicamente un pobre empleado.

—Bueno, y es cierto. ¿Qué es usted sino un pobre empleado? Hace el trabajo de Crimsworth y él le paga un sueldo, y exiguo, por cierto.

---

[*] Se refiere a las tres jurisdicciones administrativas en que se dividía en aquella época el condado inglés de Yorkshire. Así pues, pese a que la autora elude nombrar la ciudad donde se desarrolla la acción, ésta debe situarse en Yorkshire, de donde procedía también ella. La utilización de ciertos vocablos típicos de la zona refuerza esta opinión.

Guardé silencio. El lenguaje de Hunsden rayaba en la impertinencia, pero sus modales seguían sin ofenderme en lo más mínimo, sólo despertaban mi curiosidad; quería que continuara, lo que hizo al poco rato.

—Este mundo es absurdo —dijo.

—¿Por qué lo dice, señor Hunsden?

—Me extraña que usted me lo pregunte. Es la prueba viviente del absurdo al que me refiero.

Yo estaba resuelto a que se explicara por voluntad propia, sin que yo le presionara, de modo que volví a guardar silencio.

—¿Tiene usted intención de hacerse industrial? —preguntó al poco.

—Era mi firme intención hace tres meses.

—¡Ja! Más tonto es usted. ¡Menuda pinta de industrial! ¡Pues sí que tiene cara de hombre de negocios!

—Mi cara es tal como Dios la hizo, señor Hunsden.

—Dios no hizo su cara ni su cabeza para X. ¿De qué le sirven aquí las protuberancias de la creatividad, la comparación, el amor propio y la escrupulosidad?* Pero si le gusta Bigben Close, quédese. Es asunto suyo, no mío.

—Tal vez no tenga alternativa.

—Bueno, bien poco me importa. Me es indiferente lo que haga usted o adónde vaya. Pero ahora tengo frío; quiero volver a bailar, y veo a una hermosa muchacha sentada en la esquina del sofá junto a su madre; verá cómo me la agencio de pareja en menos que canta un gallo. Ahí está Waddy, Sam Waddy, acercándose a ella. ¿Pues no he de cortarle el paso?

---

* La autora hace uso aquí de la teoría seudocientífica de la frenología, formulada por F.J. Gall a principios del siglo XIX, según la cual las facultades intelectuales, los instintos y los afectos dependen del desarrollo de las distintas partes del cerebro a las que corresponden, por lo que sería posible determinar el carácter de una persona mediante la interpretación de la forma de su cráneo. Charlotte Brontë visitó a un frenólogo en 1851.

Y el señor Hunsden se alejó con paso decidido; lo contemplé desde las puertas correderas, que estaban abiertas: le tomó la delantera a Waddy, solicitó un baile de la hermosa muchacha y se alejó con aire triunfal, llevándola de la mano. Era una mujer joven y alta, bien proporcionada, y con un atavío deslumbrante, muy del estilo de la señora Crimsworth; Hunsden la hizo girar con energía al ritmo de la música de vals, estuvo a su lado durante el resto de la velada, y vi en el semblante animado y satisfecho de la joven que él había conseguido caerle realmente bien. También la madre (una mujer robusta con turbante que respondía al nombre de señora Lupton) parecía complacida, seguramente halagada interiormente por visiones proféticas. Los Hunsden eran una antigua familia y, pese al desprecio que mostraba Yorke (tal era el nombre de pila de mi interlocutor) por las ventajas de la cuna, en el fondo de su corazón conocía perfectamente y apreciaba en todo su valor la distinción que le otorgaba su antiguo linaje, aunque no fuera de gran lustre, en un lugar de desarrollo reciente como X, de cuyos habitantes se decía proverbialmente que ni uno en un millar sabía quién era su abuelo. Los Hunsden, además, ricos en otro tiempo, seguían siendo independientes, y se afirmaba que Yorke pugnaba con todos los medios a su alcance por devolver, mediante el éxito de sus negocios, la antigua prosperidad a la fortuna en decadencia de su familia. Teniendo en cuenta estas circunstancias, no era de extrañar que en el ancho rostro de la señora Lupton luciera una sonrisa de satisfacción al ver al heredero de Hunsden Wood cortejando diligentemente a su querida hija Sarah-Martha. Sin embargo, como mis observaciones eran, probablemente, más precisas por ser menos ansiosas, pronto vi que los fundamentos de la felicidad materna eran realmente endebles; el caballero en cuestión me pareció mucho más deseoso de causar impresión que susceptible de recibirla. No sé lo que tenía el señor Hunsden para que, mientras lo observaba (no tenía otra cosa mejor que hacer), de vez en cuando me sugiriera la idea de un extranjero. Su figura y sus facciones podían considerarse inglesas, aunque incluso en eso se apreciaba alguna que otra pincelada gala, pero no tenía la timidez inglesa; había aprendido en alguna parte, de algún modo, el arte de una perfecta desenvoltura y de no permitir que esa timidez insular actuara como barrera entre él y su conveniencia, o su placer. No afectaba refinamiento, pero no podía llamársele vulgar; no era extraño, ni excéntrico, pero no se parecía a nadie que hubiera visto antes; su porte en general irradiaba una satisfacción completa y soberana; no obstante, en ocasiones, una sombra indescriptible cruzaba por su semblante como un eclipse y me daba la impresión de ser el signo de una súbita y gran duda interior sobre sí mismo, sus palabras y sus acciones; un intenso descontento con su vida o su posición social, sus perspectivas futuras o sus logros mentales, no lo sé. Tal vez, al fin y al cabo, se tratara sólo un capricho bilioso.

CAPÍTULO IV

A ningún hombre le gusta reconocer que ha cometido un error al escoger su profesión, y todo hombre que se precie luchará contra viento y marea antes que gritar: ¡Me doy por vencido! y dejarse arrastrar de vuelta a tierra. Desde mi primera semana en X, mi actividad se convirtió en un fastidio. El trabajo en sí —copiar y traducir cartas comerciales— era ya una tarea ardua y tediosa, pero, de haber sido eso todo, habría soportado mucho más tiempo aquella pesadez; no soy una persona impaciente e, influido por el doble deseo de ganarme la vida y de justificar ante mí mismo y ante los demás la decisión de convertirme en industrial, habría sufrido en silencio que mis mejores facultades se enmohecieran y anquilosaran; jamás habría susurrado, siquiera mentalmente, que anhelaba la libertad; habría reprimido todos los suspiros con que mi corazón hubiera osado comunicar su angustia en medio de la estrechez, el humo, la monotonía y el bullicio sin alegría de Bigben Glose, y su jadeante anhelo de hallarse en lugares más libres y menos sofocantes; habría colocado la imagen del Deber y el fetiche de la Perseverancia en mi pequeño dormitorio de la pensión de la señora King, y ambos habrían sido mis dioses lares, de los que mi Bien más preciado, mi Amada en secreto, la Imaginación, la tierna y poderosa, jamás me habría separado, ni por las buenas ni por las malas. Pero eso no era todo; la Antipatía que había surgido entre mi Jefe y yo, que se enraizaba cada vez más y extendía una sombra cada vez más densa, me impedía siquiera entrever el sol de la vida, y empecé a sentirme como una planta creciendo en una húmeda oscuridad sobre las paredes viscosas de un pozo.

Antipatía es la única palabra que puede expresar lo que Edward Crimsworth sentía por mí, un sentimiento en gran medida involuntario y que tendía a despertarse con el movimiento, la expresión o la palabra más insignificantes que yo utilizara. Mi acento del sur le molestaba, la educación que traslucía mi forma de hablar le irritaba, mi puntualidad, diligencia y eficacia convirtieron su desagrado en permanente, infundiéndole el intenso matiz y el doloroso alivio de la envidia: temía que también yo acabara siendo algún día un industrial de éxito. De haber sido inferior a él en algo, no me habría odiado tanto, pero yo sabía cuanto él sabía, y para empeorar las cosas, sospechaba que yo guardaba bajo candado una riqueza mental de la que no era partícipe. Si hubiera podido colocarme alguna vez en una posición ridícula o humillante, me habría perdonado muchas cosas, pero tres facultades me protegían: Cautela, Tacto y Observación, y pese a la malignidad acechante e indiscreta de Edward, jamás pudo engañar a los ojos de lince de estos Centinelas míos por naturaleza. Día tras día su Malicia vigilaba a mi Tacto esperando verlo dormirse, preparada para sorprenderlo con el sigilo de una serpiente, durante el sueño, pero el Tacto —cuando es auténtico— jamás duerme.

Había recibido mi primer sueldo y regresaba a mi alojamiento, embargados corazón y espíritu por la agradable sensación de que al patrón que lo pagaba le dolía cada penique de aquella miseria duramente ganada (hacía tiempo que había dejado de considerar al señor Crimsworth mi hermano; era un amo duro e implacable que pretendía ser un tirano inexorable, nada más). Por mi cabeza cruzaban pensamientos, invariables pero intensos; dos voces hablaban en mi interior; una y otra vez pronunciaban las mismas frases monótonas; una decía: «William, tu vida es insoportable», la otra: «¿Qué puedes hacer para cambiarla?». Caminaba deprisa, pues era una noche helada de enero; a medida que me acercaba a mi alojamiento, pasé de un repaso general a mis asuntos a la especulación concreta de si se habría apagado el fuego de mi chimenea; al mirar hacia la ventana de mi salita no distinguí el alegre resplandor rojo.

—Esa puerca de criada lo ha olvidado, como de costumbre —dije—, y si entro no veré más que pálidas cenizas; hace una bonita noche estrellada; caminaré un poco más.

La noche era realmente hermosa y las calles estaban secas, e incluso limpias, tratándose de X; junto a la torre de la iglesia y la parroquia se veía la curva creciente de la luna y en todo el firmamento brillaban con fuerza cientos de estrellas.

Inconscientemente dirigí mis pasos hacia el campo; había llegado a la calle Grove y empezaba a sentir el placer de adivinar algunos árboles a lo lejos, cuando, desde la verja que rodeaba uno de los jardincillos que se extendían frente a las casas de la calle, alguien se dirigió a mí justo cuando pasaba por delante de una casa a paso rápido.

—¿A qué demonios viene tanta prisa? Así debió de salir Lot de Sodoma cuando esperaba que la arrasara el fuego que arrojarían ardientes nubes de bronce.

Me detuve en seco y miré a quien me hablaba; olí la fragancia y vi la chispa roja de un cigarro, así como el perfil oscuro de un hombre inclinado hacia mí por encima de la verja.

—Como ve, estoy meditando en el campo bajo el manto de la noche —prosiguió la sombra—. ¡Dios sabe que es un duro empeño!, sobre todo porque, en lugar de mandarme a Rebeca a lomos de un camello, con brazaletes en los brazos y un aro en la nariz, el Destino me envía tan sólo a un escribiente con un gabán gris de mezclilla.

La voz me era familiar; su segunda frase me permitió reconocer la identidad de mi interlocutor.

—¡Señor Hunsden! Buenas noches.

—¡Buenas noches, ciertamente! Sí, pero habría pasado de largo sin decirme nada de no haber tenido yo la cortesía de hablar primero.

—No le había reconocido.

—¡Famosa excusa! Debería haberme reconocido; yo le he reconocido a usted, aunque avanzaba como una máquina de vapor. ¿Le persigue la policía?

—No valdría la pena; no soy lo suficientemente importante como para atraer su atención.

—¡Ay del pobre pastor! ¡Pobre y mil veces pobre! ¡Qué tema para la aflicción, y qué abatimiento el suyo a juzgar por el tono de su voz! Pero, si no huye de la policía, ¿de qué huye? ¿Del diablo?

—Al contrario, corro a su encuentro.

—Bien hecho; ha tenido usted suerte. Hoy es martes por la noche; hay docenas de calesas y carros que regresan a Dinneford del mercado, y él o alguno de los suyos suelen tener asiento en todos los vehículos. Así pues, si desea entrar y sentarse media hora en mi salón de soltero, puede que le vea pasar sin gran dificultad. De todas formas creo que sería mejor que esta noche le dejara tranquilo, tendrá muchos parroquianos a los que servir; el martes es un día ajetreado en X y en Dinneford; en cualquier caso, entre.

Mientras hablaba, abrió la verja.

—¿De verdad quiere que entre? —pregunté.

—Como guste. Estoy solo, su compañía durante un par de horas resultaría agradable, pero si no quiere honrarme hasta ese punto, no insistiré. Detesto aburrir a los demás.

Me apeteció aceptar la invitación igual que a Hunsden le apetecía formularla; traspasé la verja y le seguí hasta la puerta principal; después recorrimos un pasillo y entramos en el salón; tras cerrar la puerta, me señaló un sillón junto al fuego, me senté y eché un vistazo a mi alrededor.

La estancia era cómoda, hermosa y acogedora a la vez; en la luminosa chimenea ardía un auténtico fuego de ...shire, claro y generoso, nada que ver con las míseras ascuas del sur de Inglaterra, amontonadas en un rincón de la chimenea. Encima de la mesa, una lámpara con pantalla difundía una luz tenue, agradable y uniforme; el mobiliario era casi lujoso para un soltero joven, y consistía en un sofá y dos mullidas butacas; los huecos a ambos lados de la repisa de la chimenea estaban llenos de estanterías, bien provistas de libros perfectamente ordenados. Me gustó la pulcritud de la habitación; detesto las costumbres irregulares y desaseadas; por lo que vi, deduje que las ideas de Hunsden coincidían con las mías en ese punto. Mientras él trasladaba unos cuantos folletos y periódicos de la mesa central al aparador, recorrí con la vista los estantes que tenía más cerca. Predominaban las obras en francés y en alemán; estaban los viejos dramaturgos franceses y diversos autores modernos: Thiers, Villemain, Paul de Kock, Georges Sand, Eugène Sue; en alemán, Goethe, Schiller, Zschokke, Jean Paul Richter; en inglés había títulos sobre Economía Política. No seguí examinando los libros, pues el señor Hunsden reclamó mi atención.

—Tómese algo —dijo—; sin duda necesitará reponer fuerzas después de caminar quién sabe desde cuándo en una noche canadiense como ésta, pero no será brandy con agua, ni una botella de Oporto, ni una ídem de Jerez, pues no dispongo de esos venenos. Yo bebo vino del Rhin; puede elegir entre eso o café.

Una vez más coincidí con Hunsden en mis gustos; si había una costumbre que de verdad aborrecía, era la ingestión habitual de licores y vinos fuertes. Sin embargo, tampoco me gustaba el ácido néctar alemán, pero sí el café, de modo que respondí:

—Déme un poco de café, señor Hunsden.

Noté que mi respuesta le complacía; sin duda esperaba una fría reacción a su firme declaración de que no me ofrecería vino ni licores; se limitó a lanzar una mirada inquisitiva a mi rostro para dilucidar si mi cordialidad era sincera o una mera simulación de cortesía; sonreí, porque le comprendía perfectamente y, aun respetando su deliberada firmeza, me divertía su desconfianza. Pareció complacido, tocó la campanilla y pidió café, que nos trajeron al poco rato; él se conformó con un racimo de uvas y un vaso de una bebida amarga. El café era excelente; se lo dije y expresé la tremenda compasión que me inspiraba su régimen de anacoreta. Él no respondió, creo que ni siquiera oyó mi comentario; en aquel momento se había producido en su rostro uno de aquellos eclipses momentáneos a los que antes he aludido, borrando su sonrisa y sustituyendo su habitual mirada perspicaz y burlona por otra abstraída y distante. Empleé aquella pausa en un rápido examen de su fisonomía. Era la primera vez que podía observarle de cerca y, al ser yo muy corto de vista, sólo me había hecho una idea vaga y general de su aspecto. Me sorprendió percibir lo pequeños, incluso femeninos, que eran sus rasgos; su figura alta, sus rizos largos y oscuros, su voz y su porte me habían dado la idea de algo fuerte y macizo; muy al contrario, hasta yo tenía las facciones más duras y cuadradas. Intuí que habría contrastes entre su ser interior y el exterior, y también contradicciones, pues sospechaba que había en su alma más voluntad y ambición que fibra y músculos en su cuerpo. Tal vez en esas incompatibilidades entre *physique* y *morale* estaba el secreto de su voluble melancolía; *quería*, pero no *podía*, y el espíritu atlético miraba con desprecio a su frágil compañero. En cuanto a si era o no atractivo, me habría gustado conocer la opinión de una mujer al respecto; a mí me parecía que su rostro podía producir sobre una dama el mismo efecto que produciría en un hombre una cara femenina muy enérgica e interesante, pero sin atractivo. He mencionado ya sus rizos oscuros: los llevaba peinados hacia los lados sobre una frente blanca y suficientemente ancha. Sus mejillas tenían un color casi febril; tal vez sus facciones resultaran sobre un lienzo, pero no servían para el mármol. Eran maleables; el carácter había grabado su sello sobre cada una de ellas, la expresión las moldeaba a su gusto y obraba extrañas metamorfosis, dándole primero la apariencia de un toro taciturno y luego la de una muchacha pícara y traviesa; con mayor frecuencia, ambos aspectos se mezclaban, formando un semblante extraño y complejo.

Despertando de su mudo acceso, dijo:

—¡William! ¡Qué estupidez por su parte vivir en ese deprimente alojamiento de la señora King, cuando podría alquilar habitaciones aquí, en la calle Grove, y tener un jardín como el mío!

—Estaría demasiado lejos de la fábrica.

—¿Y qué? Le sentaría bien ir y volver dos o tres veces al día; además, ¿tan fosilizado está que no desea ver una flor o una hoja verde?

—No soy un fósil.

—¿Qué es entonces? Se sienta en ese escritorio de la oficina de Crimsworth día tras día, semana tras semana, rascando el papel con una pluma, como un autómata; no se levanta jamás, no se queja jamás, no pide nunca un día de fiesta, ni habla de cambiar o de relajarse, no se permite exceso alguno por las noches, no frecuenta malas compañías, ni se entrega a la bebida.

—¿Lo hace usted, señor Hunsden?

—No crea que me va a desconcertar con preguntas de ese tipo; su caso y el mío son diametralmente opuestos y no tiene sentido intentar hallar un paralelismo. Lo que digo es que, cuando un hombre soporta pacientemente lo que tendría que serle insufrible, es un fósil.

—¿Y cómo sabe usted que yo soy paciente?

—Pero hombre, ¿imagina acaso que es usted un misterio? La otra noche pareció sorprenderse de que yo supiera a qué familia pertenecía, y ahora le parece motivo de asombro que le llame paciente. ¿Qué cree que hago con los ojos y las orejas? He estado en su oficina en más de una ocasión en que Crimsworth le ha tratado como a un perro; le ha pedido un libro, por ejemplo, y cuando usted le ha entregado el que no era, o el que él decidía que no era, se lo ha arrojado casi a la cara; o le hace abrir y cerrar la puerta como si fuera su lacayo, por no hablar de su situación en la fiesta de hace un mes, donde no había ni lugar ni pareja para usted, y merodeaba por allí como un parásito pobre y desastrado. ¡Cuánta paciencia ha demostrado en todas esas ocasiones!

—Bien, señor Hunsden, ¿y qué?

—Difícilmente puedo decírselo yo; la conclusión que debe extraerse en cuanto a su carácter depende de la naturaleza de los motivos que guían su conducta; si su paciencia se debe a que espera sacarle algo a Crimsworth más adelante, a pesar de su tiranía, o tal vez por medio de ella, es usted lo que el mundo llama un hombre interesado y mercenario, pero puede que también sea un tipo muy listo; si es paciente porque cree que es su deber responder al insulto con la sumisión, es un infeliz sin remedio, y en modo alguno apostaría por usted; si es paciente porque tiene un carácter flemático, soso y apático y es incapaz de alcanzar el límite de su resistencia, sin duda Dios le concibió para ser aplastado; así que siga postrándose, siga en el suelo y deje que le arrolle el Juggernaut[*] y que le aplaste.

---

[*] Uno de los avatares del dios hindú Vishnu. Se decía que los adoradores del dios se arrojaban bajo las ruedas del carro que transportaba su imagenen procesión.

Como es evidente, la elocuencia del señor Hunsden no era ni suave ni empalagosa; me desagradó mientras hablaba; me pareció reconocer en él a uno de esos personajes a los que, aun siendo sensibles, el egoísmo lleva a ser implacables con la sensibilidad de los demás. Además, aunque no era como Crimsworth ni como lord Tynedale, era mordaz, y sospechaba que también pecaba de autoritario a su manera; había un deje de despotismo en la vehemencia de sus reproches con el que pretendía incitar al oprimido a rebelarse contra el opresor; mirándole con mayor detenimiento, vi escrito en sus ojos y en su semblante la resolución de arrogarse una libertad tan ilimitada que podía amenazar a menudo la justa libertad de sus vecinos. Estos pensamientos pasaron rápidamente por mi cabeza y luego me eché a reír; solté una pequeña e involuntaria carcajada, motivada por aquella sutil revelación interna sobre la imperfección del hombre. Tal como había pensado, Hunsden esperaba que recibiera con calma sus suposiciones erróneas y ofensivas, sus pullas cáusticas y altaneras, y le irritó una carcajada que apenas llegó a ser un susurro.

Frunció el entrecejo, las finas ventanas de su nariz se dilataron.

—Sí —dijo—, ya le había dicho que es usted un aristócrata. ¿Quién sino un aristócrata se reiría de esa forma y con esa expresión? Su risa es helada y burlona; su expresión, indolentemente sediciosa; su ironía, de caballero; su resentimiento, de patricio. ¡Qué noble habría sido usted, William Crimsworth! Está hecho para ello. ¡Lástima que la Fortuna haya frustrado a la Naturaleza! Fíjese en sus facciones, en su figura, incluso en sus manos, todo es distinción, ¡fea distinción! Si tuviera una finca y una mansión y jardines y un título, desempeñaría su papel exclusivo, defendería los derechos de su clase, enseñaría a sus arrendatarios a respetar a la nobleza, se opondría a cualquier medida que diera poder al pueblo, apoyaría a su podrida orden y estaría dispuesto a nadar en la sangre de la chusma por su causa. Pero no tiene usted ningún poder, no puede hacer nada; ha naufragado y está varado en la playa de la Industria, obligado a chocar contra hombres prácticos a los que no puede soportar, porque usted no será jamás un industrial.

La primera parte del discurso de Hunsden no me inmutó en absoluto, o, si lo hizo, fue sólo para maravillarme de la retorcida deformación de su juicio sobre mi carácter, a la que le había inducido el prejuicio; la frase final, sin embargo, no sólo me alteró, sino que me afectó muchísimo; el golpe que recibí fue grave porque la Verdad empuñaba el arma. Si sonreí fue sólo porque me despreciaba a mí mismo.

Hunsden se vio con ventaja y la aprovechó.

—No llegará a nada en el mundo de los negocios —prosiguió—. No obtendrá nada más que el mendrugo de pan duro y el trago de agua pura de los que ahora vive; la única posibilidad que tiene de hacer fortuna está en casarse con una viuda rica o en fugarse con una heredera.

—Esos recursos los dejo para que los pongan en práctica quienes los idean —repliqué, levantándome.

—Y ni aun así tiene esperanzas de conseguirlo —prosiguió él con toda frialdad—. ¿Qué viuda le aceptaría? Y mucho menos una heredera. No es lo bastante audaz ni atrevido para una, ni lo bastante apuesto y fascinante para la otra; tal vez crea que parece inteligente y refinado; lleve su intelecto y su refinamiento al mercado y cuénteme en una nota personal el precio que han pujado por ellos.

El señor Hunsden había adoptado un tono que no iba a variar en toda la noche; pulsaba una cuerda que estaba desafinada, no pensaba pulsar otra. Reacio a la discordancia, de la que tenía más que suficiente todos los días, de la mañana a la noche, decidí por fin que el silencio y la soledad eran preferibles a una conversación disonante; le deseé buenas noches.

—¡Cómo! ¿Se va usted, muchacho? Bien, buenas noches; usted solo encontrará la salida.

Y se quedó sentado frente al fuego, mientras yo salía de la estancia y de la casa. Recorrí buena parte de la distancia que me separaba de mi alojamiento antes de darme cuenta de que caminaba muy deprisa y resollaba, de que me estaba clavando las uñas en las palmas de las manos cerradas como puños, y de que tenía los dientes apretados. Al descubrirlo, aminoré el paso y relajé puños y mandíbulas, pero no pude detener la marea de lamentaciones que se agolpaban precipitadamente en mi cabeza. ¿Por qué me he metido en la industria? ¿Por qué he entrado en casa de Hunsden esta noche? ¿Por qué mañana al amanecer tengo que volver a la fábrica de Crimsworth? Pasé la noche entera haciéndome estas preguntas y toda la noche exigí con dureza a mi alma una respuesta. No dormí; me ardía la cabeza, tenía los pies helados; finalmente sonaron las campanas de la fábrica y salté de la cama igual que los demás esclavos.

CAPÍTULO V

Todo tiene su punto culminante, tanto los estados de ánimo como las distintas situaciones en la vida.

Le estaba dando vueltas a eso en la cabeza cuando, en el gélido amanecer de una mañana de enero, bajé por la calle empinada y cubierta de hielo que descendía desde la casa de la señora King hasta Close. Los obreros de la fábrica me habían precedido en casi una hora y la fábrica estaba completamente iluminada y funcionando a pleno rendimiento cuando llegué; ocupé mi puesto en la oficina de contabilidad como de costumbre; la chimenea allí, recién encendida, apenas humeaba; Steighton aún no había llegado. Cerré la puerta y me senté en mi escritorio; aún tenía las manos entumecidas después de habérmelas lavado con agua medio congelada. No podía escribir hasta que entraran en calor, de modo que seguí cavilando sobre «El Punto Culminante».

El descontento conmigo mismo turbó sobremanera el fluir de mis reflexiones.

«Vamos, William Crimsworth —decía mi Conciencia, o lo que sea que nos llama la atención desde nuestro interior—, vamos, hazte una idea clara de lo que aguantarías y de lo que no; hablas del Punto Culminante; ¿ha alcanzado tu resistencia el punto culminante, si puede saberse? Aún no ha cumplido cuatro meses. Qué tipo tan decidido te creíste cuando le dijiste a Tynedale que seguirías los pasos de tu padre, ¡y menuda carrera vas a hacer tú! ¡Cómo te gusta X! Justo en este momento, ¡qué agradables asociaciones sugieren sus calles, sus tiendas, sus fábricas y almacenes! ¡Cómo te alegra la perspectiva de un nuevo día! Copiar cartas hasta el mediodía; una comida solitaria en tus habitaciones; copiar cartas hasta la noche; soledad, pues no disfrutas con la compañía de Brown, ni de Smith, ni de Nicholl, ni de Eccles, y en cuanto a Hunsden, imaginabas que hallarías placer en relacionarte con él, ¡con él!, ¡él! ¿Qué te pareció la ración que te dio anoche? ¿Dulce? Sin embargo, es un hombre original y con talento, y aunque tú no le gustas, tu amor propio te desafía a tomarle simpatía; siempre te ha visto bajo una luz desfavorable, siempre te verá bajo esa luz; vuestras posiciones son distintas y, aunque estuvieran al mismo nivel, vuestra mentalidad difiere; no esperes pues recoger la miel de la amistad de esa planta guardada por espinos. ¡Cuidado, Crimsworth! ¿Hacia dónde derivan tus pensamientos? Dejas el recuerdo de Hunsden como una abeja deja una roca o un pájaro un desierto, y tus aspiraciones despliegan unas alas impacientes hacia una tierra de visiones donde ahora, a la luz del día que avanza, de un día en X, osas soñar con Cordialidad, Reposo y Unión. Estas tres cosas no las encontrarás jamás en este mundo; son ángeles; puede que las almas de los justos a los que se ha hecho perfectos las encuentren en el Cielo, pero tu alma no será nunca perfecta. ¡Dan las ocho! Se te han descongelado las manos, ¡a trabajar!»

—¿Trabajar? ¿Por qué he de trabajar? —dije con resentimiento—. A nadie complace lo que hago, aunque trabajo como un esclavo.

«Trabaja, trabaja», repitió la voz interior.

—Por mucho que trabaje, no servirá de nada —dije con un gruñido. No obstante, saqué un paquete de cartas y comencé mi tarea, una tarea amarga y desagradecida como la de los israelitas que se arrastraban por los campos de Egipto abrasados por el sol en busca de paja y matojos para cumplir con su cupo de ladrillos.

Alrededor de las diez oí entrar la calesa del señor Crimsworth en el patio, y un par de minutos más tarde entraba en la oficina. Tenía por costumbre echarnos una ojeada a Steighton y a mí, colgar su impermeable, quedarse un rato de espaldas al fuego y después salir. Aquel día se mantuvo fiel a sus hábitos; la única diferencia consistió en que, al mirarme, su expresión no era sólo dura, sino hosca, y su mirada, en lugar de ser fría, era furiosa. Me contempló un par de minutos más de lo normal, pero sin decir nada.

Dieron las doce, la campana sonó a la hora de la pausa en el trabajo, los obreros se fueron a comer; también Steighton se fue, pidiéndome que cerrara la puerta de la oficina y que me llevara la llave. Estaba yo atando un pliego de papeles y colocándolos en su lugar antes de cerrar mi escritorio, cuando Crimsworth reapareció en el umbral y entró, cerrando la puerta tras él.

—Quédate un momento —dijo con voz grave y brutal, las ventanas de la nariz dilatadas y la chispa de un fuego siniestro en los ojos. A solas con Edward, recordé nuestro parentesco y, al hacerlo, olvidé la diferencia de posición entre nosotros, dejé a un lado la deferencia y el cuidado en el habla, y le respondí con sencilla brevedad.

—Es hora de ir a casa —dije, dando la vuelta a la llave del escritorio.

—¡Te quedarás aquí! —repitió—. ¡Y aparta la mano de esa llave! ¡Déjala en la cerradura!

—¿Por qué? —pregunté—. ¿Qué motivo hay para que cambie mis costumbres?

—Haz lo que te ordeno —fue la respuesta—. ¡Y sin preguntas! Eres uno de mis sirvientes, ¡obedéceme! ¿Qué has estado haciendo...? —añadió sin detenerse a respirar; una brusca pausa anunció que por el momento la ira le impedía articular palabra.

—Puedes verlo tú mismo, si quieres saberlo —contesté—. Aquí tienes el escritorio abierto y aquí están los papeles...

—¡Maldita sea tu insolencia! ¿Qué has estado haciendo?

—El trabajo que tú me das, y lo he hecho bien.

—¡Hipócrita y estúpido! ¡Blandengue llorica! ¡Cuerno de grasa! (Este último término es, según creo, puro dialecto de ...shire, y se refiere al cuerno de negro y rancio aceite de ballena que suele verse colgado de los carros, y que se emplea para engrasar las ruedas.)

—Bien, Edward Crimsworth, ya es suficiente. Es hora de que arreglemos cuentas tú y yo. Hace ahora tres meses que me he puesto a prueba trabajando para ti y me parece la esclavitud más repugnante que pueda darse bajo el sol. Búscate otro empleado, yo me largo.

—¡Qué! ¿Te atreves a despedirte? Espera al menos a cobrar lo tuyo. —Cogió la pesada fusta que colgaba junto a su impermeable.

Me permití reír con cierto desprecio que no me molesté en atemperar ni disimular; su furia aumentó, y cuando hubo soltado media docena de juramentos vulgares e impíos, sin atreverse, no obstante, a levantar la fusta, prosiguió:

—Te he descubierto y ya sé cómo eres, ¡vil y rastrero quejica! ¿Qué has estado diciendo de mí por todo X? ¡Respóndeme!

—¿Sobre ti? Ni me apetece ni tengo la tentación de hablar de ti.

—Mientes, lo haces constantemente, has hecho una costumbre de quejarte públicamente de las vejaciones que recibes de mí. Has ido por ahí contando que te pago un salario mezquino y que te trato peor que a un perro. ¡Ojalá fueras un perro! Empezaría a pegarte ahora mismo y no me movería de aquí hasta haberte arrancado el último trozo de carne de los huesos con este látigo.

Blandió su herramienta y la punta del látigo me rozó la frente. Un cálido estremecimiento de excitación me recorrió el cuerpo, la sangre pareció dar un salto y luego se precipitó hirviente por las venas; me levanté ágilmente, rodeé el escritorio y me encaré con él.

—¡Baja ese látigo! —dije—, y explícame ahora mismo qué quieres decir.

—¡Bergante! ¿Con quién crees que estás hablando?

—Contigo, no hay nadie más aquí, según creo. Dices que te he calumniado, que me he quejado del sueldo y de tus malos tratos. Quiero oír las pruebas en que se sustentan tales afirmaciones.

Crimsworth no tenía dignidad, y cuando le exigí con severidad que me diera una explicación, me la dio alzando el tono de voz y recriminándome.

—¡Pruebas! Las vas a tener, y date la vuelta hacia la luz para que pueda ver cómo enrojece tu cara insolente cuando te demuestre que eres un hipócrita y un mentiroso. Ayer, en una asamblea pública del Ayuntamiento, tuve el placer de oír cómo me insultaba el portavoz que se oponía a mí en la cuestión a debate con alusiones a mis asuntos privados, con hipocresías sobre monstruos desnaturalizados, déspotas familiares y otras memeces por el estilo, y cuando me alcé para replicarle, la chusma me gritó y la mención de tu nombre me permitió detectar de inmediato la procedencia del vil ataque; cuando miré a mi alrededor, vi a ese villano traidor, Hunsden, actuando como instigador. Hace un mes te vi enzarzado en íntima conversación con él y sé que estuviste en su casa anoche. Niégalo si te atreves.

—¡Oh, no pienso negarlo! Y si Hunsden azuzó a la gente para que te abucheara, hizo muy bien; mereces la execración popular, pues difícilmente habrá existido un amo más despiadado, un hermano más brutal y un hombre peor que tú.

—¡Bergante! ¡Bergante! —repitió Crimsworth, y para rematar su apóstrofe hizo restallar el látigo por encima de mi cabeza.

Un minuto me bastó para arrebatárselo, partirlo en dos y arrojarlo a la chimenea; se abalanzó sobre mí, pero pude esquivarle y dije:

—Tócame y haré que te lleven ante el juez más cercano.

Hombres como Crimsworth, si encuentran una resistencia firme y serena, rebajan siempre un tanto su desorbitada insolencia. No quería ser llevado ante un juez y supongo que se dio cuenta de que hablaba en serio. Después de dedicarme una mirada larga y extraña, a un tiempo desafiante y atónita, pareció decidir que, al fin y al cabo, su dinero le hacía superior a un mendigo como yo, y que tenía en sus manos un modo más seguro y digno de vengarse que un castigo corporal algo arriesgado.

—Coge tu sombrero —dijo—. Coge lo que sea tuyo y sal por esa puerta; vete a tu parroquia, vagabundo. Suplica, roba, muérete de hambre, haz que te deporten*, lo que sea, ¡pero no vuelvas a ponerte delante de mi vista, si no quieres saber lo que es bueno! Si me entero de que pones los pies en un centímetro de terreno que me pertenezca, contrataré a alguien para que te apalee.

—No es probable que tengas ocasión de hacerlo; una vez salga de tus propiedades, ¿qué podría tentarme a regresar a ellas? Dejo atrás una prisión, un tirano; dejo atrás algo mucho peor que lo peor que pueda aguardarme en el futuro, así pues, no temas mi vuelta...

—¡Vete o no respondo de mí! —exclamó Crimsworth. Me dirigí lentamente a mi escritorio, saqué cuanto de su contenido era de mi propiedad, me lo metí en el bolsillo, lo cerré y dejé la llave encima.

—¿Qué has sacado del escritorio? —preguntó el patrón—. Déjalo todo en su sitio o enviaré a un policía para que te registre.

---

* Se refiere a la antigua pena aplicada en el Reino Unido, por la que un delincuente convicto podía ser enviado a las colonias de ultramar, principalmente Australia, donde trabajaba como esclavo a todos los efectos.

—Míralo bien entonces —repliqué y cogí mi sombrero, me puse los guantes y salí de la oficina caminando tranquilamente; salí para no volver jamás.

Recuerdo que, al sonar la campana de la fábrica anunciando la hora de comer, antes de que entrara el señor Crimsworth y tuviera lugar la escena que acabo de relatar, tenía bastante apetito y había estado esperando oír la señal con cierta impaciencia, pero en ese momento me olvidé de comer; la imagen del cordero asado con patatas se borró de mi cabeza a causa de la agitación y el torbellino que había originado en ella la conversación de la última media hora; sólo pensé en caminar de modo que la acción de mis músculos armonizara con la acción de mis nervios, y ya lo creo que caminé, deprisa y bien lejos; ¿qué otra cosa podía hacer? Me había quitado un gran peso de encima, me sentía ligero y liberado. Me había ido de Bigben Close sin que me flaqueara la determinación, sin que mi amor propio saliera malparado; no había forzado las Circunstancias, sino que éstas me habían salvado. La Vida volvía a abrirse ante mí; sus horizontes no estaban ya limitados por el alto y negro muro que circundaba la fábrica de Crimsworth. Dos horas transcurrieron antes de que mis emociones se hubieran calmado lo suficiente para observar los límites más amplios y despejados por los que había cambiado aquel recinto cubierto de hollín. Cuando por fin alcé la vista... ¡caramba! Delante de mí se extendía Grovetown, un pueblecito de casas de campo situado a unas cinco millas de X. El corto día invernal se acercaba a su fin, como pude comprobar por el rápido declinar del sol; una fría bruma surgía del río junto al que se halla X y a lo largo del cual discurre la carretera que había tomado; ensombrecía la tierra, pero no el claro y gélido cielo de enero. Reinaba una gran quietud; aquel momento del día propiciaba la tranquilidad, pues no era aún la hora de salida de las fábricas y no había gente en el exterior. Sólo el sonido del curso de agua invadía el aire, pues el río era profundo y caudaloso, crecido por el deshielo de una última nevada. Me detuve un rato y me apoyé en un muro para asomarme y ver la corriente, contemplando el rápido fluir del agua. Deseé que la Memoria grabara una impresión nítida y permanente de la escena a fin de atesorarla para épocas futuras. El reloj de la iglesia de Grovetown dio las cuatro; levanté los ojos y contemplé los últimos rayos del sol que lanzaban destellos rojos por entre las ramas peladas de unos robles muy viejos que rodeaban la iglesia; su luz daba color al paisaje y lo caracterizaba tal como yo deseaba. Me detuve un instante más, hasta que el dulce y lento sonido de la campana se extinguió en el aire. Satisfechos oídos, ojos y sentimientos, me aparté del muro y, una vez más, volví el rostro hacia X.

CAPÍTULO VI

Volví a entrar en la ciudad muy hambriento; la comida regresó tentadora a mi recuerdo, de modo que subí la estrecha pendiente que conducía a mi alojamiento con paso vivo y un gran apetito. Era de noche cuando abrí la puerta de la calle y entré en casa, preguntándome cómo encontraría el fuego de mi chimenea; la noche era fría y me estremecí ante la perspectiva de un hogar lleno de cenizas sin vida. Me sorprendió gratamente encontrar un buen fuego en una chimenea limpia al entrar en mi salita. Apenas había tenido tiempo de darme cuenta de ello cuando me percaté de la presencia de otro motivo de asombro: la silla en que solía sentarme junto al fuego estaba ya ocupada por una persona que tenía los brazos cruzados sobre el pecho y las piernas estiradas. Pese a ser corto de vista y a la engañosa luz del fuego, una ojeada me bastó para reconocer al señor Hunsden. Desde luego no podía complacerme demasiado verlo, considerando el modo en que me había despedido de él la noche anterior, y cuando me acerqué a la chimenea, aticé el fuego y dije fríamente: «Buenas noches», mi conducta demostró tan poca cordialidad como la que sentía; sin embargo, me preguntaba qué le había llevado hasta allí, y también cuáles eran los motivos que le habían inducido a entrometerse de forma tan activa entre Edward y yo; a él debía, al parecer, mi grato despido. Aun así, no me animaba a preguntarle nada, a mostrar la menor curiosidad. Si quería explicarse, podía hacerlo, pero la explicación tenía que salir de él; creí que se disponía a dármela.

—Tiene usted conmigo una deuda de gratitud —fueron sus primeras palabras.

—¿Yo? —dije—. Espero que no sea muy elevada, pues soy demasiado pobre para cargar con obligaciones muy pesadas, sean las que sean.

—Entonces decláarese en bancarrota de inmediato, porque esta obligación pesa al menos una tonelada. Al llegar, he encontrado apagado el fuego de su chimenea y he hecho que volvieran a encenderlo y que esa criada sosa y malhumorada se quedara para atizarlo con el fuelle hasta que ha ardido perfectamente. Bien, déme las gracias.

—No hasta que haya comido algo; no puedo dar las gracias a nadie mientras tenga tanta hambre.

Toqué la campanilla y pedí té y un poco de carne fría.

—¡Carne fría! —exclamó Hunsden cuando la criada cerró la puerta—. ¡Menudo glotón está usted hecho, hombre! ¡Carne con té! Se morirá de empacho.

—No, señor Hunsden, no me moriré. —Sentía la necesidad de contradecirle; estaba irritado por el hambre y por verle allí, e irritado por la pertinaz rudeza de sus modales.

—Son los excesos en la comida lo que le pone de tan mal humor —dijo.

—¿Cómo lo sabe? —pregunté—. Es muy propio de usted dar una opinión pragmática sin conocer ninguna de las circunstancias del caso. No he comido.

Había respondido de muy mal talante, pero Hunsden se limitó a mirarme, echándose a reír.

—¡Pobrecito! —dijo gimoteando al cabo de un rato—. ¿No ha comido nada? ¡Vaya! Supongo que su patrón no le ha dejado volver a casa. ¿Le ha ordenado Crimsworth que ayune como castigo, William?

—No, señor Hunsden. —Afortunadamente, en aquel momento de malhumor trajeron el té, y me abalancé sobre el pan, la mantequilla y la carne fría sin más. Después de haber dejado limpio un plato lleno, me humanicé hasta el punto de comunicar al señor Hunsden que no hacía falta que se quedara mirándome, sino que podía acercarse a la mesa e imitarme, si le apetecía.

—No me apetece en absoluto —dijo y con estas palabras llamó a la criada tirando con fuerza del cordón de la campanilla y le transmitió el deseo de tomar un vaso de agua con tostadas*—. Y un poco más de carbón —añadió—. El señor Crimsworth tendrá un buen fuego ardiendo mientras yo esté aquí.

Cuando se cumplieron sus órdenes, volvió su silla hacia la mesa para encararse conmigo.

—Bueno —dijo, reanudando la conversación—. Supongo que se ha quedado sin trabajo.

—Sí —contesté, aunque, poco dispuesto a mostrar la satisfacción que me producía ese hecho, cediendo a un capricho momentáneo, seguí con el tema como si me considerara agraviado más que beneficiado por lo que se me había hecho—. Sí, gracias a usted. Crimsworth me ha echado sin previo aviso debido a cierta intervención suya en una asamblea pública, según tengo entendido.

—¡Ah! ¿Cómo? ¿Ha mencionado eso? Me vio haciendo señas a los muchachos, ¿verdad? ¿Qué ha dicho de su amigo Hunsden, alguna lindeza?

—Le ha llamado villano traidor.

—¡Oh, aún no me conoce! Soy una de esas personas tímidas que no se revelan en un primer momento, y él apenas acaba de

---

* Antiguamente, en Inglaterra, se usaban trozos de tostadas especiadas para dar sabor a las bebidas.

conocerme, pero descubrirá que tengo algunas cualidades, ¡cualidades excelentes! Los Hunsden no han tenido jamás rival desenmascarando granujas; un villano redomado y sin honor es su presa natural, no pueden despegarse de uno de ellos en cuanto lo encuentran. Acaba de usar usted el adjetivo «pragmático», esa palabra es propiedad de mi familia; tenemos buen olfato para los abusos, olemos a un sinvergüenza a una milla de distancia, somos reformadores natos, reformadores radicales, y me era imposible vivir en la misma ciudad que Crimsworth, relacionarme con él todas las semanas, ser testigo del modo en que lo trataba a usted (por quien personalmente no tengo ningún afecto, tan sólo me preocupa la brutal injusticia con que él forzaba su ecuanimidad innata). Digo que me era imposible verme en esa situación y no sentir que el ángel o el demonio de mi raza se adueñaban de mí. He hecho caso a mi instinto, me he opuesto a un tirano y he roto una cadena.

La verdad es que este discurso me interesó mucho, en tanto que revelaba el carácter de Hunsden además de explicar sus motivos; me interesó hasta el punto de que olvidé responder y me quedé callado dando vueltas al torbellino de ideas que me había sugerido.

—¿Me lo agradece? —preguntó al cabo de un rato.

En realidad se lo agradecía, o casi, y creo que en aquel momento hasta me gustaba, aunque no lo hubiera hecho porque me apreciase; pero la naturaleza humana es obstinada; imposible responder afirmativamente a su ruda pregunta, de modo que depuse toda tendencia a la gratitud y le aconsejé que, si esperaba algún tipo de recompensa por su defensa, la buscara en un mundo mejor, pues no era probable que la recibiera en éste. Me respondió tildándome de bribón aristócrata sin entrañas, por lo que volví a acusarle de quitarme el pan de la boca.

—¡Era un pan sucio, hombre! —exclamó Hunsden—. ¡Sucio y malsano! Procedía de las manos de un tirano, porque le aseguro que Crimsworth es un tirano, un tirano con sus obreros y sus oficinistas, y llegará el día en que sea un tirano con su mujer.

—¡Tonterías! El pan es pan y un salario es un salario. Yo he perdido ambos y gracias a usted.

—La verdad es que tiene sentido lo que dice —replicó Hunsden—. Debo admitir que me ha sorprendido agradablemente oírle hacer una observación tan práctica como esa. Lo que había observado antes sobre su carácter me había llevado a imaginar que la satisfacción emocional que le habría producido su recién recobrada libertad habría borrado toda idea de previsión y prudencia, al menos durante un tiempo; mi opinión sobre usted ha mejorado al ver cómo sigue preocupándose por lo más necesario.

—¡Preocuparme por lo más necesario! ¿Y qué otra cosa iba a hacer? Tengo que vivir y para vivir he de tener lo que usted llama «lo necesario», que sólo puedo conseguir trabajando; lo repito, me ha despojado usted de mi trabajo.

—¿Qué piensa hacer? —insistió Hunsden con frialdad—. Tiene parientes con influencias. Supongo que pronto le proporcionarán otro empleo.

—¿Parientes con influencias? ¿Quiénes? Me gustaría conocer sus nombres.

—Los Seacombe.

—¡Cuentos! He cortado toda relación con ellos.

Hunsden me miró con incredulidad.

—Es cierto —dije—, y definitivamente.

—Debe de querer decir que ellos han cortado toda relación con usted, William.

—Como prefiera. Me ofrecieron su mecenazgo a condición de que me hiciera clérigo; yo rechacé tanto las condiciones como la recompensa; me aparté de mis implacables tíos y preferí arrojarme en brazos de mi hermano mayor, de cuyo afectuoso abrazo he sido arrancado por la cruel intervención de un desconocido; de usted, en resumidas cuentas.

No pude contener un amago de sonrisa al hablar así; en ese mismo momento brotó de los labios de Hunsden una cuasi manifestación similar de sentimientos:

—¡Ah, comprendo! —dijo, mirándome a los ojos, y era evidente que en verdad leía en mi corazón; después de pasar un par de minutos con el mentón apoyado en el puño, diligentemente ocupado en un ininterrumpido examen de mi semblante, prosiguió—: En serio, ¿realmente no puede esperar nada de los Seacombe?

—Sí: rechazo y repulsa. ¿Por qué me lo vuelve a preguntar? ¿Cómo iban a permitir que unas manos manchadas con la tinta de una oficina de contabilidad, sucias de la grasa de un almacén de lana, tocaran de nuevo sus aristocráticas palmas?

—Sería difícil, sin duda; aun así, es usted un Seacombe tan perfecto en aspecto, rasgos, lenguaje, y casi en modales, que no veo cómo podrían repudiarlo.

—Me han repudiado, así que no hablemos más de ello.

—¿Lo lamenta, William?

—No.

—¿Por qué no, muchacho?

—Porque no son personas por las que pudiera haber sentido simpatía.

—Le digo que es uno de ellos.

—Eso sólo demuestra que no sabe nada del asunto; soy hijo de mi madre, pero no sobrino de mis tíos.

—Aun así... uno de sus tíos es lord, aunque bastante insignificante y no muy rico, y el otro un hombre honorable. Debería usted tener en cuenta sus intereses.

—Tonterías, señor Hunsden. Usted sabe o puede que sepa que, aunque hubiese deseado someterme a la voluntad de mis tíos, jamás habría conseguido inclinarme con la suficiente cortesía para llegar a ganarme su favor. Habría sacrificado mi propio bienestar y no habría conseguido su mecenazgo a cambio.

—Es muy posible. De modo que pensó que el plan más prudente era el de valerse por sus propios medios de inmediato.

—Exactamente, he de valerme por mis propios medios, y habré de hacerlo hasta el día de mi muerte, porque no puedo comprender, ni adoptar, ni practicar los de otras personas.

Hunsden bostezó.

—Bien —dijo—, en todo esto sólo una cosa veo clara, a saber, que no es asunto mío. —Se desperezó y volvió a bostezar—. ¿Qué hora será? —añadió—. Tengo un compromiso a las siete.

—Las siete menos cuarto en mi reloj.

—Bien, entonces debo irme. —Se levantó—. ¿No volverá a tener nada que ver con la industria? —dijo, apoyando el codo en la repisa de la chimenea.

—No, no lo creo.

—Sería un tonto si lo hiciera. Seguramente, además, reconsiderará la propuesta de su tío y se hará clérigo.

—Para ello, tendría que producirse en mí una completa regeneración interna y externa. Un buen clérigo es uno de los mejores hombres...

—¡Vaya! ¿Eso cree? —dijo Hunsden en tono de mofa, interrumpiéndome.

—Sí, no le quepa duda. Pero no tengo las características específicas que se necesitan para ser un buen clérigo, y antes que adoptar una profesión para la que no tengo vocación, preferiría verme en la pobreza más absoluta.

—Es usted un cliente terriblemente difícil de complacer. No quiere ser industrial ni clérigo, no puede ser abogado ni médico, ni caballero, porque no tiene dinero. Le recomiendo que viaje.

—¿Cómo, sin dinero?

—Tiene que viajar para buscar dinero, hombre. Habla francés, con un horrible acento inglés, sin duda, pero lo habla. Váyase al Continente* y vea qué surge allí para usted.

—¡Dios sabe que me gustaría! —exclamé yo con involuntario ardor.

—Pues vaya, ¿qué demonios se lo impide? Puede ir a Bruselas, por ejemplo, por cinco o seis libras... si sabe cómo administrarse.

—La necesidad me enseñaría, aunque no supiera.

—Vaya, pues, y ábrase camino con el ingenio cuando llegue allí. Conozco Bruselas casi tan bien como X; estoy seguro de que a una persona como usted le irá mejor allí que en Londres.

—Pero ¡y el trabajo, señor Hunsden! Debo ir donde pueda encontrar trabajo; ¿cómo podría conseguir una recomendación o presentación o un empleo en Bruselas?

—Ahora habla el órgano de la Cautela. Detesta dar un paso antes de conocer hasta el último centímetro del camino. ¿Tiene una hoja de papel, pluma y tinta?

—Espero que sí —dije, y saqué los útiles de escribir a toda prisa, pues supuse lo que iba a hacer. Se sentó, escribió unas cuantas líneas, dobló y selló la carta, le puso la dirección y me la tendió.

—Tome, Prudencia. Ahí tiene un pionero que despejará su camino de los primeros obstáculos. Sé muy bien, muchacho, que no es usted uno de esos que meten el cuello en una soga sin comprobar primero cómo van a sacarlo, y en eso hace usted bien. Aborrezco a los hombres imprudentes y nada me convencerá jamás de entrometerme en los asuntos de tales hombres. Los imprudentes en lo que a ellos mismos se refiere suelen serlo diez veces más en lo que se refiere a sus amigos.

—Supongo que será una carta de presentación —dije, cogiendo la epístola.

* Los ingleses suelen usar el término para referirse al resto de Europa.

—Sí, con ella en el bolsillo no correrá el riesgo de encontrarse en la absoluta miseria, lo cual consideraría, lo sé, una degradación, igual que yo, ciertamente. La persona a la que entregará la carta suele disponer de dos o tres empleos respetables que dependen de su recomendación.

—Es exactamente lo que necesito —dije.

—Bien, ¿y dónde está su gratitud? —quiso saber el señor Hunsden—. ¿No sabe cómo dar las gracias?

—Tengo quince libras y un reloj que me dio mi madrina, a la que no llegué a conocer, hace dieciocho años —fue mi respuesta, sin venir a cuento, y luego me confesé un hombre feliz y afirmé que no envidiaba a ningún rey de la cristiandad.

—¿Y su gratitud?

—Partiré muy pronto, señor Hunsden, mañana si todo va bien. No me quedaré en X un día más de lo estrictamente necesario.

—Muy bien, pero debería tener la decencia de reconocer como es debido la ayuda que le he prestado. ¡Sea rápido! Van a dar las siete; estoy esperando a que me dé las gracias.

—Hágame el favor de apartarse, señor Hunsden, necesito la llave que está encima de la repisa de la chimenea, en ese rincón. Voy a meter mis cosas en el baúl antes de acostarme.

El reloj de la casa dio las siete.

—Este muchacho es un pagano —dijo Hunsden, y recogiendo su sombrero de una mesita, abandonó la habitación riendo para sus adentros. Me sentí tentado de ir tras él, realmente tenía intención de abandonar X a la mañana siguiente y sin duda no dispondría de más oportunidades para despedirme. La puerta de la calle se cerró con un fuerte golpe al tiempo que me oí decir:

—Que se vaya. Algún día volveremos a encontrarnos.

CAPÍTULO VII

Lector, ¿no has estado nunca en Bélgica? ¿Casualmente no conoces la fisonomía de ese país? ¿No tienes sus rasgos grabados en tu memoria como los tengo yo en la mía?

Tres, no, cuatro cuadros cubren las cuatro paredes de la celda donde se almacenan mis Recuerdos del Pasado. En primer lugar, Eton. Todo en ese cuadro se ve en una perspectiva lejana, diminuta, que se pierde de vista, pero es de colores vivos, verde, cubierto de rocío; con un cielo primaveral lleno de nubes brillantes, pero cargadas de lluvia, pues en mi infancia no todo fue luz del sol: tuvo sus horas nubladas, frías, tormentosas. En segundo lugar, X, grande, tiznado, con el lienzo agrietado y ennegrecido; el cielo amarillo, las nubes grises, sin sol, sin azul celeste; el verde de las afueras asolado y sucio: un paisaje muy deprimente.

En tercer lugar, Bélgica; me detendré delante de este paisaje. En cuanto al cuarto, lo cubre una cortina que tal vez descorra más adelante, o tal vez no, según mi capacidad y mi conveniencia. En cualquier caso, por el momento habrá de seguir tal como está. ¡Bélgica! Nombre carente de romanticismo y de poesía que, sin embargo, siempre que se pronuncia, tiene un sonido en mis oídos y halla un eco en mi corazón que ningún otro conjunto de sílabas es capaz de producir, por dulces o clásicas que sean. ¡Bélgica! Repito la palabra ahora, sentado solo, cerca de la medianoche. Agita mi mundo del Pasado como una llamada a la Resurrección; las tumbas se abren, los muertos se levantan; veo Ideas, Sentimientos, Recuerdos que dormían, alzándose de la tierra —rodeados de un halo en su mayoría—, pero, mientras contemplo sus formas vaporosas y me esfuerzo en distinguir claramente su contorno, el sonido que los había despertado se extingue, y las formas se hunden como una liviana espiral de niebla, absorbidas por el humus, devueltas a sus urnas funerarias, encerradas de nuevo en sus mausoleos. ¡Adiós, espectros luminosos!

Esto es Bélgica, lector, ¡mira! No digas que el cuadro es aburrido o triste; a mí no me pareció ni una cosa ni la otra cuando lo contemplé por primera vez. Cuando salí de Ostende una suave mañana de febrero y me encontré en la carretera de Bruselas, no había nada que me pareciera insulso. Mi sentido del placer estaba aguzado al máximo, intacto, era entusiasta, exquisito. Yo era joven, tenía buena salud, no había conocido aún el Placer; ninguna facultad de mi naturaleza se había debilitado ni saciado por entregarme a él. Abrazaba la Libertad por primera vez en mi vida y la influencia de su sonrisa y de su abrazo me hicieron revivir como el sol y el viento del oeste. Sí, en aquella época me sentía como un viajero que no duda de que desde la colina por la que asciende de buena mañana contemplará un glorioso amanecer; ¿y si el camino es angosto, empinado y pedregoso?; no lo ve, su mirada está fija en esa cima, enrojecida ya, enrojecida y dorada, y una vez la alcance está seguro de lo que habrá más allá. Sabe que enfrente tendrá el sol, que su carro se acerca ya sobre el horizonte oriental y que la brisa que nota en las mejillas, como un heraldo, está abriendo para la carrera del Dios un camino despejado y vasto de azul celeste entre las nubes, suave como las perlas y cálido como las llamas. Me aguardaban momentos difíciles y de duro trabajo, pero sustentado por la energía, estimulado por esperanzas tan brillantes como vagas, no me parecía que tuvieran que ser momentos de penuria. Ascendía por la colina en la sombra, había guijarros, desniveles y zarzas en mi camino, pero yo no dejaba de mirar el pico carmesí que tenía sobre mi cabeza, mi imaginación estaba concentrada en el firmamento refulgente que vería más allá, y no pensaba para nada en las piedras que me laceraban los pies, ni en las espinas que me arañaban la cara y las manos.

Miraba a menudo y siempre con deleite por la ventanilla de la diligencia (recuérdese que aquéllos no eran los tiempos de trenes y vías férreas). ¡Bien! ¿Y qué veía? Te lo contaré fielmente. Verdes marismas pobladas de juncos, campos fértiles, pero llanos, cultivados en parcelas que les hacían parecer magníficos huertos de verduras; hileras de árboles talados, nivelados como sauces desmochados, bordeando el horizonte; canales estrechos que se deslizaban lentamente junto a la carretera, granjas flamencas pintadas, algunas casuchas muy sucias, un cielo gris, muerto, una carretera mojada, campos mojados, tejados mojados; ni un solo objeto hermoso, ni siquiera pintoresco, encontraron mis ojos a lo largo de todo el trayecto. Sin embargo, para mí todo era hermoso, todo era más que pintoresco. El paisaje no cambió mientras duró la luz del día, aunque la neblina, causada por la incesante lluvia de días anteriores, había empapado la campiña; no obstante, cuando empezó a hacerse de noche, volvió a llover y vislumbré el resplandor de las primeras luces de Bruselas en medio de una oscuridad húmeda y sin estrellas. Poca cosa vi de la ciudad aquella noche salvo sus luces. Cuando me apeé de la diligencia, un pequeño coche de alquiler me llevó al Hotel de..., donde iba a hospedarme por consejo de un compañero de viaje; después de una buena cena, me acosté y dormí profundamente.

A la mañana siguiente me desperté de un reposo profundo y prolongado con la impresión de estar aún en X, y al notar la plena luz del día me incorporé, imaginando que me había dormido y que llegaba tarde a la oficina. Aquella momentánea y dolorosa sensación desapareció ante una conciencia de libertad vivificante y revivida y, apartando las blancas cortinas de mi cama, me asomé a una habitación extranjera, amplia y de techos altos; ¡cuán diferente del alojamiento pequeño y sucio, aunque no incómodo, que había ocupado durante un par de noches en una respetable posada de Londres, mientras esperaba a que zarpara el barco! ¡Pero Dios me libre de profanar el recuerdo de aquella habitación sucia y pequeña! Mi alma le tiene demasiado apego, pues allí, tumbado en medio del silencio y la oscuridad, oí por primera vez la gran campana de San Pablo anunciando a Londres la medianoche, y qué bien recuerdo los tonos graves y pausados, tan cargados de una flema y una fuerza colosales. Desde el ventanuco de esa habitación vi por primera vez la cúpula elevándose sobre la niebla londinense. Supongo que las sensaciones que despertaron aquellos primeros sonidos y aquellas primeras visiones no se repetirán; ¡Memoria, guárdalos como un tesoro! ¡Enciérralos en urnas y colócalos en nichos seguros! Bien, me levanté. Los viajeros dicen que los alojamientos en el extranjero tienen un mobiliario escaso y son incómodos; a mí la habitación me pareció alegre y majestuosa: tenía unas ventanas amplias, *croisées*, que se abrían como puertas, con cristales grandes y transparentes; sobre el tocador había un espejo enorme, y otro sobre la repisa de la chimenea; el suelo pintado estaba limpio y reluciente. Cuando me vestí y bajé las escaleras, los anchos escalones de mármol me dejaron casi sobrecogido, igual que el vestíbulo de techo alto al que conducían. En el primer rellano me encontré con una doncella flamenca que llevaba zuecos, cortas enaguas rojas y cubrecorsé de algodón estampado; tenía el rostro ancho y de rasgos que rayaban la estupidez; cuando le hablé en francés me respondió en flamenco con un aire ajeno a cualquier muestra de cortesía; sin embargo, me pareció encantadora; aunque no fuera amable ni bonita, la encontré pintoresca; me recordó las figuras femeninas de ciertos cuadros holandeses que había visto en Seacombe Hall.

Me dirigí al salón; también éste era muy espacioso y de techo muy alto, y caldeado por una estufa; el suelo y la estufa eran negros, así como la mayor parte del mobiliario; sin embargo, no había experimentado jamás una sensación de libertad tan eufórica como la que experimenté al sentarme a una mesa negra muy larga (cubierta en parte por un mantel blanco) y, tras pedir el desayuno, me serví el café de una pequeña cafetera negra. Puede que a ojos de otros, que no a los míos, la estufa tuviera un aspecto deprimente; pero indiscutiblemente daba mucho calor y había dos caballeros sentados junto a ella, hablando en francés; era imposible seguir su charla por lo rápido que hablaban o comprender el sentido general de lo que decían; sin embargo, el francés en boca de franceses o belgas (entonces no era consciente todavía del horrible acento belga) era música para mis oídos. Al cabo de un rato, uno de los caballeros se dio cuenta de que yo era inglés, sin duda por la forma en que me dirigía al camarero, pues insistía en hablarle en francés con mi execrable estilo del sur de Inglaterra, pese a que el hombre entendía el inglés. Después de mirarme en un par de ocasiones, el caballero me abordó educadamente en un inglés excelente. Recuerdo que deseé con todas mis fuerzas hablar igual de bien el francés. Su fluidez y su correcta pronunciación me inculcaron por primera vez una idea acertada sobre el carácter cosmopolita de la capital en la que estaba; era mi primera experiencia con las lenguas modernas; más tarde descubrí que era una experiencia muy común en aquella ciudad.

Me demoré con el desayuno cuanto pude, mientras lo tuve sobre la mesa y el desconocido siguió hablándome; era un viajero libre e independiente; pero al fin recogieron el servicio, los dos caballeros abandonaron el salón y de repente cesó la ilusión; la realidad y los negocios volvieron a imponerse. Yo, el esclavo recién liberado del yugo, libre desde hacía una semana, después de veintiún años de represión, me veía impelido por la necesidad a aceptar de nuevo los grilletes de la dependencia; apenas había saboreado el gozo de no tener amo cuando el deber me daba su severa orden: «Ve y busca donde servir de nuevo». Yo jamás aplazo una tarea penosa y necesaria, nunca antepongo el placer al trabajo, no va con mi naturaleza. Sería imposible disfrutar de un lento paseo por la ciudad, aunque me había fijado en que la mañana era espléndida, hasta que hubiera entregado la carta de presentación del señor Hunsden y me hubiera puesto en el buen camino para hallar un nuevo empleo. Arranqué mis pensamientos de la Libertad y el gozo, cogí mi sombrero y obligué a mi reacio cuerpo a salir del Hotel de... a la calle.

Hacía un buen día, pero no quise mirar el cielo azul ni las magníficas casas que me rodeaban; me había concentrado en una sola cosa: encontrar al «Sr. Brown, número..., Rue Royale», pues tal era la dirección de la carta. A fuerza de preguntar logré al fin hallarme ante la puerta que buscaba; llamé, pregunté por el señor Brown y me franquearon la entrada.

Conducido a un pequeño gabinete, me encontré en presencia de un anciano caballero con un aspecto muy serio, formal y respetable. Le entregué la carta del señor Hunsden y me recibió muy cortésmente; tras una breve conversación sin interés, me preguntó si había algo en lo que su consejo o su experiencia pudieran serme útiles; le respondí que sí y procedí a contarle que yo no era un caballero de fortuna que viajara por placer, sino un antiguo escribiente que buscaba empleo y, además, de inmediato. Me contestó que, como amigo del señor Hunsden, estaba dispuesto a ayudarme en cuanto le fuera posible. Después de meditarlo un rato, mencionó un empleo en una empresa mercantil de Lieja y otro en una librería de Lovaina.

—¡Oficinista y dependiente! —musité entre dientes—. No... —meneé la cabeza; había probado el taburete alto y lo detestaba, creía que existían ocupaciones que me convendrían más; y no deseaba irme de Bruselas.

—No tengo empleo alguno en Bruselas —respondió el señor Brown—, a menos que quiera probar en la enseñanza. Conozco al director de una gran escuela que necesita un profesor de inglés y latín.

Reflexioné un par de minutos y luego acepté la idea con vehemencia...

—¡Es justo lo que buscaba, señor! —dije.

—Pero —añadió— ¿entiende usted el francés lo suficiente para enseñar inglés a unos muchachos belgas?

Por fortuna pude responder a esta pregunta afirmativamente; había estudiado el idioma con un francés y lo hablaba bien, aunque no con fluidez; también sabía leerlo y lo escribía bastante bien.

—Entonces —prosiguió el señor Brown—, creo que puedo prometerle el puesto, porque monsieur Pelet no rechazará a un profesor recomendado por mí. Pero vuelva a verme esta tarde a las cinco y se lo presentaré.

La palabra me sorprendió.

—No soy profesor —dije.

—Oh —dijo el señor Brown—. Profesor aquí en Bélgica significa maestro, eso es todo.*

---

* En inglés, *professor* alude en realidad al más alto rango académico, como un catedrático o un profesor universitario, mientras que *teacher* se utiliza para los demás docentes, que en España denominamos «maestros» o «profesores» indistintamente, si bien se prefiere el término «maestros» para la enseñanza primaria y «profesores» para la secundaria y la universitaria.

Tranquilizada mi conciencia, di las gracias al señor Brown y me retiré por el momento. Salí a la calle con el corazón aliviado; la tarea que me había impuesto para el día se había realizado, podía disfrutar de unas horas de asueto. Me sentí libre para alzar la vista; por primera vez me fijé en la deslumbrante transparencia del aire, en el intenso azul del cielo, en las alegres y pulcras casas encaladas o pintadas; vi que la Rue Royale era una calle elegante y, caminando lentamente por su ancha acera, seguí observando sus espléndidos palacetes hasta que las empalizadas, las verjas y árboles del parque ofrecieron una nueva atracción a mis ojos. Recuerdo que antes de entrar en el parque me detuve un rato a contemplar la estatua del general Belliard, y que luego avancé hasta lo alto de la gran escalinata que había justo al lado y bajé la mirada hacia una estrecha calle lateral que, según supe más tarde, se llamaba Rue d'Isabelle. Recuerdo perfectamente que mis ojos se posaron sobre la puerta verde de una casa bastante grande que había enfrente, donde, en una placa de latón se leía: *Pensionnat de demoiselles*[*]. *Pensionnat!* La palabra despertó en mí una sensación de intranquilidad; parecía hablar de represión. Algunas de las *demoiselles*, alumnas externas, sin duda, salían por la puerta en aquel momento. Busqué una cara bonita entre ellas, pero los cerrados sombreros de estilo francés ocultaban sus facciones; en un instante desaparecieron.

Había atravesado buena parte de Bruselas antes de las cinco de la tarde, pero puntualmente, al dar la hora, me hallaba de nuevo en la Rue Royale. Cuando fui conducido de nuevo al gabinete del señor Brown, lo encontré sentado a la mesa, igual que antes, y no estaba solo; había un caballero de pie junto a la chimenea. Dos palabras de presentación bastaron para identificarle como mi futuro patrón: monsieur Pelet, el señor Crimsworth; señor Crims-

---

[*] Internado de señoritas.

worth, monsieur Pelet. Saludándonos con una inclinación de cabeza concluyó la ceremonia. No sé cómo le saludé, supongo que del modo más corriente, pues mi estado de ánimo era neutro y sosegado, no sentía la agitación que había perturbado mi primera entrevista con Edward Crimsworth; el saludo de monsieur Pelet fue extremadamente cortés, pero no teatral, apenas podía decirse que se inclinara al modo francés. Nos sentamos uno frente al otro. Con voz agradable, profunda y, en consideración a mi condición de extranjero, muy clara y pausada, monsieur Pelet me comunicó que acababa de recibir de *le respectable monsieur Brown* un informe sobre mis conocimientos y mi carácter que disiparon sus escrúpulos sobre la conveniencia de contratarme como profesor de latín e inglés en su centro. No obstante, para cumplir con las formalidades, quiso hacerme unas cuantas preguntas que pusieran a prueba mi capacidad; me las hizo y expresó la satisfacción que le producían mis respuestas en palabras halagüeñas. A continuación tratamos el asunto del sueldo; se fijó en mil francos anuales más la comida y el alojamiento.

—Y, además —sugirió monsieur Pelet—, dado que cada día dispondrá de varias horas en las que no serán precisos sus servicios en el centro, con el tiempo podrá conseguir empleo en otras escuelas, convirtiendo así en provechosos sus momentos de ocio.

Pensé que en esto era muy amable y ciertamente descubrí después que las condiciones en las que me había contratado monsieur Pelet eran muy generosas para ser Bruselas, pues la educación era allí extremadamente barata debido a la abundancia de maestros; se dispuso también que debía incorporarme a mi nuevo puesto al día siguiente, tras lo cual monsieur Pelet y yo nos despedimos.

Bien, ¿y cómo era?, ¿qué impresión me causó? Era un hombre de unos cuarenta años de edad, de estatura media y figura consumida, de pálido semblante, mejillas y ojos hundidos; sus facciones eran agradables y regulares, con un aire francés (pues monsieur Pelet no era flamenco, sino francés de nacimiento y de padres franceses); sin embargo, en su caso, la severidad inseparable de los rasgos galos quedaba atenuada por unos apacibles ojos azules y una expresión melancólica, casi sufrida; su fisonomía era *fine et spirituelle*. Utilizo dos palabras francesas porque definen mejor que cualquier palabra inglesa la clase de inteligencia de que estaban imbuidas sus facciones. Era en conjunto un personaje interesante y agradable. Tan sólo me extrañó la ausencia total de las características comunes a su profesión, y casi temí que no fuera lo bastante severo y resoluto como maestro de escuela. En apariencia al menos, monsieur Pelet ofrecía un contraste absoluto con mi anterior patrón, Edward Crimsworth.

Influido por la impresión que me había causado su amabilidad, me sorprendí bastante cuando, al llegar al día siguiente a la casa de mi nuevo patrón, y serme ofrecida una primera inspección de lo que habría de constituir el terreno de mis futuros esfuerzos, es decir, las aulas de altos techos, espaciosas y bien iluminadas, vi a un gran número de alumnos, todos chicos, por supuesto, cuya apariencia general mostraba todos los indicios de un centro educativo concurrido, floreciente y bien disciplinado. Mientras atravesaba las aulas en compañía de monsieur Pelet, un profundo silencio reinó por todas partes, y si por casualidad se oía algún murmullo o susurro, una mirada de los pensativos ojos de aquel gentil pedagogo lo acallaba al instante. Era asombroso, pensé, que tan suave reconvención fuera tan eficaz. Cuando me hube paseado a lo largo y ancho de las aulas, monsieur Pelet se volvió hacia mí y me dijo:

—¿Le importaría hacerse cargo de los chicos ahora mismo y comprobar su nivel de inglés?

La propuesta era inesperada; había pensado que se me concedería un día al menos para prepararme, pero la vacilación es un mal presagio para empezar cualquier carrera, de modo que me dirigí hacia la mesa del profesor, que estaba cerca de nosotros, y me situé frente al círculo de alumnos. Me demoré un momento para ordenar mis ideas y también para dar forma en francés a la frase con la que me proponía iniciar mi profesorado. La abrevié cuanto pude.

—*Messieurs, prenez vos libres de lecture.*

—*Anglais ou français, monsieur?** —preguntó un joven flamenco de figura robusta y cara de pan que vestía blusón. Por suerte la respuesta era sencilla:

—*Anglais.***

Decidí tomarme las menores molestias posibles durante aquella clase; no debía confiar aún en mi inexperto uso del idioma con explicaciones prolijas; mi acento y mis giros idiomáticos habrían estado demasiado expuestos a las críticas de los jóvenes caballeros que tenía ante mí, con respecto a los que tenía ya la impresión de que sería preciso de inmediato adoptar una posición ventajosa, y procedí a emplear los medios pertinentes.

—*Commencez!* —exclamé, y cuando todos hubieron sacado los libros, el joven de cara de pan (de nombre Jules Vanderkelkov, como supe después) leyó la primera frase. El *livre de lecture* era *El vicario de Wakefield* ***, muy utilizado en las escuelas del extranjero porque se daba por supuesto que contenía muestras excelentes de inglés coloquial. Sin embargo, bien podía haberse tratado de un pergamino rúnico, por la nula semejanza que tenían las palabras pronunciadas por Jules con la lengua de uso común entre los nativos de Gran Bretaña. ¡Dios mío! ¡Cómo resoplaba, bufaba y siseaba! Todo lo que decía le salía de la nariz y la garganta, pues es así como hablan los flamencos; pero le escuché hasta el final del párrafo sin emitir una sola corrección, lo que pareció com-

---

* Señores, cojan sus libros de lectura.
—¿En inglés o en francés, señor?
** —En inglés.
*** Novela del escritor inglés Oliver Goldsmith (1728-1774).

placerle sobremanera, convencido, sin duda, de que se había desenvuelto como un *anglais* de pura cepa. Escuché a una docena de alumnos por turno en medio del mismo silencio impertérrito, y cuando el duodécimo concluyó, barbotando, siseando y farfullando, dejé solemnemente el libro sobre la mesa.

—*Arrêtez!**—dije. Se hizo una pausa, durante la cual los contemplé a todos con una mirada firme y seria; cuando se mira a un perro con la firmeza necesaria y durante el tiempo necesario, acaba mostrándose incómodo, y lo mismo le ocurrió finalmente a mi grupo de belgas; al percibir que algunos de los rostros empezaban a adquirir una expresión hosca y otros avergonzada, junté las manos despacio y exclamé con grave *voix de poitrine***:

—*Comme c'est affreux!****

Se miraron unos a otros, hicieron mohínes, enrojecieron, movieron los talones; me di cuenta de que no les gustaba, pero estaban impresionados, y de la forma en que yo deseaba. Tras haberles bajado los humos, el siguiente paso fue ganarme su estima, lo cual no iba a resultar fácil, teniendo en cuenta que apenas me atrevía a hablar por miedo a poner de manifiesto mis propias deficiencias.

—*Écoutez, messieurs!*****—dije, y me esforcé en dar a mi pronunciación el tono compasivo de un ser superior que, conmovido por la enormidad de la impotencia de sus alumnos, que al principio sólo suscita su desprecio, se digna al fin a prestarles ayuda. Empecé por el principio de *El vicario de Wakefield* y leí unas veinte páginas despacio y con voz clara. Ellos permanecieron mudos durante todo el tiempo, escuchando con atención; cuando terminé había transcurrido casi una hora; me levanté y dije:

* ¡Pare!
** Voz cavernosa.
*** —¡Qué espanto!
**** —¡Escuchen, señores!

—*C'est assez pour aujourd'hui, messieurs, demain nous recommencerons et j'espère que tout ira bien**.

Tras estas palabras solemnes, saludé con una inclinación y salí del aula en compañía de monsieur Pelet.

—*C'est bien!, c'est très bien!* —dijo el director cuando entramos en su despacho—. *Je vois que monsieur a de l'adresse, cela me plaît, car, dans l'instruction, l'adresse fait tout autant que le savoir.***

Del despacho, monsieur Pelet me condujo a mi alojamiento, mi *chambre*, como dijo él con cierto aire de autocomplacencia. Era una habitación muy pequeña, con una cama pequeñísima, pero monsieur Pelet me dio a entender que la ocuparía yo solo, lo que, por supuesto, era todo un lujo. Aunque de dimensiones limitadas, tenía dos ventanas; como la luz no paga impuestos en Bélgica, la gente no es reacia a dejarla entrar en sus casas***; pero en aquel lugar precisamente esta observación no era muy adecuada, pues una de las ventanas estaba tapada con tablones; la ventana abierta daba al patio de los chicos. Miré la otra, preguntándome qué aspecto tendría si se le quitaban los tablones. Monsieur Pelet leyó, supongo, la expresión de mis ojos, y explicó:

—*La fenêtre fermée donne sur un jardin appartenant à un pensionnat de demoiselles* —dijo—, *et les convenances exigent... enfin, vous comprenez, n'est-ce pas, monsieur?*

—*Oui, oui***** —fue mi respuesta y me di, naturalmente, por satisfecho. Pero cuando monsieur Pelet se retiró y cerró la puerta tras él, lo primero que hice fue examinar detenidamente

---

* Ya basta por hoy, señores, mañana volveremos a comenzar y espero que todo vaya bien.

** —¡Está bien! ¡Está muy bien! Veo que tiene maña, eso me gusta, pues, en la enseñanza, vale tanto la maña como el saber.

*** En Inglaterra se pagaba un impuesto por las ventanas hasta 1851.

**** —La ventana cerrada da a un jardín que pertenece a un internado de señoritas —dijo—, y el decoro exige que... en fin, usted ya comprende, ¿no es así, señor?

—Sí, sí...

los tablones clavados, esperando encontrar alguna rendija o resquicio que pudiera ensanchar para así echar una ojeada al patio consagrado; mi investigación fue en vano, pues los tablones estaban muy unidos y firmemente clavados. Es asombroso que me sintiera tan decepcionado; pensé que habría sido muy agradable asomarse a un jardín plantado de flores y árboles, y muy divertido ver a las señoritas en sus juegos y estudiar el carácter femenino en diversas fases, oculto mientras tanto tras una modesta cortina de muselina; mientras que, por culpa sin duda de alguna vieja directora, sólo me quedaba la opción de contemplar el patio desnudo, de grava, con un enorme *pas de géant** en el centro y los monótonos muros y ventanas de un colegio de chicos. No sólo entonces, sino muchas otras veces, sobre todo en momentos de desánimo y quebranto, contemplé con ojos insatisfechos aquellos tentadores tablones, deseando arrancarlos y echar un vistazo a la verde región que imaginaba detrás de ellos. Sabía que crecía un árbol cerca de la ventana, pues, aunque no había oído aún rumor de hojas, por las noches oía a menudo los golpes de las ramitas en los cristales. Durante el día, cuando escuchaba atentamente, podía oír, incluso a través de los tablones, las voces de las señoritas en las horas de recreo y, para ser sincero, mis reflexiones sentimentales sufrían ocasionalmente pequeños desarreglos a causa de los sonidos, no del todo argentinos, sino más a menudo estridentes, que, elevándose desde el invisible Paraíso que había debajo, penetraban clamorosamente en mi soledad. Para no andarme con rodeos, diré que no habría sabido decir quiénes tenían mejores pulmones, si las chicas de mademoiselle Reuter o los chicos de monsieur Pelet, y en cuestión de chillidos, las chicas vencían de manera aplastante y sin discusión. Había olvidado decir, por cierto, que Reuter era el nombre de la vieja se-

---

* Literalmente, «paso de gigante». Se trata de un poste con cuerdas atadas a una cabeza giratoria.

ñora que había hecho tapar mi ventana con tablones. Digo vieja, pues tal deduje que era, naturalmente, a juzgar por su cautela y su proceder de carabina, además del hecho de que nadie dijera que era joven. Recuerdo que su nombre de pila me pareció muy divertido cuando lo oí por primera vez —era Zoraïde, mademoiselle Zoraïde Reuter—, pero las naciones continentales se permiten excentricidades en la elección de nombres en las que nosotros, los sobrios ingleses, no incurrimos nunca; creo en realidad que tenemos un repertorio muy limitado.

Mientras tanto, el camino se allanaba lentamente ante mí. En unas pocas semanas vencí las irritantes dificultades que son inseparables del comienzo de casi todas las carreras. En poco tiempo adquirí una gran soltura que me permitió hablar francés con mis alumnos sin el menor incomodo, y como había establecido con ellos la debida relación desde el principio y conservé tenazmente la ventaja obtenida, no intentaron jamás rebelarse, circunstancia que todos cuantos conozcan en mayor o menor grado la situación de las escuelas belgas y estén al tanto de la relación que mantienen con demasiada frecuencia profesores y alumnos en tales centros considerarán importante y excepcional. Antes de concluir este capítulo, diré unas palabras sobre el sistema que seguí con respecto a mis clases, pues mi experiencia podría ser de utilidad para otras personas.

No se necesitaba ser un gran observador para detectar el carácter de los jóvenes de Brabante[*], pero sí se requería cierto tacto para adaptarse a su capacidad. En conjunto, sus facultades intelectuales eran pobres y fuertes sus impulsos animales, por lo que en su naturaleza se mezclaba la impotencia y una especie de fuerza inerte; eran torpes, pero también muy tercos, densos como el plomo y, como el plomo, muy difíciles de mover. Siendo éste el

[*] Provincia de Bélgica cuya capital es Bruselas. Es, por tanto, donde se desarrolla la acción.

caso, habría sido ciertamente absurdo exigirles grandes esfuerzos mentales; con su escasa memoria, su tarda inteligencia y su débil capacidad para pensar, rehuían con repugnancia toda ocupación que exigiera un estudio detenido o una profunda reflexión; de haberles arrancado el profesor aquel aborrecido esfuerzo con medidas imprudentes y arbitrarias, se habrían resistido con tanta obstinación y estruendo como un puerco presa de la desesperación, y aunque no eran valientes por separado, cuando actuaban en masa eran inflexibles. Me enteré de que, antes de mi llegada al centro de monsieur Pelet, la insubordinación colectiva de los alumnos había provocado el despido de más de un profesor de inglés. Así pues, cabía exigir únicamente una moderada aplicación de naturalezas tan poco dotadas para el estudio; ayudar en todo cuanto fuera viable a entendimientos tan obtusos y contraídos; ser siempre amable, considerado, flexible incluso, hasta cierto punto, con temperamentos tan irracionalmente aviesos; mas, una vez alcanzado ese punto culminante de la indulgencia, debe uno asentar bien los pies, plantarse, echar raíces en la roca, volverse inmutable como las torres de Ste. Gudule[*], porque un paso, no, medio paso más, y se sumergiría uno de cabeza en el abismo de la imbecilidad; allí alojado, recibiría rápidamente las pruebas de la gratitud y la magnanimidad flamencas en forma de ducha de saliva de Brabante y puñados de lodo de los Países Bajos. Se puede allanar al máximo el camino del aprendizaje, quitar todos los guijarros, pero finalmente debe uno insistir con decisión en que el alumno se coja del brazo y se deje guiar en silencio por la senda ya preparada. Después de bajado el nivel de la lección al más ínfimo nivel de capacidad de mi alumno más tardo, después de haberme mostrado como el más apacible y tolerante de los maestros, una palabra impertinente,

[*] La iglesia medieval de St. Michel y Ste. Gudule estaba cerca del Pensionnat Héger, donde Charlotte Brontë fue alumna y más tarde profesora.

un gesto de desobediencia me convertía de inmediato en un déspota. No ofrecía entonces más que una alternativa: someterse y reconocer el error, o expulsión ignominiosa. El sistema funcionó y mi influencia se afianzó progresivamente sobre una base sólida. «El niño es el padre del hombre», se dice, y esto mismo pensaba yo a menudo cuando contemplaba a mis chicos y recordaba la historia política de sus antepasados: la escuela de Pelet no era más que el epítome de la nación belga.

CAPÍTULO VIII

¿Y Pelet? ¿Qué me pareció después? ¡Oh, me caía extremadamente bien! Conmigo no podía ser más amable, caballeroso e incluso amigable. No tuve que soportar de él ni un frío abandono, ni una irritante intromisión, ni una pretenciosa afirmación de superioridad. Me temo, sin embargo, que dos pobres profesores adjuntos belgas, que trabajaban esforzadamente en el centro, no podían decir lo mismo; con ellos el director era invariablemente seco, severo y distante; creo que advirtió en un par de ocasiones que me sorprendía un tanto la diferencia de trato que recibíamos, y la justificó diciendo con una tranquila sonrisa sarcástica:

—*Ce ne sont que des flamands, allez!**

Y luego se quitó con suavidad el cigarro de los labios y escupió en el suelo pintado de la habitación en la que estábamos sentados. Desde luego eran flamencos y ambos tenían la típica fisonomía flamenca, en la que la inferioridad intelectual está impresa en rasgos inconfundibles; aun así, eran personas y esencialmente personas honradas, y yo no veía por qué el hecho de ser nativos de aquel país de hombres torpes y corpulentos debía servir de pretexto para tratarlos siempre con severidad y desprecio. Esta

* ¡Vamos, no son más que flamencos!

sensación de injusticia emponzoñó en parte el placer que de otro modo habría podido procurarme la actitud afable y benevolente con que Pelet me trataba. Desde luego era agradable, cuando terminaba la jornada, encontrar en el patrón de uno a un compañero alegre e inteligente, y aunque a veces era un poco sarcástico y otras un poquito obsequioso, y aunque descubriera que su cordialidad era más apariencia que realidad, aunque sospechara en ocasiones la existencia de acero o pedernal bajo una capa externa de terciopelo, no hay que olvidar que nadie es perfecto; y, cansado como estaba de la atmósfera de brutalidad e insolencia en la que había vivido constantemente en X, no me sentí inclinado, al echar el ancla en aguas más tranquilas, a decretar de inmediato una indiscreta búsqueda de los defectos que se disimulaban escrupulosamente y se ocultaban con esmero a mi vista. Estaba dispuesto a aceptar a Pelet tal como parecía ser, a creer que era benévolo y cordial, hasta que algún suceso indigno demostrara lo contrario. No estaba casado y pronto me percaté de que tenía las ideas típicas de un francés, de un parisino, sobre las mujeres y el matrimonio. Sospechaba cierto grado de relajación en su código moral, pues adoptaba un tono sumamente frío y displicente siempre que aludía a lo que él llamaba *le beau sexe*, pero era demasiado caballero para introducir asuntos que yo no había solicitado y, dado que era realmente inteligente y muy aficionado a temas de conversación intelectuales, él y yo encontrábamos siempre tema de conversación sin revolcarnos en el fango para buscarlo. Yo detestaba su forma de hablar del Amor, aborrecía desde lo más profundo de mi alma el Libertinaje; él percibió la diferencia de nuestros conceptos y, de mutuo acuerdo, dejamos a un lado el terreno debatible.

De la casa y la cocina de Pelet se ocupaba su madre, una auténtica vieja francesa; había sido guapa, al menos eso decía ella, y yo me esforzaba en creerla; ahora era fea como sólo las viejas continentales pueden serlo, aunque quizá su manera de vestir la hacía parecer más fea de lo que era. En casa iba siempre destocada, con los cabellos extrañamente despeinados; raras veces llevaba vestido, tan sólo un raído cubrecorsé de algodón; también los zapatos eran desconocidos para sus pies, y en su lugar lucía unas amplias zapatillas con los tacones gastados. Por otra parte, siempre que le apetecía aparecer en público, como en domingo o en días festivos, se ponía vestidos de vistosos colores, por lo general de fina textura, un sombrero de seda con guirnalda de flores y un chal muy fino. En el fondo no era una vieja malintencionada, sino una charlatana incontenible y muy indiscreta; sus idas y venidas se limitaban principalmente a la cocina, y parecía más bien que evitara la augusta presencia de su hijo, al que sin duda reverenciaba; cuando él le recriminaba algo, sus reproches eran amargos e implacables, pero eso sucedía en contadas ocasiones.

Madame Pelet tenía sus propias amistades, su propio círculo de visitantes escogidos a los que yo, sin embargo, apenas veía, pues solía recibirlos en lo que ella llamaba su *cabinet*, un pequeño cuarto de estar contiguo a la cocina, a la que se accedía bajando un par de escalones. En aquellos escalones, por cierto, encontraba yo a menudo a madame Pelet sentada con una bandeja sobre las rodillas, ocupada por partida triple en comer, chismorrear con su criada favorita, la doncella de la casa, y regañar a su antagonista, la cocinera; no cenaba nunca, y de hecho eran muy raras las ocasiones en que compartía comida alguna con su hijo; en cuanto a aparecer en el comedor de los chicos, era impensable. Estos detalles parecerán muy extraños a los lectores ingleses, pero Bélgica no es Inglaterra y sus costumbres no son iguales que las nuestras.

Así pues, teniendo en cuenta los hábitos de madame Pelet, me sorprendí mucho cuando, un martes por la tarde (el martes era siempre medio día festivo), estando yo solo en mi habitación mientras corregía una enorme pila de ejercicios de inglés y de latín, una criada llamó a la puerta y, al abrirla, presentó los respetos de madame Pelet y anunció que dicha señora estaría encantada de invitarme a tomar con ella el *goûter* (que corresponde a nuestro té inglés) en el comedor.

—*Plaît-il?** —dije yo, pensando que lo habría entendido mal, dado que el mensaje y la invitación eran de lo más inusitado; me fueron repetidas las mismas palabras. Acepté, por supuesto, y mientras bajaba las escaleras me pregunté qué capricho se le habría metido en la cabeza a la vieja señora; su hijo estaba fuera, había ido a pasar la velada a la sala de conciertos de la Grande Harmonie, o a algún otro club del que era miembro. Justo en el momento en que apoyaba la mano en el pomo de la puerta del comedor, una idea extraña me vino a la cabeza: «No irá a hacerme la corte —pensé—. He oído hablar de viejas francesas que hacen cosas así de raras. ¿Y lo del *goûter*? Creo que suelen empezar esos asuntos comiendo y bebiendo».

Quedé terriblemente consternado por esta sugerencia de mi alborotada imaginación y, si me hubiera dado más tiempo para pensar en ella, sin duda habría cortado por lo sano, habría vuelto corriendo a mi habitación y me habría encerrado en ella a cal y canto; pero cuando un velo de incertidumbre atenúa un peligro o un horror, el principal deseo del intelecto es descubrir primero la cruda verdad, reservándose el recurso de huir para el momento en que ocurre lo que se temía y esperaba. Giré el pomo y en un instante había atravesado el fatídico umbral, cerrando la puerta tras de mí, y me hallaba en presencia de madame Pelet.

¡Cielo santo! Una primera mirada pareció confirmar mis peores temores. Allí estaba, con un vestido de muselina de co-

---

* ¿Cómo dice?

lor verde claro y en la cabeza una cofia de encaje con rosas rojas en el volante; la mesa estaba servida con esmero: había frutas, pasteles, café y una botella de algo, no sé qué. Un sudor frío empezaba ya a brotar de mi frente y miraba por encima del hombro la puerta cerrada cuando, con un indescriptible alivio por mi parte, mis ojos, que se habían desviado frenéticamente hacia a la estufa, fueron a posarse sobre una segunda figura sentada en una gran butaca junto a ella. También era una mujer, y una mujer vieja, además, y tan gorda y rubicunda como madame Pelet era flaca y amarillenta. Su atuendo era también muy elegante, y llevaba un sombrero de terciopelo violeta con una guirnalda de flores primaverales de diferentes tonos alrededor de la copa.

Sólo había tenido tiempo para hacer estas observaciones generales cuando madame Pelet se acercó con paso pretendidamente grácil y flexible, y se dirigió a mí:

—Monsieur es muy amable abandonando sus libros y sus estudios a petición de una persona insignificante como yo. ¿Querrá monsieur completar su amabilidad permitiéndome presentarle a mi querida amiga, madame Reuter, que reside en la casa vecina, la escuela para señoritas?

«¡Ah —pensé—, ya sabía yo que era vieja!» Y saludé con una inclinación de cabeza antes de tomar asiento; madame Reuter se sentó a la mesa frente a mí.

—¿Qué le parece Bélgica, monsieur? —preguntó con cerrado acento de Bruselas; para entonces distinguía ya perfectamente la diferencia entre la elegante y pura pronunciación parisina de monsieur Pelet, por ejemplo, y la dicción gutural de los flamencos. Respondí educadamente y luego me pregunté cómo una vieja tan ordinaria y torpe como aquélla podía dirigir una escuela para señoritas de la que siempre había oído grandes elogios. La verdad era que resultaba un poco extraño; madame

Reuter parecía más una vieja *fermière* flamenca alegre y lasciva, o incluso una *maîtresse d'auberge*, que una *directrice de pensionnat* seria, grave y rígida*. En general, las mujeres viejas del Continente, o al menos las belgas, se permiten una libertad de modales, habla y apariencia que nuestras venerables grandes damas rechazarían por absolutamente vergonzosa, y el rostro jovial de madame Reuter demostraba bien a las claras que no era una excepción a la regla de su país; en su ojo izquierdo brillaba una chispa lasciva; el derecho solía tenerlo entrecerrado, lo que me pareció realmente extraño. Después de varios intentos infructuosos por comprender los motivos por los que aquellas dos viejas y curiosas criaturas me habían invitado a *goûter* con ellas, me rendí al fin y, resignándome a una inevitable perplejidad, miré primero a una y luego a la otra, sin olvidar mientras tanto hacer justicia a las confituras, a los pasteles y el café que me suministraban generosamente. También ellas comieron sin remilgos y, tras haber arrasado buena parte de la comida, propusieron un *petit verre***, que yo rechacé. No lo rechazaron mesdames Pelet y Reuter; ambas se sirvieron lo que me pareció un gran vaso de ponche y, colocándolo en un pie junto a la estufa, acercaron las sillas para mayor comodidad y me invitaron a hacer lo mismo. Obedecí y, sentado casi entre las dos, me dirigió la palabra primero madame Pelet, y luego madame Reuter, como sigue:

—Ahora vayamos al grano —dijo madame Pelet, y prosiguió con un elaborado discurso que, una vez interpretado, venía a decir que había solicitado el placer de mi compañía para poder darle a su amiga, madame Reuter, la oportunidad de hacerme una importante oferta que podría serme de gran provecho.

---

* *Fermière*: granjera, campesina. *Maîtresse d'auberge*: posadera. *Directrice de pensionnat*: directora de un centro de enseñanza.
** Vasito.

—*Pourvu que vous soyez sage* —dijo madame Reuter—, *et, à vrai dire, vous en avez bien l'air.** Tome un poco de ponche (palabra que ella pronunciaba a su manera); es una bebida agradable y saludable después de una comida copiosa.

Incliné la cabeza, pero volví a rechazar la invitación, y ella prosiguió:

—Soy —dijo, después de echar un sorbo con aire solemne—, soy plenamente consciente de la importancia del encargo que me ha confiado mi querida hija, pues usted sabe, monsieur, que es mi hija la que dirige el centro de enseñanza que hay aquí al lado, ¿no?

—¡Ah! Creía que era usted quien lo dirigía, madame. —Aunque en aquel momento recordé que lo llamaban escuela de mademoiselle y no de madame Reuter.

—¿Yo? ¡Oh, no! Yo llevo la casa y me ocupo de los criados, lo mismo que hace mi amiga madame Pelet para su hijo, nada más. ¡Ah! Creía usted que yo daba clases, ¿verdad? —y soltó una vibrante carcajada, como si la idea le divirtiera sobremanera.

—Madame se equivoca al reírse —comenté—. Si no da clases, estoy seguro de que no es porque no pueda. —Saqué un blanco pañuelo del bolsillo y me lo pasé por la nariz con garbo francés, inclinándome al mismo tiempo.

—*Quel charmant jeune homme!*** —murmuró madame Pelet; madame Reuter, que por ser flamenca y no francesa, era menos sentimental, se limitó a reír otra vez.

—Me temo que es usted peligroso —dijo—. Si es capaz de idear cumplidos a esa velocidad, a Zoraïde le causará pavor, pero si es bueno le guardaré el secreto y no le diré lo bien que sabe adular. Bien, escuche su propuesta. Mi hija ha oído que es

---

* Siempre y cuando sea sensato, y, a decir verdad, lo parece.
** ¡Qué joven tan encantador!

usted un excelente profesor y, como desea tener los mejores maestros para su escuela *(car Zoraïde fait tout comme une reine, c'est une véritable maîtresse-femme**), me ha encargado que viniera esta tarde y preguntara a madame Pelet qué posibilidades había de contratarle. Zoraïde es un general prudente, nunca avanza sin examinar bien el terreno; no creo que le agradara saber que le he revelado ya sus intenciones, porque no me ha ordenado que llegara tan lejos, pero he pensado que no habría ningún mal en desvelarle el secreto y madame Pelet ha sido de la misma opinión. Sin embargo, cuidado con traicionarnos a ninguna de las dos ante Zoraïde, ante mi hija, quiero decir; es tan discreta y circunspecta... no comprende que haya quien encuentre placer en cotillear un poquito.

—*C'est absolument comme mon fils!*** —exclamó madame Pelet.

—¡Ah, el mundo ha cambiado tanto desde nuestra juventud! —replicó la otra—. Los jóvenes son tan conservadores hoy en día. Pero volviendo a lo nuestro, monsieur, madame Pelet insinuará a su hijo la posibilidad de que dé usted clases en el colegio de mi hija, él hablará con usted y luego, mañana, vendrá usted a nuestra casa, preguntará por mi hija y sacará usted el tema como si la primera noticia le hubiera llegado a través de monsieur Pelet, y no olvide que no debe mencionar mi nombre para nada, pues no quisiera disgustar a Zoraïde en modo alguno.

—*Bien, bien!*—*exclamé*, interrumpiéndola, porque tanta cháchara y tantos circunloquios empezaban a aburrirme muchísimo—. Consultaré con monsieur Pelet y se arreglará todo tal como usted desea. Buenas tardes, mesdames, les estoy infinitamente agradecido.

* Pues Zoraïde lo hace todo como una reina, es una mujer realmente capaz.
** ¡Es igualita a mi hijo!

—*Comment! Vous vous en allez déjà?* —exclamó madame Pelet—. *Prenez encore quelque chose, monsieur. Une pomme cuite, des biscuits, encore une tasse de café?**

—*Merci, merci, madame, au revoir*— y salí por fin de la habitación, caminando hacia atrás.

Una vez en mi habitación, empecé a darle vueltas en la cabeza al episodio de aquella tarde. En general me pareció un asunto extraño y llevado de una manera extraña, porque las dos viejas lo habían convertido en un pequeño lío. No obstante, en mi ánimo predominaba un sentimiento de satisfacción. En primer lugar, sería un cambio dar clases en otro colegio, y además, resultaría interesante enseñar a jóvenes señoritas... ser admitido en un internado de señoritas iba a ser una experiencia tan nueva en mi vida...

---

* ¡Cómo! ¿Se va ya? Tómese algo más, señor. ¿Una manzana confitada, unas galletas, otra taza de café?

CAPÍTULO IX

Naturalmente monsieur Pelet no pudo objetar nada a la propuesta que me hacía mademoiselle Reuter, dado que precisamente el permiso para aceptar un empleo adicional como ése formaba parte de las condiciones en las que me había contratado. Se determinó, por tanto, en el transcurso del día siguiente, que estaba autorizado a dar clases en el colegio de mademoiselle Reuter cuatro tardes por semana.

Al llegar la tarde, me dispuse a ir al colegio de mademoiselle para hablar con ella en persona. No había tenido tiempo de hacer antes la visita, a causa de mis clases. Recuerdo muy bien que, antes de abandonar mi habitación, sostuve un breve debate conmigo mismo sobre la conveniencia de cambiar mi atuendo habitual por otro más elegante; finalmente, decidí que sería un esfuerzo innecesario. «Sin duda —pensé—, será una rígida solterona, pues, aunque sea la hija de madame Reuter, es muy posible que haya llegado ya a los cuarenta inviernos, y aunque no fuera así, aunque fuera joven y hermosa, yo no soy atractivo ni lo seré por mucho que me cambie; así pues, iré tal como estoy.» Y me fui, echándome una ojeada al pasar por el tocador, sobre el que había un espejo; vi una cara delgada y de facciones irregulares, de ojos negros, hundidos bajo una frente ancha y cuadrada; un cutis sin lozanía, un hombre joven, pero no juvenil, que no podía ganarse el amor de una dama ni ser blanco de las flechas de Cupido.

Pronto llegué a la entrada del internado, en un instante tiré de la campanilla, un instante más y me abrieron la puerta, que dio paso a un pasillo cuyo suelo de mármol alternaba el blanco y el negro; también la pintura de las paredes imitaba el mármol, y en el extremo opuesto había una puerta de cristal a través de la que vi arbustos y una franja de hierba de agradable aspecto bajo el sol de la tarde apacible y primaveral, pues estábamos a mediados del mes de abril. Aquélla fue, pues, mi primera visión de El Jardín, pero no tuve tiempo de mirarlo mucho porque, después de contestar afirmativamente al preguntarle yo si su señora estaba en casa, la portera abrió las puertas correderas de una habitación que había a la izquierda y, tras invitarme a pasar, volvió a cerrarlas detrás de mí. Me encontré en un salón con el suelo muy bien pintado y pulido, sillas y sofás cubiertos por blancos tapetes, una estufa verde de porcelana, cuadros con marcos dorados en las paredes, un reloj de pared dorado y otros adornos sobre la repisa de la chimenea, y una gran araña de cristal colgando del centro del techo; espejos, consolas, cortinas de muselina y una bonita mesa de centro completaban el mobiliario; todo parecía extremadamente limpio y reluciente, pero en conjunto habría producido una fría impresión de no haber sido porque un segundo par de puertas correderas que estaban abiertas de par en par y daban a un salón más pequeño —y amueblado de forma más acogedora— ofrecían cierto alivio a la vista. Aquel otro salón tenía el suelo alfombrado y había en él un piano, un sofá y una *chiffonnière*, pero lo que atrajo mi atención fue una alta ventana con una cortina de color carmesí que, estando descorrida, me permitió vislumbrar de nuevo el jardín a través de los cristales grandes y transparentes, alrededor de los cuales se habían enroscado unas hojas de hiedra, los zarcillos de una enredadera.

—*Monsieur Crimsvort, n'est-ce pas?* —dijo una voz a mi espalda y di un respingo involuntario. Me di la vuelta; estaba tan ensimismado en la contemplación de aquella pequeña y bonita estancia que no me había percatado de la entrada de una persona en el salón más grande. Era mademoiselle Reuter la que se había acercado y me hablaba, y después de hacer una reverencia con una sangre fría instantáneamente recobrada —pues no soy persona que se turbe con facilidad—, di comienzo a la conversación diciéndole lo agradable que era su pequeño gabinete y la ventaja que le daba el jardín sobre monsieur Pelet.

Sí, era algo que pensaba a menudo, dijo, y añadió:

—Es el jardín, monsieur, lo que me hace conservar esta casa; de lo contrario seguramente hace mucho tiempo que me habría trasladado a un edificio más grande y espacioso, pero no podría llevarme el jardín conmigo, y sería difícil encontrar uno tan grande y ameno en otro lugar de la ciudad.

Me mostré de acuerdo con su parecer.

—Pero usted todavía no lo ha visto —dijo, levantándose—. Acérquese a la ventana y lo verá mejor. —La seguí, abrió la ventana y, al asomarme, vi en toda su plenitud el recinto que hasta entonces había sido para mí una región totalmente desconocida. Era un terreno cultivado, largo y no demasiado ancho, con un sendero en el centro bordeado por enormes y viejos árboles frutales; había una zona cubierta de césped, un parterre de rosales, unos arriates de flores y, en el extremo más alejado, un denso bosquecillo de lilas, laburnos y acacias. Me pareció agradable, muy agradable, después de mucho tiempo sin ver jardín alguno de ninguna clase. Pero mis ojos no se fijaron tan sólo en el jardín de mademoiselle Reuter; después de contemplar sus bien cuidados macizos de flores y sus arbustos llenos de capullos, dejé que mi vista se volviera hacia ella y no me apresuré a apartarla.

Había creído que encontraría una imagen alta, enjuta, amarillenta, conventual, vestida de negro y con una cerrada cofia blanca atada bajo la barbilla como un griñón de monja. Ante mí, por el contrario, tenía a una mujer menuda y de formas redondeadas, que bien pudiera ser mayor que yo, pero que seguía siendo joven; no creo que tuviera más de veintiséis o veintisiete años. Tenía la piel tan blanca como cualquier inglesa de piel blanca, no llevaba cofia, sus cabellos eran castaños y los llevaba rizados; no tenía unas facciones hermosas, ni eran tampoco regulares, ni delicadas, pero tampoco podía decirse que fueran vulgares y enseguida encontré motivos para llamarlas expresivas. ¿Cuál era su característica principal? ¿La sagacidad? ¿El sentido común? Sí, eso pensé, pero no podía estar seguro; descubrí, sin embargo, que había cierta serenidad en la mirada y cierta frescura en el cutis cuya contemplación resultaba sumamente placentera. El color de sus mejillas era como el de una buena manzana, tan saludable hasta el corazón como roja es la piel.

Mademoiselle Reuter y yo entramos en materia. Dijo que no estaba completamente segura de que el paso que iba a dar fuera acertado, porque yo era muy joven y tal vez los padres se opusieran a que sus hijas tuvieran un profesor como yo.

—Pero a menudo es mejor actuar siguiendo un criterio propio —afirmó—, y guiar a los padres en lugar de dejarse guiar por ellos. La capacidad de un profesor no viene determinada por la edad, y por lo que he oído y lo que he observado yo misma, confío mucho más en usted que en monsieur Ledru, el maestro de música, que es un hombre casado que se acerca a la cincuentena.

Señalé que esperaba parecerle digno de su buena opinión y que, conociéndome, era incapaz de traicionar la confianza que se depositara en mí.

—*Du reste** —dijo ella—, la vigilancia será estricta. —Y luego procedió a discutir los términos del acuerdo. Mostró gran precaución y se puso a la defensiva; no llegó a regatear, pero me tanteó con cautela para averiguar qué expectativas tenía, y viendo que no conseguía hacerme nombrar una suma, razonó y razonó hablando fluidamente con circunloquios, pero tranquila, para finalmente lograr que me comprometiera por quinientos francos al año. No era mucho, pero acepté. Antes de que terminara la negociación empezó a hacerse de noche; yo no la abrevié, pues me gustaba mucho estar allí sentado oyéndola hablar; me divertía la clase de talento para los negocios que desplegaba. Ni el propio Edward se habría mostrado más práctico, aunque sí mucho más burdo e impaciente. Ella tenía muchas razones y muchas explicaciones que dar, y a la postre consiguió demostrar que actuaba de manera totalmente desinteresada e incluso con generosidad. Por fin concluyó; no pudo decir nada más porque, habiéndolo aceptado yo todo, no tuvo base sobre la que ejercitar su elocuencia. Me vi obligado a levantarme. Habría preferido seguir allí un rato más. ¿Adónde podía ir sino a mi pequeña y vacía habitación? Y mis ojos se complacían mirando a mademoiselle Reuter, sobre todo ahora que la luz del crepúsculo suavizaba un poco sus rasgos y, en la penumbra incierta, podía imaginar su frente tan despejada como alta era en realidad, y su boca definida por curvas que mostraban igual dulzura que sentido común. Cuando me levanté para marcharme, extendí la mano a propósito, aunque sabía que era contrario a la etiqueta de las costumbres continentales. Ella sonrió y dijo:

—*Ah! C'est comme tous les anglais*** —pero me dio la mano muy amablemente.

* Además.
** ¡Ah! Como todos los ingleses.

—Es el privilegio de mi país, mademoiselle —dije yo—, y recuerde que siempre lo reclamaré.

Ella se rió con la mayor afabilidad del mundo y con esa especie de tranquilidad que era obvia en todo lo que hacía, una tranquilidad que me aliviaba y me convenía singularmente, al menos eso pensé aquella tarde. Bruselas me pareció un lugar muy agradable cuando salí de nuevo a la calle, y parecía como si una carrera alegre, rica en experiencias, ascendente, se abriera ante mí en aquella noche suave y serena de abril. Así de impresionable es el hombre, o al menos el hombre que yo era... en aquellos días.

CAPÍTULO X

Al día siguiente, la mañana parecía transcurrir con una gran lentitud en el centro de monsieur Pelet. Yo deseaba que llegara la tarde para poder volver al internado vecino y dar mi primera clase en aquel cautivador recinto, pues a mí me parecía cautivador. Al mediodía llegó la hora del recreo; a la una comimos; con esto pasó el tiempo y por fin sonó la grave campana de Ste. Gudule dando lentamente las dos, señalando el momento que tanto había esperado.

Al pie de la estrecha escalera trasera por la que se bajaba desde mi habitación, me encontré con monsieur Pelet.

—*Comme vous avez l'air rayonnant!* —dijo—. *Je ne vous ai jamais vu aussi gai. Que c'est-il donc passé?*

—*Apparemment que j'aime les changements* —contesté.

—*Ah! Je comprends. C'est cela. Soyez sage seulement. Vous êtes bien jeune, trop jeune pour le rôle que vous allez jouer. Il faut prendre garde, savez-vous?*

—*Mais quel danger y-a-t-il?* *

---

* —¡Se le ve a usted radiante! No le había visto nunca tan alegre. ¿Qué ocurre?
—Será que me gustan los cambios.
—¡Ah, comprendo! Es eso. Pero sea usted prudente. Es muy joven, demasiado joven para el papel que va a desempeñar. Es necesario ser precavido, ¿sabe?
—Pero ¿dónde está el peligro?

—*Je n'en sais rien. Ne vous laissez pas aller à de vives impressions, voilà tout.**

Me reí. Una sensación de exquisito placer se apoderó de mí al pensar que era muy probable que esas *vives impressions* se produjeran. Hasta entonces, mi cruz había sido la monotonía, la aburrida rutina diaria; mis *élèves* vestidos con el blusón de la escuela de chicos no habían despertado nunca en mí *vives impressions*, excepto en alguna ocasión, quizá, la de la ira. Me despedí de monsieur Pelet. Caminando por el pasillo a grandes zancadas, oí una de sus carcajadas, un sonido muy francés, desenfadado, burlón.

Una vez más me hallé ante la puerta de al lado y pronto volví a entrar en el alegre pasillo con sus paredes claras, del color de las palomas, a imitación del mármol. Seguí a la portera. Tras bajar un escalón y doblar una esquina, me encontré en una especie de corredor; se abrió en él una puerta y apareció la figura menuda de mademoiselle Reuter, tan grácil como rellena. Vi entonces su atuendo a plena luz del día; era un sencillo vestido de lana fina que se ceñía a la perfección a sus formas compactas y redondeadas, con un cuello pequeño y delicado; *manchettes*** de encaje y pulcros borceguíes parisinos mostraban cuello, muñecas y pies del modo más favorecedor, pero ¡qué seria estaba su cara cuando tropezó de repente conmigo! Su mirada y su frente delataban preocupación, parecía casi severa. Su *bonjour, monsieur* fue muy educado, pero también metódico, vulgar; fue como aplicar directamente un paño frío y húmedo sobre mis *vives impressions*. La portera se dio media vuelta cuando vio a su señora y yo recorrí lentamente el corredor al lado de mademoiselle Reuter.

*—No sé. No se deje llevar por vívidas impresiones, eso es todo.
** Puños.

—Monsieur dará clase hoy en la primera aula —dijo—. Tal vez lo mejor para empezar sería un dictado o una lectura, pues son las formas más sencillas de enseñar un idioma extranjero, y en un principio es natural que el profesor esté un poco nervioso.

Tenía toda la razón del mundo, como sabía yo por experiencia, por lo que no tuve más remedio que manifestar mi conformidad. Seguimos luego en silencio. El corredor acababa en un amplio salón cuadrado de techo alto; a un lado, una puerta de cristal permitía ver un largo y estrecho comedor con mesas, un aparador y dos lámparas; estaba vacío. Enfrente, unas grandes puertas de cristal se abrían al jardín y zona de juegos; una amplia escalinata ascendía en espiral en el lado opuesto; en la pared que quedaba había una doble puerta corredera que estaba cerrada y que sin duda daba acceso a las aulas.

Mademoiselle Reuter me miró de reojo, seguramente para averiguar si estaba lo bastante tranquilo para ser conducido al interior de su sanctasanctórum. Supongo que consideró que tenía un aceptable dominio sobre mí mismo, porque abrió las puertas y me hizo pasar. A nuestra entrada siguió una serie de crujidos de personas que se levantaban. Sin mirar a derecha ni izquierda caminé por el pasillo que dejaban las dos hileras de bancos y pupitres, y tomé posesión de la silla vacía y la mesa solitaria que había sobre un estrado al que se accedía por un único escalón y desde el que se dominaba la mitad del aula; la otra mitad estaba a cargo de una *maîtresse* situada en un estrado similar. Al fondo del estrado, sujeto a una mampara movible que separaba el aula de otra adjunta, había un gran tablero de madera pintado de negro y encerado; sobre mi mesa vi un grueso trozo de tiza con el que aclarar cualquier duda gramatical o verbal que pudiera producirse durante la lección, escribiéndola sobre la pizarra; junto a la tiza había una esponja mojada que me permitiría borrar las marcas cuando éstas hubieran cumplido su propósito.

Hice estas observaciones despacio y con esmero antes de echar una sola ojeada a los bancos que tenía delante; después de coger la tiza, de volver a mirar la pizarra y tocar la esponja para ver si estaba suficientemente húmeda, me pareció que tenía la sangre fría necesaria para alzar la vista tranquilamente y mirar sin prisas a mi alrededor.

Y lo primero que observé fue que mademoiselle Reuter se había marchado sin hacer ruido y no se la veía por ninguna parte; sólo quedó una *maîtresse* o profesora, la que ocupaba el estrado contiguo, para vigilarme; estaba medio oculta entre las sombras y, como soy corto de vista, sólo pude distinguir que era delgada y huesuda, que tenía un cutis de cera y que su actitud, allí sentada, era a la vez de apatía y afectación. Más visibles, más destacadas, iluminadas de lleno por la luz del ventanal, eran las ocupantes de los bancos, muchachas de catorce, quince y dieciséis años, y algunas jóvenes de dieciocho a veinte (ésa fue mi impresión). Todas vestían atuendos sumamente recatados, lucían los peinados más sencillos, y parecían abundar las facciones regulares, los cutis sonrosados, los ojos grandes y brillantes y las formas redondeadas, voluminosas incluso. No soporté aquella primera visión como un estoico; deslumbrado, bajé la mirada y con una voz demasiado baja, musité:

—*Prenez vos cahiers de dictée, mesdemoiselles.**

No era así como había pedido a los chicos de Pelet que cogieran sus cuadernos. Los pupitres se abrieron entre crujidos; tras las tapas levantadas que ocultaron momentáneamente las cabezas agachadas para buscar los cuadernos de ejercicios, oí susurros y risitas.

—*Eulalie, je suis prête à pâmer de rire* —comentó una.**

* —Cojan sus cuadernos de dictado, señoritas.
** —Eulalie, voy a morirme de risa.

—*Comme il a rougi en parlant!*
—*Oui, c'est un véritable blanc-bec.*
—*Tais-toi, Hortense, il nous écoute.**

Las tapas cayeron y las cabezas volvieron a aparecer. Me había fijado en tres, las que cuchicheaban, y no vacilé en mirarlas con gran firmeza cuando emergieron de su eclipse temporal. Fue asombroso el valor y la desenvoltura que me dieron aquellas breves frases de displicencia; lo que antes me había intimidado era la idea de que aquellos jóvenes seres que tenía ante mis ojos, con sus trajes negros y monjiles y sus suaves cabellos trenzados, fueran una especie de ángeles. Las frívolas risitas y los susurros atolondrados aligeraron en cierta medida mi ánimo de aquella fantasía vana y opresiva.

Las tres a las que me refiero estaban en la primera fila, a medio metro del estrado, y se contaban entre las que parecían mayores. Sus nombres los supe más adelante, pero bien puedo mencionarlos ahora; eran Eulalie, Hortense y Caroline. Eulalie era alta y de figura hermosa y bien proporcionada, rubia y con las facciones de una Madonna de los Países Bajos; muchas *figures de vierge* he visto en cuadros holandeses que eran exactamente iguales a ella. No había ángulos en su figura ni en su rostro, todo eran curvas y redondeces; ningún pensamiento, ni pasión, ni sentimiento alteraban la uniformidad de su piel blanca y transparente con rubor o arrugas. Su noble busto subía y bajaba al ritmo de la respiración, sus ojos se movían un poco; sólo estos signos de vida me permitían distinguirla de una hermosa estatua de cera. Hortense era corpulenta y de mediana estatura, su figura carecía de gracia, su rostro era muy atractivo, más vivaz y brillante que el de Eulalie, con los cabellos de un oscuro tono castaño y el cutis moreno; en

*—¡Cómo se ha sonrojado al hablar!
—Sí, es un auténtico novato.
—Cállate, Hortense, nos está oyendo.

sus ojos había una chispa retozona y maliciosa; tal vez fuera coherente y tuviera buen juicio, pero no había indicio alguno de tales cualidades en sus facciones.

Caroline era menuda, aunque tenía cuerpo de mujer; sus cabellos negros como ala de cuervo, igual que sus ojos, sus facciones regulares y su tez de un tono aceitunado, pero sin color, claro en el rostro y cetrino en torno al cuello, formaban en ella esa conjunción de elementos que, unidos, son para muchos la perfección de la belleza. No alcanzo a comprender cómo, con la palidez sin matices de su piel y la regularidad clásica de sus facciones, conseguía parecer sensual. Creo que se las ingeniaban entre sus labios y sus ojos, y el resultado no dejaba lugar a dudas en el ánimo del observador. Era sensual en aquel momento, y al cabo de diez años sería ordinaria; en su rostro llevaba escrita la promesa de grandes insensateces futuras.

Si yo miraba a estas jóvenes sin recato, era menor el que ellas mostraban al mirarme a mí. Eulalie alzó sus ojos impasibles hacia los míos como si esperara, pasiva pero segura, un tributo espontáneo a sus majestuosos encantos. Hortense me miró con audacia y una risita boba al mismo tiempo, mientras decía con aire de insolente familiaridad:

—*Dictez-nous quelque chose de facile pour commencer, monsieur.*[*]

Caroline sacudió sus sueltos tirabuzones de cabellos abundantes, aunque algo toscos, que le caían sobre sus ojos negros y vivaces, entreabriendo los labios, tan carnosos como los de un ardiente esclavo negro, que dejaron ver unos dientes deslumbrantes, al tiempo que me dedicaba una sonrisa *de sa façon*[**]. Hermosa como Pauline Borghese[***] en aquel momento no parecía más pura

---

[*] —Díctenos algo fácil para empezar, señor.
[**] Característica.
[***] Hermana de Napoleón, famosa por su belleza.

que Lucrecia Borgia. Caroline era de familia noble. Más adelante oí hablar del carácter de su madre y dejé de sorprenderme por las precoces dotes de su hija.

Comprendí de inmediato que aquellas tres se tenían por las reinas del colegio y creían ensombrecer a todas las demás con su esplendor. En menos de cinco minutos me habían revelado así su carácter, y en menos de cinco minutos me había abrochado yo la coraza de una férrea indiferencia y había bajado la visera de una impasible austeridad.

—Cojan las plumas y empiecen a escribir —dije, con una voz tan seca y monocorde como si me hubiera dirigido a Jules Vanderkelkov y compañía.

Una vez comenzado el dictado, las tres bellas me interrumpieron de continuo con pequeñas preguntas estúpidas y comentarios fuera de lugar, algunos de los cuales dejé sin contestar y a otros les di una respuesta breve y tranquila.

—*Comment dit-on point et virgule en anglais, monsieur?* *

—Punto y coma, mademoiselle.

—*Ah, comme c'est drôle!* ** (Risitas.)

—*J'ai une si mauvaise plume, impossible d'écrire!*

—*Mais, monsieur, je ne sais pas suivre, vous allez si vite.*

—*Je n'ai cien compris, moi!*

Aquí se elevó un murmullo general y la profesora, abriendo la boca por primera vez, exclamó:

—*Silence, mesdemoiselles!* ***

No se hizo el silencio; al contrario, las tres señoritas de la primera fila subieron el tono de voz.

---

* —¿Cómo se dice punto y coma en inglés, señor?
** —¡Ah, qué gracioso!
—¡Tengo una pluma tan mala! ¡Es imposible escribir con ella!
—Pero, señor, va demasiado rápido y no le puedo seguir.
—¡Yo no he entendido nada!
*** —¡Silencio, señoritas!

—*C'est si difficile l'anglais!*
—*Je déteste la dictée.*
—*Quel ennui d'écrire quelque chose que l'on ne comprend pas!**

Algunas de las que estaban detrás se rieron; la confusión empezó a apoderarse de la clase, se hacía necesario tomar medidas inmediatas.

—*Donnez-moi votre cahier*** —dije a Eulalie en tono brusco, e inclinándome hacia ella, se lo cogí antes de que tuviera tiempo de dármelo—. *Et vous, mademoiselle, donnez-moi le vôtre**** —continué con un tono más amable, dirigiéndome a la muchacha pálida y de aspecto vulgar que estaba sentada en la primera fila de la otra mitad y a la que había clasificado en el acto como las más fea y la más atenta de toda la clase; la muchacha se levantó, vino hacia mí y me entregó su cuaderno con una modesta y grave reverencia. Repasé los dos dictados; el de Eulalie tenía borrones y manchas y estaba lleno de errores tontos; el de Sylvie (éste era el nombre de la muchacha fea) estaba limpio, no contenía ningún error absurdo y no tenía más que unas cuantas faltas de ortografía. Leí en voz alta los dos ejercicios con tono glacial, señalando los errores, y luego miré a Eulalie.

—*C'est honteux* —dije, y rasgué lentamente su dictado en cuatro partes y le entregué los fragmentos. A Sylvie le devolví el cuaderno con una sonrisa, diciendo—: *C'est bien, je suis content de vous.*****

Sylvie mostró una tranquila satisfacción; Eulalie estallaba de rabia, como un turco airado, pero se había acabado el motín. La

---

* —¡Es tan difícil el inglés!
—Yo detesto los dictados.
—¡Qué aburrimiento escribir algo que no se entiende!
** —Déme su cuaderno.
*** Y usted, señorita, déme el suyo.
**** —Es vergonzoso [...] Está bien, estoy contento con usted.

coquetería vanidosa y fútil del primer banco se convirtió en malhumor taciturno, que me convenía mucho más, y el resto de la clase transcurrió sin interrupciones.

Una campana que sonaba en el patio anunció el momento de finalizar las tareas escolares. Al mismo tiempo oí nuestra campana y la de cierta escuela pública inmediatamente después. El orden se disipó al instante, todas las alumnas se levantaron, yo me apresuré a coger mi sombrero, saludé a la otra maestra con una inclinación de cabeza y abandoné el aula antes de que saliera la oleada de alumnas externas del aula interior, donde sabía que había encerradas unas cien jóvenes y cuyo alboroto creciente había oído ya.

Apenas había cruzado el salón para llegar al corredor cuando volvió a abordarme mademoiselle Reuter.

—Entre aquí un momento —dijo, sujetando la puerta de la estancia de la que había salido al llegar yo; era un comedor, como indicaban el *beaufet* y el *armoire vitrée**, lleno de cristal y porcelana, que formaban parte de su mobiliario. Antes de que hubiera cerrado la puerta el corredor se había llenado ya de alumnas diurnas que cogían capas, sombreros y bolsos de los percheros; la aguda voz de una maestra se oía de vez en cuando, esforzándose en vano por imponer cierto orden; en vano, digo, pues disciplina no había ninguna en aquellas descuidadas filas y, sin embargo, aquélla se consideraba una de las mejores escuelas de Bruselas.

—Bien, ha dado su primera clase —empezó diciendo mademoiselle Reuter con una voz sumamente serena y ecuánime, como si fuera completamente inconsciente del caos del que sólo nos separaba un tabique—. ¿Ha quedado satisfecho con sus alumnas, o alguna circunstancia en su conducta le ha dado motivos de queja? No me oculte nada, deposite en mí su entera confianza.

* Aparador y armario acristalado.

Por suerte me sentía plenamente capacitado para manejar a mis alumnas sin ayuda; el hechizo, la nebulosa dorada que había encandilado mi perspicacia al principio, se había disipado en buena medida. No puedo decir que estuviera disgustado o abatido por el contraste entre la realidad de un *pensionnat de demoiselles* y mi vago ideal de esa comunidad; tan sólo había sido divertido y esclarecedor. En consecuencia, no me sentía inclinado a quejarme a mademoiselle Reuter y recibí su atenta invitación a la confidencia con una sonrisa.

—Mil gracias, mademoiselle. Todo ha ido como la seda.

Su expresión era más que dubitativa.

—*Et les trois demoiselles du premier banc?**—preguntó.

—*Ah! Tout va au mieux!***—fue mi respuesta, y mademoiselle Reuter dejó de interrogarme, pero sus ojos, que no eran grandes ni brillantes, que no se enternecían ni se apasionaban, sino que eran astutos, penetrantes y prácticos, demostraron cómo me juzgaba, lanzando un breve destello que decía bien a las claras: «Sea todo lo reservado que quiera. Lo que me oculte, o pretenda ocultarme, lo sé ya».

Mediante una transición tan sutil que fue apenas perceptible, la actitud de la directora cambió; el aire preocupado y profesional desapareció de su rostro y empezó a charlar sobre el tiempo y la ciudad y a interesarse como buena vecina por monsieur y madame Pelet. Respondí a todas sus preguntas; ella prolongó la charla, yo la seguí por sus muchos y pequeños vericuetos; estuvo tanto rato, dijo tantas cosas y varió tan a menudo el tema de conversación que no me fue difícil intuir que tenía un propósito concreto para retenerme allí. Sus palabras no me dieron la menor pista sobre ese propósito, pero su semblante me fue útil. Mientras sus labios pronunciaban tan

* —¿Y las tres señoritas del primer banco?
** —¡Ah! ¡Todo va a pedir de boca!

sólo tópicos amables, sus ojos se volvían una y otra vez hacia mí. No me miraba directamente, sino con el rabillo del ojo, muy sutilmente, a hurtadillas, pero creo que no me perdí ni una. La observé con la misma intensidad con que ella me observaba. Pronto me percaté de que estaba tanteando mi auténtico carácter, de que buscaba puntos sobresalientes y puntos débiles y puntos extravagantes; hacía, ora una prueba, ora esta otra, esperando encontrar al final una grieta, un hueco en el que pudiera plantar con firmeza su pequeño pie para ponerme la soga al cuello y hacerse dueña de mi naturaleza. No te confundas, lector, no era una influencia amorosa sobre mí lo que ella pretendía lograr; en aquel momento, sólo aspiraba al poder del político. Yo me acababa de instalar como profesor en su centro y ella quería saber en qué era superior su intelecto al mío, por qué sentimiento u opinión me dejaría conducir.

Disfruté mucho con el juego y no apresuré su conclusión; a veces le daba esperanzas, iniciando una frase con gran vacilación, y cuando sus taimados ojos se iluminaban, pensando que ya me tenía, después de haberla hecho avanzar un poco, me deleitaba dando media vuelta y terminando con práctico sentido común, a lo que ella ponía cara larga. Por fin entró una criada para anunciar la cena y, concluyendo así necesariamente el conflicto, nos despedimos sin que ninguno de los dos hubiera logrado ventaja sobre el otro: mademoiselle Reuter no me había dado siquiera la oportunidad de atacarla con sentimiento y yo, por mi parte, había logrado frustrar sus pequeñas artimañas. La batalla había acabado en empate. Le tendí de nuevo la mano al abandonar la habitación, ella me la estrechó; su mano era pequeña y blanca, pero ¡qué fría! También la miré a los ojos, obligándola a mirarme a mí; esta última prueba me fue desfavorable, pues la dejé tal como la había encontrado: moderada, comedida, tranquila; a mí me decepcionó.

«Estoy aprendiendo —pensé, mientras caminaba de vuelta a la escuela de monsieur Pelet—. ¡Fíjate en esa mujer! ¿Es como las mujeres que se describen en las novelas y los romances? Si uno leyera sobre el carácter femenino en Poesía y Ficción, diría que está hecho de sentimiento, sea para bien o para mal. Aquí tengo un ejemplar, y de lo más sensato y respetable, además, cuyo elemento principal es la razón abstracta. ¡No ha habido Talleyrand[*] menos desprovisto de pasiones que Zoraïde Reuter!» Así pensé entonces; más tarde descubrí que la falta de susceptibilidad es perfectamente compatible con fuertes inclinaciones.

---

[*] Charles-Maurice de Talleyrand (1754-1838). Político y obispo francés. Excomulgado por apoyar la confiscación de bienes de la Iglesia durante la Revolución Francesa. Fue ministro de Napoleón, pero su política se orientó hacia la restauración de los Borbones.

CAPÍTULO XI

Realmente había tenido una larga charla con la artera política que era mademoiselle Reuter; cuando llegué a mi residencia descubrí que la cena andaba ya por la mitad. Llegar tarde a las comidas iba contra las normas del centro y, de haber sido uno de los profesores adjuntos flamencos el que hubiera entrado después de que se retirara la sopa y se diera comienzo al segundo plato, seguramente monsieur Pelet le hubiera recibido con una pública reprimenda y desde luego le habría privado tanto de sopa como de pescado. Lo cierto es que aquel cortés pero parcial caballero se limitó a menear la cabeza y, cuando ocupé mi lugar, desenrollé mi servilleta y bendije la mesa mentalmente según mis modos de hereje, tuvo la amabilidad de enviar a una criada a la cocina para que me trajera un plato de *purée aux carottes** (pues era día de vigilia), y antes de mandar que retiraran el segundo plato, me reservó una porción del pescado seco en que consistía. Terminada la cena, los chicos salieron en tromba para jugar; por supuesto Kint y Vandam (los dos profesores adjuntos) fueron tras ellos. ¡Pobres tipos! Si no hubieran parecido tan pesados, tan pusilánimes, tan indiferentes a todo, les habría compadecido, y mucho, por tener que andar a

* Puré de zanahorias.

todas horas y en todas partes tras los pasos de aquellos toscos muchachos. Incluso siendo como eran, me sentí inclinado a considerarme un mojigato privilegiado cuando me dispuse a subir a mi habitación, seguro de encontrar allí, si no diversión, sí al menos libertad; pero aquella noche (como había ocurrido a menudo en ocasiones anteriores) iba a ser nuevamente distinguido.

—*Eh bien, mauvais sujet!**—dijo la voz de monsieur Pelet a mi espalda, cuando puse el pie en el primer peldaño de la escalera—. *Où allez-vous? Venez à la salle à manger que je vous gronde un peu.***

—Le ruego que me perdone, monsieur —dije, siguiéndole hasta su sala de estar privada—, por haber vuelto tan tarde. No ha sido culpa mía.

—Eso es exactamente lo que quiero saber —replicó monsieur Pelet, haciéndome pasar a la cómoda sala donde ardía un buen fuego de leña, pues, pasado el invierno, se había retirado la estufa. Tocó la campanilla y pidió «café para dos». Al poco rato, los dos estábamos sentados, casi con comodidad inglesa, uno a cada lado de la chimenea, con una pequeña mesa redonda en medio sobre la que había una cafetera, un azucarero y dos grandes tazas de porcelana blanca. Mientras monsieur Pelet se dedicaba a elegir un cigarro de una cigarrera, mis pensamientos volvieron a los dos profesores marginados, cuyas voces oía desgañitarse en el patio, en un intento por poner orden.

—*C'est une grande responsabilité, que la surveillance* —comenté.

—*Plaît-il?****—dijo monsieur Pelet.

* —¡Bueno, mal sujeto!
** ¿Adónde va? Venga al comedor para que le suelte una reprimenda.
*** —La vigilancia es una gran responsabilidad. [...]
—¿Disculpe?

Señalé que pensaba que messieurs Vandam y Kint debían de estar un poco cansados a veces de sus obligaciones.

—*Des bêtes de somme, des bêtes de somme** —musitó con desdén el director, mientras yo le tendía su taza de café—. *Servezvous, mon garçon*** —dijo con tono afable después de echar un par de grandes terrones de azúcar continental en la taza de café—. Y ahora cuénteme por qué se ha quedado tanto tiempo en la escuela de mademoiselle Reuter. Sé que en su centro, como en el mío, las clases acaban a las cuatro de la tarde, y cuando usted ha vuelto pasaban de las cinco.

—Mademoiselle quería hablar conmigo, monsieur.

—¡Vaya! ¿Sobre qué?, si puede saberse.

—Mademoiselle no le ha hablado sobre nada en concreto, monsieur.

—¡Fértil tema! ¿Y le ha hablado en el aula, delante de las alumnas?

—No, al igual que usted, monsieur, me ha pedido que entrara en su sala de estar.

—Y madame Reuter, la vieja gobernanta, la confidente de mi madre, estaba allí también, por supuesto.

—No, monsieur. He tenido el honor de estar completamente a solas con mademoiselle Reuter.

—*C'est joli, cela**** —dijo monsieur Pelet y sonrió, contemplando el fuego.

—*Honi soit qui mal y pense***** —musité yo con tono elocuente.

—*Je connais un peu ma petite voisine, voyez-vous.******

* —Bestias de carga, bestias de carga.
** Sírvase usted, muchacho.
*** —¡Qué bonito!
**** —Mal haya quien piense mal. (Lema de la Orden de la Jarretera, orden de caballería instituida por Eduardo III de Inglaterra en 1349.)
***** —Conozco un poco a mi joven vecina, ¿sabe?

—En ese caso, monsieur podrá ayudarme a descubrir qué motivo tenía mademoiselle para hacerme sentar frente a ella en el sofá durante una hora mortal, escuchando la más prolija y fluida disertación sobre las más grandes frivolidades.

—Sondeaba su carácter.

—Eso he pensado, monsieur.

—¿Ha encontrado su punto débil?

—¿Cuál es mi punto débil?

—Pues el sentimental. Cualquier mujer que hunda su saeta a suficiente profundidad llegará finalmente a un insondable manantial de sensibilidad en tu pecho, Crimsworth.

Noté que la sangre se me agolpaba en el pecho y que afluía a mis mejillas.

—Sólo algunas mujeres, monsieur.

—¿Se cuenta mademoiselle Reuter entre ellas? Vamos, responde con franqueza, *mon fils; elle est encore jeune, plus agée que toi peut-être, mais juste assez pour unir la tendrese d'une petite maman à l'amour d'une épouse dévouée; n'est-ce pas que cela t'irait supérieurement?**

—No, monsieur. Prefiero que mi mujer sea mi mujer, y no medio madre.

—Entonces, ¿es un poco mayor para ti?

—No, monsieur, no sería ni un día demasiado mayor si me conviniera en otros aspectos.

—¿En qué aspectos no te conviene, William? Físicamente es agradable, ¿no es cierto?

—Mucho, sus cabellos y su cutis son exactamente los que admiro, y su figura, aunque típicamente belga, está llena de gracia.

—¡Bravo! ¿Y su rostro, sus facciones? ¿Te gustan?

---

* [...] hijo mío; aún es joven, un poco más vieja que tú, quizá, pero lo justo para añadir la ternura de una madre al amor de una esposa devota; ¿no es cierto que eso te iría divinamente?

—Son un poco duras, sobre todo la boca.

—¡Ah, sí, la boca! —dijo monsieur Pelet y rió entre dientes—. Tiene carácter esa boca, firmeza, pero también una sonrisa muy agradable, ¿no crees?

—Bastante taimada.

—Cierto, pero esa expresión taimada se debe a las cejas. ¿Te has fijado en sus cejas?

Contesté que no.

—¿No la has visto bajar la vista, entonces? —preguntó.

—No.

—Pues es un placer. Obsérvala cuando tenga entre manos alguna labor femenina, la viva imagen de la concentración pacífica y serena en las agujas y la seda, mientras a su alrededor se mantiene una conversación en el curso de la cual se desvelan peculiaridades de un carácter o se debaten importantes intereses. Ella no participa, su humilde intelecto femenino está completamente absorto en la labor; no se mueve ni uno solo de sus rasgos; no osa mostrar su conformidad sonriendo, ni su desaprobación frunciendo el entrecejo; sus pequeñas manos siguen realizando su sencilla tarea con diligencia. Le basta con terminar el bolso o el *bonnet grec** que está haciendo. Si algún caballero se acerca a su silla, una mayor inmovilidad, un decoro más modesto se adueñan de sus facciones y cubre su semblante. Observa entonces sus cejas, *et dites-moi s'il n'y a pas du chat dans l'un et du renard dans l'autre.***

—Me fijaré cuidadosamente en cuanto tenga ocasión —dije.

—Y entonces —prosiguió monsieur Pelet— los párpados se agitan, las claras pestañas se levantan un segundo, y unos ojos azules que miran a través de esas cortinas lanzan su breve, astuta e inquisidora ojeada, y vuelven a retirarse.

* Especie de gorro que se utiliza principalmente en casa.
** —[...] y dime si no hay un gato en una y un zorro en la otra.

Sonreí y también sonrió Pelet, y al cabo de unos minutos de silencio, pregunté:

—¿Cree usted que se casará algún día?

—¡Casarse! ¿Se aparejan los pájaros? Por supuesto que tiene la intención y la resolución de casarse cuando encuentre a la pareja adecuada, y no hay nadie más consciente que ella misma de la impresión que puede producir. No hay a quien le guste más cautivar de un modo sereno. O mucho me equivoco o ella aún ha de dejar la huella de sus pasos furtivos en tu corazón, Crimsworth.

—¿De sus pasos? ¡Maldita sea, no! Mi corazón no es ninguna plancha sobre la que se haya de caminar.

—Pero el suave contacto de una *patte de velours** no le hará ningún daño.

—No me ha ofrecido ninguna *patte de velours;* conmigo es toda formalidad y circunspección.

—Eso es el principio. Que el Respeto sea la base, el Afecto la planta baja, Amor la estructura; mademoiselle Reuter es una hábil arquitecta.

—Y el Interés, monsieur Pelet, ¿no tendrá en cuenta mademoiselle ese punto?

—Sí, sí, sin duda, será el cemento que una las piedras. Y ahora que ya hemos hablado de la directora, ¿qué me dices de las alumnas? *N'y-a-t-il pas de belles études parmi ces jeunes têtes?***

—¿Estudios de carácter? Sí, cuando menos los hay curiosos, supongo, pero no se puede adivinar gran cosa con una sola entrevista.

—Ah, prefieres la discreción, pero dime, ¿no te has sentido un poco avergonzado ante esas jóvenes y lozanas criaturas?

—Al principio sí, pero me he sobrepuesto y he continuado con la debida sangre fría.

* Pata de terciopelo.
** —¿No hay hermosos estudios entre esas jóvenes cabezas?

—No te creo.

—Pues es cierto. Al principio creía que eran ángeles, pero no me han permitido seguir engañado durante mucho tiempo; tres de las mayores y más guapas han tomado la iniciativa de ponerme en mi sitio, y lo han hecho con tanta inteligencia que, al cabo de cinco minutos, sabía al menos lo que eran: tres coquetas redomadas.

—*Je les connais!* —exclamó monsieur Pelet—. *Elles sont toujours au premier rang à l'église et à la promenade; une blonde superbe, una jolie espiègle, une belle brune.**

—Exacto.

—Encantadoras criaturas todas ellas, con cabezas para artistas. ¡Qué grupo harían juntas! Eulalie (conozco sus nombres), con sus suaves cabellos trenzados y su rostro sereno de marfil; Hortense, con sus abundantes rizos castaños tan bellamente atados, trenzados y retorcidos, como si no supiera qué hacer con tanta abundancia, con sus ojos bermellones, sus mejillas damascenas y sus ojos pícaros y burlones; ¡y Caroline de Blémont! ¡Menuda belleza! Una belleza perfecta. ¡Qué nube de rizos negros en torno a un rostro de hurí! ¡Qué labios tan fascinantes! ¡Qué ojos negros tan gloriosos! Byron la habría idolatrado y tú, ¡frío y frígido isleño!, ¿te has hecho el austero, el insensible, en presencia de una Afrodita tan exquisita?

Me habría reído del entusiasmo del director de haberlo creído auténtico, pero había algo en su tono que indicaba un falso arrobo. Me pareció que fingía fervor para hacerme bajar la guardia, para inducirme a manifestarme a mi vez, de modo que apenas me limité a sonreír y él prosiguió:

—Confiésalo, William, ¿no parece el atractivo de Zoraïde Reuter vulgar y sin gracia, comparado con los magníficos encantos de algunas de sus alumnas?

* —¡Las conozco! [...] Están siempre en primera fila en la iglesia y en el paseo; una rubia soberbia, una bonita diablesa y una hermosa morena.

La pregunta me turbó, pero intuía claramente que el director intentaba (por razones que él conocía, pero que yo, en aquel momento, no imaginaba) despertar en mi cabeza ideas y deseos ajenos a cuanto era bueno y honorable. La iniquidad de su instigación se convirtió en su antídoto, cuando añadió:

—Cada una de esas tres beldades recibirá una gran fortuna y, con un poco de habilidad, un joven inteligente y educado como tú podría convertirse en dueño y señor de la mano, el corazón y la bolsa de cualquiera de las tres.

Contesté con una mirada y un «¿monsieur?» que le sobresaltaron.

Soltó una carcajada forzada, afirmó que sólo bromeaba y preguntó si realmente había creído que hablaba en serio. Justo entonces sonó la campana: la hora de recreo había terminado. Era la noche en que monsieur Pelet acostumbraba a leer pasajes de obras teatrales y literarias a sus alumnos. No esperó a que le respondiera, sino que se levantó y abandonó la habitación tarareando una alegre melodía de Béranger[*].

---

[*] Pierre-Jean Béranger (1778-1857). Poeta francés, autor de canciones populares, patrióticas o satíricas.

CAPÍTULO XII

Todos los días, cuando iba al internado de mademoiselle Reuter, hallaba nuevas ocasiones para comparar el ideal con la realidad. ¿Qué sabía yo del carácter femenino antes de llegar a Bruselas? Muy poco. ¿Y qué idea me había hecho de él? Una idea vaga, leve, sutil, resplandeciente; ahora, al conocerlo de cerca, descubría que era una sustancia más que palpable, a veces también muy dura, con metal en ella, tanto hierro como plomo.

Que los idealistas, los que sueñan con ángeles terrenales y flores humanas, echen un vistazo a mi carpeta abierta, donde encontrarán un par de esbozos tomados del natural. Hice estos esbozos en la segunda aula del colegio de mademoiselle Reuter, donde se reunían aproximadamente un centenar de ejemplares del género *jeune fille** que ofrecían una fértil variedad sobre el tema. Formaban un grupo heterogéneo que diferia tanto en la clase social como en la nacionalidad. Desde mi asiento del estrado veía, en la larga hilera de pupitres, francesas, inglesas, belgas, austriacas y prusianas. La mayoría pertenecían a la clase burguesa, pero había muchas condesas, las hijas de dos generales y las de varios coroneles, capitanes y funcionarios del gobierno;

---

* Jovencita.

estas damas se sentaban junto a jóvenes féminas destinadas a ser *demoiselles de magasins*,* y con algunas flamencas, nativas del país. En el vestir eran prácticamente iguales y en los modales era poca la diferencia; había excepciones a la norma general, pero la mayoría marcaba el estilo del centro, y ese estilo era tosco, bullicioso, caracterizado por un desprecio absoluto de la paciencia con sus maestros o entre ellas mismas, por la ávida búsqueda por parte de cada una de su propio interés y comodidad y por una grosera indiferencia hacia el interés y la comodidad de los demás. La mayoría mentía con descaro cuando parecía provechoso hacerlo. Todas conocían el arte de hablar bien cuando se conseguía algo con ello y, con destreza consumada y celeridad, podían pasar a mirarte fríamente por encima del hombro en el instante mismo en que la cortesía dejara de serles beneficiosa. Entre ellas se producían muy pocas disputas cara a cara, pero las puñaladas por la espalda y la propagación de chismes eran generalizados; las normas de la escuela prohibían amistades íntimas, y ninguna joven parecía cultivar por otra un mayor aprecio del estrictamente necesario para asegurarse compañía cuando la soledad era un fastidio. Se suponía que todas y cada una de ellas habían sido educadas en una absoluta ignorancia del vicio, dado que las precauciones tomadas para hacerlas ignorantes, ya que no inocentes, eran innumerables. ¿Cómo era posible entonces que apenas una entre todas las que habían cumplido los catorce años fuera capaz de mirar a un hombre a la cara con decoro y modestia? La mirada masculina más normal provocaba indefectiblemente un aire de coqueteo audaz e impúdico, o una estúpida mirada lasciva. No sé nada de los misterios de la religión católico-romana y no soy intransigente en cuestiones de teología, pero sospecho qué la raíz de esa impureza precoz, tan evidente,

---

* Dependientas.

tan generalizada en los países papistas, está en la disciplina, cuando no en las doctrinas de la Iglesia de Roma. Hago constar lo que he visto. Aquellas chicas pertenecían a lo que se consideran las clases respetables de la sociedad, a todas las habían educado con esmero y, sin embargo, la mayoría de ellas eran mentalmente depravadas. Esto en lo que concierne a una visión general; paso ahora a un par de ejemplares escogidos.

El primer retrato del natural es de Aurelia Koslow, una *fräulein** alemana, o más bien una mezcla entre alemana y rusa. Tiene dieciocho años y la han enviado a Bruselas para concluir su educación. Es de estatura mediana, estirada, de cuerpo largo y piernas cortas, tiene muy desarrollado el busto, pero no bien moldeado, un corsé apretado de forma inhumana comprime desproporcionadamente su cintura, el vestido lo lleva cuidadosamente arreglado y sus grandes pies sufren la tortura de unos botines pequeños, la cabeza es pequeña, y lleva el cabello en trenzas perfectas que unta con aceite y gomina; su frente es muy baja, los ojos grises minúsculos y vengativos, las facciones tienen un aire levemente tártaro, la nariz es bastante chata y los pómulos, prominentes. Sin embargo, el conjunto no es del todo feo y el cutis, aceptable. Esto en cuanto a su físico. En cuanto al intelecto, es ignorante y mal informada, incapaz de escribir o hablar correctamente hasta en alemán, su propia lengua, es un asno en francés y sus intentos de aprender inglés no pasan de una mera farsa, todo pese a que lleva doce años en la escuela. Pero una compañera le hace siempre los ejercicios, sean del tipo que sean, y las lecciones las recita de un libro que oculta en el regazo. No es extraño que sus progresos hayan sido tan lentos como un caracol. No conozco los hábitos diarios de Aurelia, porque no he tenido ocasión de observarla a todas horas, pero

---

* Señorita.

por lo que veo del estado de su pupitre, sus libros y papeles, diría que es desaliñada e incluso sucia; la ropa, como he dicho, la lleva bien cuidada, pero al pasar por detrás de su banco, he notado que tiene el cuello gris por falta de limpieza, y sus cabellos, tan relucientes de grasa y gomina, no tentarían a nadie a tocarlos y mucho menos a pasarles los dedos. La conducta de Aurelia en clase, al menos cuando yo estoy presente, es algo extraordinario, si se toma como índice de inocencia juvenil. En cuanto entro en el aula, le da un codazo a su vecina de banco y suelta una carcajada mal contenida; cuando ocupo mi asiento en el estrado, clava la vista en mí, al parecer resuelta a atraer y, si es posible, monopolizar mi atención; con este fin, me dirige todo tipo de miradas: lánguidas, provocativas, lascivas, regocijadas; viéndome inmune a esa clase de artillería —pues despreciamos lo que se ofrece en abundancia sin ser solicitado— recurre a la producción de ruidos; algunas veces suspira, otras gruñe, a veces hace sonidos inarticulados para los que el lenguaje no tiene nombre; si paso cerca de ella al pasear por el aula, adelanta el pie para que toque el mío; si por casualidad no observo la maniobra y mi bota toca su borceguí, finge ser presa de convulsiones a causa de las carcajadas reprimidas; si me doy cuenta de la trampa y la evito, expresa su mortificación con un hosco murmullo, en el que me oigo insultar en un mal francés pronunciado con un intolerable acento bajo alemán.

No lejos de mademoiselle Koslow se sienta otra joven de nombre Adéle Dronsart, belga. Es de estatura baja, figura corpulenta, con la cintura ancha, el cuello y los miembros cortos, cutis blanco y sonrosado, facciones bien cinceladas y regulares, ojos bien formados de un tono castaño claro, el mismo de los cabellos, buenos dientes, y de poco más de quince años, pero desarrollada como una rotunda joven inglesa de veinte. Este retrato da la idea de una damisela algo rechoncha, pero atractiva, ¿no es así? Bueno, cuando miraba la hilera de jóvenes cabezas, mis ojos solían detenerse en los de Adéle; su mirada estaba siempre pendiente de la mía y lograba atraerla con frecuencia. Adéle era un ser de aspecto antinatural, tan joven y lozana y, sin embargo, tan semejante a una gorgona. En su frente llevaba escrita la suspicacia y un carácter irritable y huraño, en sus ojos se leía la inclinación al vicio y en su boca la falsedad de una pantera. En general estaba siempre muy quieta, como si su robusta figura no fuera capaz de inclinarse, como tampoco su gran cabeza, tan ancha en la base, tan estrecha hacia la coronilla, parecía hecha para girar con prontitud sobre su corto cuello. No tenía más que dos variedades de expresión: predominaba el ceño adusto y descontento, alterado a veces por una sonrisa de lo más pérfida y perniciosa. Sus compañeras la rehuían, pues, pese a lo malas que eran muchas, pocas lo eran tanto como ella.

Aurelia y Adéle estaban en la primera mitad de la segunda aula, la segunda mitad la encabezaba una alumna interna que se llamaba Juanna Trista, una joven de ascendencia belga y española. Su madre, flamenca, había muerto y su padre, catalán, era un comerciante que residía en las Islas..., donde había nacido Juanna y desde donde la habían enviado a Europa para recibir educación. Me extrañó que alguien, viendo la cabeza y el rostro de esa muchacha, la hubiera aceptado bajo su techo. Tenía exactamente el mismo tipo de cráneo que el papa Alejandro VI[*]; los órganos de la benevolencia, la veneración, la diligencia y la lealtad eran especialmente pequeños, mientras que los del amor propio, la firmeza, la tendencia destructiva y pendenciera eran absurdamente grandes. Su cabeza ascendía en curva, contrayéndose en la frente y abultándose en la coronilla. Tenía unas fac-

---

[*] Se refiere a Rodrigo Borgia, padre de Lucrecia Borgia, que fue papa de 1492 a 1503. En cuanto a la descripción del cráneo del personaje de Juanna, se trata una vez más de una aplicación de la teoría de la frenología.

ciones regulares, pero grandes y muy marcadas. Era de temperamento duro y bilioso, de cutis claro, cabellos oscuros y ojos negros, de figura angulosa y rígida, pero proporcionada. Su edad: quince años. Juanna no era muy delgada, pero tenía el semblante demacrado y su *regard** era ávido y apasionado. Pese a su estrechez, en la frente tenía espacio suficiente para ver grabadas en ella dos palabras: Odio y Rebeldía. También la Cobardía se leía claramente en algún otro de sus rasgos, los ojos creo. Mademoiselle Trista estimó conveniente perturbar mis primeras clases creando una especie de burda algarada diaria: hacía ruidos con la boca como un caballo, escupía saliva y soltaba exabruptos. Detrás y delante de ella había una banda de flamencas muy vulgares e inferiores por su aspecto, incluidos dos o tres ejemplos de esa deformidad física e imbecilidad intelectual cuya frecuencia en los Países Bajos parece ser prueba fehaciente de que su clima es causa de degeneración de la mente y el cuerpo. Pronto descubrí que estas jóvenes estaban completamente bajo la influencia de Juanna que, con su ayuda, provocaba y mantenía una algarabía de cerdos que me vi forzado al fin a acallar, ordenándole a ella y a un par de sus instrumentos que se levantaran y, tras obligarlas a permanecer de pie durante cinco minutos, expulsándolas de la clase, y envié a las cómplices a una gran estancia contigua que llamaban *la grande salle* y a la cabecilla al interior de un armario, cuya puerta cerré con llave, la cual me guardé en el bolsillo. Ejecuté esta sentencia delante de mademoiselle Reuter, que contempló con horror un proceder tan expeditivo, el más severo al que se habían atrevido jamás en su centro. A su expresión de terror respondí con compostura y finalmente con una sonrisa que quizá la halagó y ciertamente sirvió para aplacarla. Juanna Trista siguió viviendo en Europa el tiempo su-

---

* Mirada.

ficiente para pagar con malevolencia e ingratitud a cuantos le habían hecho un buen favor, y luego regresó a las Islas... junto a su padre, regocijándose con la idea de que allí tendría esclavos a los que podría patear y golpear a su gusto, tal como ella decía.

He tomado estos tres retratos del natural. Tengo otros tan notables y desagradables como éstos, pero se los ahorraré a mis lectores.

Habrá quien piense, sin duda, que ahora, a modo de contraste, debería mostrar a una criatura encantadora, con amable cabeza virginal rodeada de un halo, a una dulce personificación de la Inocencia que apriete la paloma de la paz contra su seno. No, no vi nada parecido y, por lo tanto, no puedo reflejarlo. La alumna de la escuela que tenía el temperamento más alegre era una muchacha del país, Louise Path; su carácter era bastante bueno y servicial, pero no tenía educación ni buenos modales; además, padecía también la plaga del disimulo propia del centro y el Honor y los Principios le eran desconocidos, apenas si había oído sus nombres. La alumna menos excepcional era la pobrecita Sylvie, que he mencionado antes. Sylvie era de modales amables, inteligente, e incluso sincera hasta donde le permitía su religión, pero tenía un organismo defectuoso; la mala salud atrofiaba su crecimiento y enfriaba su espíritu. Por otro lado, habiendo sido destinada al claustro, su alma entera se había deformado, adquiriendo un sesgo conventual, y en su dócil sumisión aprendida se adivinaba que se había preparado ya para su vida futura renunciando a la independencia de pensamiento y acción, entregándose a algún despótico confesor. No se permitía una sola opinión original, ni una sola preferencia sobre la compañía o la ocupación, en todo la guiaba otra persona. Macilenta, pasiva, con aspecto de autómata, andaba todo el día haciendo lo que se le pedía, nunca lo que le gustaba o lo que creyera correcto hacer por convicción innata. A la pobrecilla, futura monja, le habían enseñado desde temprana edad a subordinar los dictados de su razón y su conciencia a la voluntad de su director espiritual. Era la alumna modelo del centro de mademoiselle Reuter: imagen ruinosa, desvaída, en la que latía débilmente la vida, ¡pero a la que habían extraído el alma mediante brujería papista!

Había unas cuantas alumnas inglesas en la escuela, que podían dividirse en dos clases. En primer lugar, las inglesas continentales, hijas principalmente de aventureros arruinados a los que las deudas o el deshonor habían llevado a abandonar su país. Estas pobres chicas no habían conocido jamás las ventajas de un hogar estable, de un ejemplo decoroso ni de una sincera educación protestante; residían unos meses en una escuela católica y luego en otra, pues sus padres vagaban de país en país, de Francia a Alemania, de Alemania a Bélgica, y de todas ellas habían recogido una educación insuficiente y muchas malas costumbres, perdiendo toda noción hasta de los elementos básicos de la moral y la religión, adquiriendo en cambio una estúpida indiferencia hacia todo sentimiento que pueda elevar a la humanidad. Se las distinguía por una habitual expresión de hosco abatimiento, resultado de una dignidad pisoteada y de la intimidación constante de sus compañeras papistas, que las odiaban por ser inglesas y las despreciaban por herejes.

La segunda clase era la de las inglesas británicas, de las que no encontré ni media docena durante todo el tiempo que di clases en el internado. Sus características eran: atuendos limpios, pero descuidados, cabellos mal peinados (en comparación con el esmero de las extranjeras), porte erguido, figuras flexibles, manos blancas y finas, facciones más irregulares, pero también más inteligentes que las de las belgas, semblantes graves y recatados, un aspecto general de auténtico decoro y decencia; esta última circunstancia, por sí sola, me permitía distinguir de una ojeada a una hija de Albión, criada dentro del protestantismo, de la hija adoptiva de Roma, protegida de los jesuitas. Orgullosas eran también estas jóvenes británicas; envidiadas y ridiculizadas a la vez por sus compañeras continentales, rechazaban los insultos con austera cortesía y se enfrentaban al odio con mudo desprecio. Evitaban la compañía de las demás y parecían vivir aisladas en medio del grupo.

Las profesoras que dirigían esta abigarrada multitud eran tres, todas francesas, y se llamaban mesdemoiselles Zéphyrine, Pélagie y Suzette. Las dos últimas eran de lo más vulgar, de apariencia ordinaria, igual que sus modales, su temperamento, sus pensamientos, ideas y sentimientos; si quisiera escribir un capítulo entero sobre este tema, no podría explicarlo mejor. Zéphyrine era algo más distinguida en su aspecto y su comportamiento que Pélagie y Suzette, pero su carácter era el de una auténtica coqueta parisina, pérfida, mercenaria y sin corazón. Algunas veces vi a una cuarta maestra que al parecer acudía al centro diariamente para enseñar a coser, a tejer, a zurcir encajes, o algún otro arte insustancial por el estilo, pero nunca pasé de un vistazo fugaz, puesto que se sentaba en el rincón con sus bastidores, rodeada de unas doce alumnas de las de mayor edad; en consecuencia, no tuve oportunidad de estudiar su carácter, ni de observar su persona; de esta última aprecié que tenía un aire muy juvenil para ser una maestra, pero sin ningún otro rasgo sobresaliente. En cuanto a su carácter, me pareció que poseía muy poco, ya que sus alumnas parecían siempre *en révolte*[*] contra su autoridad. No vivía en el centro y creo que se llamaba mademoiselle Henri.

En medio de esta colección de cuanto hay de insignificante y defectuoso, de gran parte de lo vicioso y repulsivo (muchos ha-

---

[*] En rebelión.

brían usado este último epíteto para describir a las dos o tres británicas envaradas, silenciosas, mal vestidas y recatadas), la juiciosa, sagaz y afable directora brillaba como una estrella sobre un pantano lleno de fuegos fatuos; profundamente consciente de su superioridad, esta conciencia le proporcionaba una felicidad interior que era su sostén frente a las preocupaciones y la responsabilidad inherentes a su posición; le ayudaba a mantener la calma, a no fruncir el entrecejo y a no perder la compostura. Le gustaba notar, ¿a quién no le habría gustado?, cuando entraba en el aula, que su sola presencia bastaba para establecer el orden y el silencio que todas las reconvenciones e incluso órdenes de sus subordinadas frecuentemente no lograban imponer. Le gustaba ser comparada o incluso aparecer en contraste con los que la rodeaban, y saber que en cualidades personales, así como intelectuales, se llevaba sin discusión la palma (las tres maestras eran feas). A sus alumnas las manejaba con indulgencia y maña, asumiendo siempre el papel de quien recompensaba y pronunciaba panegíricos, dejando a sus subalternas la tarea ingrata de culpar y castigar, para inspirar deferencia, ya que no afecto. Sus profesoras no la querían, pero se sometían porque eran inferiores a ella en todo; los diversos profesores que daban clases en la escuela estaban todos, de una forma u otra, bajo su influencia. A uno lo dominaba porque sabía manejar hábilmente su mal genio, a otro por pequeñas atenciones a sus caprichos mezquinos; a un tercero lo había sojuzgado mediante halagos; a un cuarto, un hombre tímido, lo tenía intimidado con un semblante austero y decidido. A mí me observaba aún, poniéndome a prueba todavía de mil modos ingeniosos, revoloteaba a mi alrededor, desconcertada, pero perseverante. Creo que me consideraba un precipicio liso y desnudo que no ofrecía arista de piedra, ni raíz prominente, ni mata de hierba a las que agarrarse para ascender. Ora me adulaba con tacto exquisito, ora moralizaba, ora tanteaba hasta qué punto era yo accesible a intereses mercenarios, luego jugueteaba al borde de la afectación, sabiendo que a algunos hombres se les gana fingiendo debilidad, para luego hablar con excelente criterio, consciente de que otros cometen la locura de admirar el buen juicio. Era placentero y sencillo a la vez esquivar todos sus esfuerzos. Era una dulce sensación, cuando me creía casi vencido, revolverme y sonreír mirándola a los ojos con cierto desdén, y ser testigo luego de su humillación apenas disimulada, pero muda. Aun así, siguió insistiendo, y finalmente, debo confesarlo, probando, hurgando y tanteando en cada átomo del cofre, su dedo halló el resorte secreto y, por un momento, la tapa se abrió, y ella posó la mano sobre la joya que contenía. Sigue leyendo y sabrás si la robó y la rompió, o si la tapa volvió a cerrarse, pillándole los dedos.

Ocurrió que un día di una clase hallándome indispuesto; tenía un fuerte resfriado y mucha tos. Dos horas hablando sin parar me dejaron ronco y agotado. Cuando abandoné el aula y salí al corredor, me encontré con mademoiselle Reuter, la cual me dijo con preocupación que estaba muy pálido y que parecía cansado.

—Sí —dije—, estoy cansado —y entonces ella añadió, con interés creciente:

—No se irá usted hasta que haya tomado algo. —Me convenció para que entrara en el gabinete y fue muy buena y amable mientras estuve allí. Al día siguiente, fue más amable aún, entró en la clase en persona para comprobar que las ventanas estaban cerradas y que no había corrientes de aire, me exhortó con cordial seriedad a que no hiciera esfuerzos, y cuando me fui, me dio la mano sin ofrecérsela yo, y no pude por menos que hacerle notar, mediante un suave y respetuoso apretón, que era consciente del favor y que se lo agradecía. Mi modesta manifestación propició una alegre y breve sonrisa en su rostro, y casi la encontré encantadora. Durante el resto de la velada, no vi el momento de que llegara la tarde del día siguiente para volverla a ver.

No sufrí una decepción, pues estuvo sentada en clase durante toda la lección y me miró a menudo casi con afecto. A las cuatro me acompañó fuera, interesándose solícitamente por mi estado y reprendiéndome luego dulcemente porque hablaba demasiado fuerte y me esforzaba en exceso. Me detuve ante la puerta de cristal que daba al jardín para oír su sermón hasta el final; la puerta estaba abierta, el día era precioso, y mientras escuchaba la balsámica reprimenda, contemplé la luz del sol y las flores y me sentí muy feliz. Las alumnas diurnas empezaron a salir de las aulas al corredor.

—¿Quiere salir al jardín unos minutos —preguntó ella—, hasta que se hayan ido?

Bajé los escalones sin responder, pero me di la vuelta lo justo para decir:

—¿Viene usted conmigo?

En unos instantes la directora y yo paseábamos juntos por el sendero flanqueado de árboles frutales, que estaban en flor y llenos de nuevos retoños. El cielo era azul, no soplaba el aire, la tarde de mayo rebosaba fragancias y color. Liberado del aula sofocante, rodeado de flores y follaje, con una mujer agradable, sonriente y afable a mi lado, ¿cómo me sentía? Pues... en una situación envidiable. Parecía como si las visiones románticas de aquel jardín, sugeridas por mi imaginación cuando aún lo ocultaban a mis ojos los celosos tablones, se hubieran realizado con creces, y cuando una curva del sendero hizo que perdiéramos de vista la casa y unos altos arbustos taparon la mansión de monsieur Pelet y nos ocultaron momentáneamente de las demás casas, que se elevaban como un anfiteatro en torno a aquel frondoso paraje, ofrecí mi brazo a mademoiselle Reuter y la llevé a una silla del jardín colocada bajo unas lilas cercanas. Ella se sentó y yo a su lado; siguió hablándome con esa desenvoltura que infunde desenvoltura y, mientras la escuchaba, caí en la cuenta de que estaba a punto de enamorarme. Sonó la campana de la cena, tanto en su casa como en la de monsieur Pelet; nos vimos obligados a despedirnos; la retuve un momento cuando ya se alejaba.

—Quiero una cosa —dije.
—¿Qué? —preguntó Zoraïde ingenuamente.
—Sólo una flor.
—Pues cójala, o dos, o veinte si quiere.
—No, una bastará, pero tiene que cogerla usted y dármela.
—¡Qué capricho! —exclamó, pero se puso de puntillas y, atrayendo hacia sí una hermosa rama de lilas, me ofreció una con garbo. Yo la cogí, satisfecho por el momento y esperanzado para el futuro.

Desde luego aquel día de mayo fue encantador y terminó con una noche de calor y serenidad estivales, bañada por la luz de la luna. Lo recuerdo bien, pues me quedé hasta tarde corrigiendo *devoirs* y, sintiéndome cansado y un poco agobiado entre las cuatro paredes de mi habitación, abrí la ventana tapiada que he mencionado a menudo, pero cuyos tablones había convencido a madame Pelet que mandara quitar desde que ocupaba el puesto de profesor en el *Pensionnat de demoiselles*, dado que a partir de entonces ya no era *inconvenant* que contemplara a mis propias pupilas mientras se divertían. Me senté en el asiento de la ventana, apoyé el brazo en el alféizar y me asomé; sobre mi cabeza tenía el claroscuro de un firmamento nocturno sin nubes; la espléndida luz de la luna atenuaba el trémulo resplandor de las estrellas; abajo estaba el jardín envuelto en un brillo plateado y en profundas sombras y cubierto de rocío; los capullos cerrados de los árboles frutales exhalaban un grato perfume; no se movía una sola hoja, era una noche sin brisa. Mi ventana daba directamente a cierto paseo del jardín de mademoiselle Reuter, llamado *l'allée défendue**, que se conocía con este nombre porque las alumnas tenían prohibido entrar en él por su proximidad al colegio de chicos. Era allí donde las lilas y los laburnos crecían en abundancia, aquél era el rincón más recóndito del jardín, sus arbustos ocultaban la silla donde me había sentado aquella tarde con la joven directora. Huelga decir que mis pensamientos estaban centrados sobre todo en ella cuando miré más allá de la celosía y dejé que mis ojos vagaran por los senderos y las márgenes del jardín, por la fachada de la casa llena de ventanas que se alzaba como una masa blanca en medio del denso follaje. Me pregunté en qué parte del edificio estaría su habitación, y una luz solitaria que brillaba a través de las persianas de una ventana *croisée* pareció guiarme hasta ella.

«Vela hasta tarde —pensé—, porque debe de ser casi medianoche. Es una mujercita fascinante —proseguí en mudo soliloquio—. Su imagen forma un agradable retrato en mi memoria. Sé que no es lo que se llama hermosa, no importa, hay armonía en su aspecto y me gusta. Sus cabellos castaños, sus ojos azules, sus mejillas sonrosadas, la blancura de su cuello; todo es de mi gusto. Además, respeto su talento; siempre he aborrecido la idea de casarme con una muñeca o con una estúpida. Sé que una preciosa muñeca o una beldad estúpida podrían servir para la luna de miel, pero una vez enfriada la pasión, ¡qué espanto encontrar un pedazo de cera y madera sobre mi pecho, una idiota entre mis brazos, y recordar que yo había convertido eso en un igual, no, en mi ídolo, y saber que tendría que pasar el resto de mi deprimente vida con una criatura incapaz de comprender lo que le dijera, de apreciar lo que pensara o simpatizar con lo que sintiera! En cambio, Zoraïde Reuter —me dije— tiene tacto, *caractè-*

---

* El sendero prohibido.

re, buen juicio, discreción; ¿tiene corazón? Debe de tenerlo. ¡Con qué amabilidad y afecto me ha tratado hoy! ¡Qué sencilla y agradable sonrisa tenía en los labios cuando me ha dado la rama de lilas! Pensaba que era astuta, simuladora, interesada a veces, es cierto, pero ¿no podría ser que buena parte de lo que parece astucia y disimulo en su conducta fueran tan sólo los esfuerzos de un temperamento dócil por superar con serenidad dificultades desconcertantes para ella? Y en cuanto al interés, no cabe duda de que desea abrirse camino en el mundo, ¿y a quién puede extrañarle? Aunque carezca realmente de sólidos principios, ¿no es más bien una desgracia que un defecto? Ha sido educada como católica; de haber nacido en Inglaterra y haber crecido como protestante, ¿no habría añadido la integridad a todas sus demás cualidades? Suponiendo que se casara con un inglés protestante, ¿no reconocería rápidamente, juiciosa como es ella, que es mejor obrar correctamente que el interés personal, que la sinceridad es superior a la política? Valdría la pena que un hombre intentara el experimento. Mañana volveré a observarla. Sabe que la observo; ¡con qué calma soporta el escrutinio! Parece más bien complacerla que molestarla». En aquel momento una melodía se entrometió sigilosamente en mi monólogo, interrumpiéndolo. Era un clarín, tocado con gran maestría, en la vecindad del parque, me pareció, o en la Place Royale. Tan dulces eran las notas, tan apaciguador su efecto a aquellas horas, en medio del silencio y bajo el sosegado reinado de la luna, que dejé de pensar para poder oír mejor. La melodía se alejó, su sonido fue debilitándose y pronto se extinguió del todo; mis oídos se prepararon para reposar en la paz de la medianoche una vez más. No. ¿Qué murmullo era aquel que, tenue, pero cercano, y aproximándose aún más, frustraba la esperanza de un silencio absoluto? Era alguien que conversaba; sí, claramente, una voz audible, pero apagada, hablaba en el jardín justo debajo de mi ventana. Otra voz le respondía; la primera era la voz de un hombre, la segunda de una mujer, y un hombre y una mujer vi acercándose lentamente por el sendero. De sus formas ocultas entre las sombras, no pude distinguir al principio más que un oscuro contorno, pero un rayo de luna cayó sobre ellos al final del sendero, cuando los tenía justo debajo, y revelaron con toda claridad, sin ningún género de dudas, a mademoiselle Reuter, cogida del brazo, o de la mano (no recuerdo qué) de mi director, confidente y consejero, monsieur François Pelet. Y monsieur Pelet le decía:

—*À quand donc le jour des noces, ma bien-aimée?*[*]

Y mademoiselle Reuter respondía:

—*Mais, François, tu sais bien qu'il me serait impossible de me marier avant les vacances.*[**]

—¡Junio, julio, agosto, todo un trimestre! —exclamó el director—. ¡Cómo voy a esperar tanto, yo, que moriría ahora mismo de impaciencia a tus pies!

—¡Ah! Si te mueres, se arreglará todo sin tener que molestarnos en notarios ni contratos. Sólo tendré que encargar un vestido de luto ligero, que me prepararían con mucha más rapidez que el ajuar.

—¡Cruel Zoraïde! Te burlas de la angustia de quien te ama con tanto fervor como yo, te diviertes atormentándome, no te importa estirar mi alma en el potro de los celos porque, por mucho que lo niegues, estoy convencido de que has alentado a ese colegial, Crimsworth, con tus miradas. Se ha enamorado de ti, cosa que no se habría atrevido a hacer si no le hubieras dado pie.

—¿Qué me dices, François? ¿Crees que Crimsworth está enamorado de mí?

[*] —¿Para cuándo entonces el día de la boda, querida mía?
[**] —Pero, François, sabes bien que me es imposible casarme antes de las vacaciones.

—De los pies a la cabeza.

—¿Te lo ha dicho él?

—No, pero se lo noto en la cara. Se ruboriza siempre que se menciona tu nombre.

Una risita de exultante coquetería traicionó la satisfacción que sentía mademoiselle Reuter al conocer la noticia (que era falsa, por cierto, porque al fin y al cabo no había ido nunca tan lejos). Monsieur Pelet prosiguió preguntando a mademoiselle Reuter qué pensaba hacer conmigo, dando a entender con claridad meridiana y de manera muy poco galante que era absurdo que pensara en tomar a semejante *blanc-bec* por marido, puesto que ella debía de tener diez años más que yo como mínimo (¿tenía entonces treinta y dos años?; nunca lo hubiera creído). La oí negar semejante propósito, pero el director siguió presionándola para arrancarle una respuesta definitiva.

—François —dijo—, estás celoso —y volvió a reír; entonces, como recordando de pronto que su coquetería no era compatible con la modesta dignidad que deseaba aparentar, añadió en tono recatado—: En serio, mi querido François, no negaré que es posible que ese joven inglés haya hecho algún intento por ganarse mis simpatías, pero, lejos de alentarle en modo alguno, le he tratado siempre con la mayor reserva que era posible combinar con la cortesía. Estando comprometida contigo, jamás daría falsas esperanzas a ningún hombre, créeme, querido amigo.

Aun así, Pelet musitó palabras de desconfianza, o al menos eso juzgué, a tenor de la réplica de ella:

—¡Qué tontería! ¿Cómo iba a preferir a un extranjero desconocido antes que a ti? Además, no es por halagar tu vanidad, pero Crimsworth no puede compararse a ti ni física ni intelectualmente; no es un hombre atractivo en ningún aspecto; puede que a otra le parezca un caballero de aspecto inteligente, pero lo que es a mí...

El resto de la frase se perdió en la distancia, pues la pareja se había levantado de la silla y se alejaba. Aguardé su regreso, pero pronto el sonido de una puerta que se abría y se cerraba me hizo ver que habían vuelto a entrar en la casa; escuché un rato más, pero todo siguió en silencio. Estuve escuchando más de una hora; finalmente oí entrar a monsieur Pelet y le oí subir a su habitación. Volví a mirar una vez más hacia la larga fachada de la casa del jardín, y percibí que su solitaria luz se había apagado, igual que mi fe en el amor y la amistad lo haría durante un tiempo. Me acosté, pero por mis venas corría una fiebre, una exaltación que apenas me dejó dormir aquella noche.

CAPÍTULO XIII

A la mañana siguiente me levanté con el alba y, después de vestirme, me quedé media hora con el codo apoyado en la cómoda, reflexionando sobre las medidas que debía adoptar para recobrar el ánimo, destrozado por la falta de sueño, pues no tenía intención de hacerle una escena a monsieur Pelet para reprocharle su perfidia, ni de retarle a duelo, ni ninguna otra payasada por el estilo, hasta dar por fin con el recurso de salir a pasear al fresco de la mañana hasta un establecimiento de baños cercano y darme un chapuzón que me animara. El remedio produjo el efecto deseado. Volví a las siete fortalecido y lleno de energía y fui capaz de saludar a monsieur Pelet, cuando entró a desayunar, con el semblante tranquilo e impávido; ni siquiera cuando me tendió la mano cordialmente y me halagó con el apelativo de *mon fils*, pronunciado en ese tono acariciador con que monsieur se había acostumbrado a dirigirse a mí, sobre todo en los últimos días, produjo signos externos del sentimiento que, aunque atenuado, seguía abrasándome el corazón. No era venganza lo que buscaba, no, pero la sensación de haber sido insultado y traicionado persistía en mi interior como un fuego de carbón recién apagado. Dios sabe que no soy de naturaleza vengativa; no haría daño a ningún hombre porque no pudiera seguir confiando en él o ya no me gustara, pero tampoco mi razón ni mis sentimientos se dejan llevar por los vaivenes, ni son como la arena, donde las impresiones se borran tan fácilmente como se crean. Una vez convencido de que el carácter de un amigo es incompatible con el mío, una vez seguro de que tiene la mancha indeleble de ciertos defectos que repugnan a mis principios, disuelvo la relación. Así lo hice con Edward. En cuanto a Pelet, el descubrimiento era aún reciente; ¿debía actuar con él del mismo modo? Ésta era la pregunta que me planteaba mientras daba vueltas a mi café con medio *pistolet** (no nos ponían nunca cucharillas). Pelet estaba sentado delante de mí, más demacrado que de costumbre, mirándome como si supiera lo que pensaba. Posaba sus azules ojos con seriedad en sus alumnos y profesores adjuntos, otras, amablemente sobre mí. «Debo dejarme guiar por las circunstancias», me dije y, haciendo frente a la falsa mirada de Pelet y a su sonrisa obsequiosa, di gracias al Cielo por haber abierto la ventana la noche anterior y haber descifrado a la luz de la luna llena el auténtico significado de aquel semblante artero; me sentí casi como su dueño, pues ahora conocía la verdad de su naturaleza; por muchas sonrisas y halagos que me dedicara, veía su alma agazapada tras la sonrisa y oía en cada una de sus agradables frases una voz que interpretaba su traicionero sentido.

Pero ¿y Zoraïde Reuter? ¿Me había herido su deserción en lo más vivo? ¿Había penetrado demasiado su aguijón para hallar Consuelo en la Filosofía que curara el escozor? En absoluto. Pasada la fiebre nocturna, busqué también un bálsamo para esa herida y encontré uno más cercano que el de Galaad**. La Razón fue mi médico; empezó por demostrar que el premio que había perdido era de poco valor; admitía que, físicamente, Zo-

---

* En Bélgica, bollo de pan.
** Véase Jeremías 8, 22.

raïde podría haberme convenido, pero afirmaba que nuestras almas no armonizaban y que la discordia habría sido el resultado de la unión de su espíritu con el mío; insistió luego en evitar las lamentaciones y me ordenó que me regocijara por haber escapado a una trampa. Su medicina me hizo bien, noté sus efectos fortalecedores cuando me encontré con la directora al día siguiente. Su acción astringente sobre mis nervios no experimentó vacilación alguna, sino que me permitió mirarla con firmeza y pasar por su lado con desenvoltura. Me había tendido la mano, que decidí no ver; me había saludado con una sonrisa encantadora, que cayó sobre mi corazón como la luz sobre una piedra. Me dirigí al estrado y ella me siguió con la vista clavada en mi rostro, exigiendo de cada una de mis facciones la explicación de mis modales alterados e indiferentes. «Le daré una respuesta», pensé, y mirándola directamente a la cara, atrayendo y fijando su mirada, le respondí con la mía, en la que no había respeto, ni amor, ni cariño, ni galantería, donde el análisis más riguroso no habría detectado más que desprecio, insolencia e ironía. La obligué a soportarla y a sentirla; su firme expresión no varió, pero se le subieron los colores y se aproximó a mí como fascinada. Subió al estrado y se quedó de pie a mi lado; no tenía nada que decir y yo no quería aliviar su bochorno, sino que me puse a hojear un libro con actitud despreocupada.

—Espero que hoy se encuentre totalmente recuperado —dijo por fin en voz baja.

—Y yo, mademoiselle, espero que no se enfriara usted anoche en su paseo nocturno por el jardín.

De comprensión más que rápida, me entendió a la primera. Palideció un poco, muy poco, pero no se movió un solo músculo de sus marcadas facciones y, serena y dueña de sí misma, bajó del estrado y ocupó su asiento tranquilamente a escasa distancia, donde empezó a tejer un bolso de malla. Yo procedí a dar mi clase; se trataba de una *composition*, es decir, dictaba una serie de preguntas generales, a las cuales las alumnas debían dar respuesta de memoria, puesto que tenían prohibido consultar los libros. Mientras mesdemoiselles Eulalie, Hortense, Caroline y compañía reflexionaban sobre las cuestiones gramaticales, bastante complejas, que les había propuesto, tuve ocasión de emplear la media hora de espera en observar detenidamente a la directora. El bolso de seda verde progresaba rápidamente entre sus manos; tenía los ojos bajos; su actitud, sentada a dos metros de mí mientras tejía, seguía siendo cauta, toda su persona expresaba a la vez y con igual claridad vigilancia y reposo; ¡extraña combinación! Mientras la miraba me vi obligado, como me había ocurrido antes a menudo, a ofrecer a su buen juicio y su extraordinario autocontrol el homenaje de una admiración involuntaria. Había notado que había perdido mi estima, había visto el desprecio y la frialdad en mi mirada, y para ella, que codiciaba la aprobación de cuantos la rodeaban, que ansiaba la buena opinión de todos, tal descubrimiento debía de haberle infligido una grave herida; yo había sido testigo de su efecto en la palidez pasajera de sus mejillas, que no estaban acostumbradas a tales alteraciones. Sin embargo, ¡con qué rapidez, a fuerza de autodominio, había recobrado la compostura! Con qué serena dignidad estaba sentada ahora, casi a mi lado, sustentada por su sensatez y su energía; su labio superior, algo alargado, pero sagaz, no temblaba, ni se veía la huella de una cobarde vergüenza en su frente austera.

«Hay metal en ella —me dije mientras la contemplaba—. Podría amarla si hubiera también fuego, un ardor vital que hiciera brillar el acero.»

Acabé dándome cuenta de que sabía que la estaba observando, pues no se movía, no levantaba sus astutos párpados, sino que se limitaba a mover los ojos de la labor a su pequeño pie, que asomaba entre los suaves pliegues de su vestido de lana púrpura, de donde volvían a su mano marfileña, en cuyo índice lucía un brillante anillo de granate y un ligero volante de encaje en la muñeca. Con un movimiento apenas perceptible volvía la cabeza, haciendo que sus rizos castaños se agitaran graciosamente. Percibí en estos sutiles signos que el deseo de su corazón, el designio de su cerebro, era atraer de nuevo a la presa que había espantado. Un pequeño incidente le dio la oportunidad de volver a dirigirme la palabra.

Estando la clase en silencio, salvo por el crujido de los cuadernos y el rasgueo de las plumas sobre sus páginas, se abrió una hoja de la gran puerta que daba al corredor y dio paso a una alumna que, tras una reverencia apresurada, se instaló con cierta expresión de temor —seguramente ocasionada por haber llegado tan tarde— en un asiento libre que había en el pupitre más cercano a la puerta. Una vez sentada, abrió su bolsa, todavía con cierto aire de precipitación y embarazo, para sacar los libros y, mientras yo esperaba a que alzara la vista a fin de averiguar su identidad, pues mi miopía no me había permitido reconocerla, mademoiselle Reuter dejó su silla y se acercó al estrado.

—Monsieur Crimsvort —dijo en un susurro, pues cuando en las aulas reinaba el silencio, la directora se movía siempre con paso de terciopelo y hablaba en el tono más bajo posible, imponiendo el orden y la quietud tanto con el ejemplo como por precepto—. Monsieur Crimsvort, esa joven que acaba de entrar desea tener la ocasión de recibir clases de inglés de usted. No es alumna del centro; en realidad, en cierto sentido es una de nuestras maestras, puesto que enseña a zurcir encajes y pequeñas variedades de labores de aguja. Con toda la razón se propone prepararse para un mayor nivel de enseñanza y ha solicitado permiso para asistir a sus clases a fin de perfeccionar sus conocimientos de inglés, idioma en el que, según creo, ha hecho ya algunos progresos. Por supuesto, es mi deseo ayudarla en un empeño tan digno de encomio. Así pues, le permitirá usted beneficiarse de sus enseñanzas, *n'est-ce pas, monsieur?** —Y mademoiselle Reuter alzó los ojos hacia mí con una mirada a la vez ingenua, benéfica y suplicante.

—Por supuesto —repliqué, lacónicamente, casi con brusquedad.

—Una cosa más —dijo en voz baja—. Mademoiselle Henri no ha recibido una educación regular. Tal vez su talento natural no sea de primer orden, pero puedo garantizarle sus buenas intenciones y la gentileza de su carácter. Monsieur tendrá, por tanto, estoy convencida de ello, la amabilidad de ser considerado con ella al principio y de no poner al descubierto su retraso, sus inevitables deficiencias, delante de las señoritas que, en cierto sentido, son sus alumnas. ¿Me hará el favor, monsieur Crimsvort, de atender a esta sugerencia? —Asentí, y ella continuó con gravedad comedida—: Excúseme, monsieur, si me atrevo a añadir que lo que acabo de decirle es muy importante para la pobre muchacha. Ha experimentado ya grandes dificultades para inculcar en estas atolondradas jovencitas la deferencia debida a su autoridad, y si esas dificultades aumentaran con una nueva revelación de su incapacidad, tal vez su situación en mi centro se le hiciera demasiado dolorosa para seguir en él. Circunstancia ésta que lamentaría mucho por su propio bien, ya que no puede permitirse el lujo de perder los ingresos de su empleo.

Mademoiselle Reuter poseía un tacto maravilloso, pero el tacto más exquisito no consigue su efecto a veces por falta de sinceridad. En esta ocasión, cuanto más predicaba sobre la necesidad de ser indulgente con la maestra alumna, más me exasperaba al escucharla, puesto que me daba perfecta cuenta de que, si bien el motivo que aducía era el deseo de ayudar a la torpe,

---

* —[...] ¿no es cierto, señor?

pero bienintencionada, mademoiselle Henri, el motivo real no era otro que el deseo de impresionarme por su propia bondad y su cariñosa consideración, de modo que, después de asentir a sus comentarios de forma apresurada, evité que los repitiera exigiendo de pronto que se me entregaran los ejercicios con brusco acento y, bajando del estrado, procedí a recogerlos. Al pasar junto a la maestra alumna, le dije:

—Ha llegado demasiado tarde para asistir a clase hoy. Procure ser más puntual la próxima vez.

Estaba detrás de ella y no pude ver en su rostro el efecto de mis duras palabras; seguramente tampoco me habría molestado en buscarlo aunque la hubiera tenido de frente, pero observé que inmediatamente volvía a meter los libros en su bolsa y, al poco, cuando yo había regresado ya al estrado y ordenaba la pila de ejercicios, oí que volvía a abrirse y cerrarse la puerta y, al levantar los ojos, vi su sitio vacío. Me dije: «Pensará que su primer intento de asistir a una clase de inglés ha sido un fracaso», y me pregunté si se habría ido enfurruñada, o si la estupidez la había inducido a tomar mis palabras al pie de la letra o, finalmente, si mi tono irritado habría herido sus sentimientos. Deseché este último pensamiento en cuanto se me ocurrió, puesto que, no habiendo encontrado visos de sensibilidad en ningún rostro humano desde mi llegada a Bélgica, había empezado a considerarla casi como una cualidad fabulosa. No podría decir si su fisonomía la delataba porque su rápida salida me había impedido averiguar dicha circunstancia. La verdad era que la había visto de pasada en dos o tres ocasiones anteriores (como creo que ya he mencionado), pero jamás me había parado a examinar su rostro ni su físico, y no tenía más que una vaga idea de su aspecto. Justo cuando había acabado de enrollar los ejercicios, sonó la campana de las cuatro; con mi acostumbrada viveza, obedecí a la señal, cogí mi sombrero y abandoné el centro.

CAPÍTULO XIV

Si fui puntual en salir del domicilio de mademoiselle Reuter, al menos fui igualmente puntual en volver; al día siguiente me presenté allí a las dos menos cinco minutos y, al llegar a la puerta del aula, antes de abrirla, oí un barullo de voces atropelladas que me advirtieron de que la *prière du midi** no había concluido aún. Esperé por tanto a que terminara; habría sido impío imponer mi presencia herética mientras se rezaba. ¡Cómo cacareaba y farfullaba la persona que repetía la plegaria! Jamás había oído ni he vuelto a oír una lengua pronunciada con esa velocidad de máquina de vapor. *Notre Père qui êtes au ciel*** salió como un disparo, seguido de una alocución a María, *Vierge céleste; Reine des anges, Maison d'or, Tour d'ivoire!!****, y luego una invocación al santo del día, y luego se sentaban todas y el solemne rito (¿?) había llegado a su fin. Entré abriendo la puerta de par en par y caminando a grandes zancadas, que era la costumbre que había adoptado, pues me había percatado de que entrar con aplomo y subir al estrado con decisión era el gran secreto que garantizaba el silencio inmediato. Las puertas que se-

* Rezo del mediodía.
** Padre Nuestro que estás en los cielos.
*** Virgen celeste, Reina de los ángeles, Mansión dorada, Torre de marfil.

paraban las dos aulas, abiertas para el rezo, se cerraron al instante; una maestra se sentó en su lugar, costurero en mano; las alumnas aguardaban inmóviles con los libros y las plumas delante, mis tres bellezas de la vanguardia, bien aprendida la lección de humildad consistente en tratarlas con frialdad invariable, se sentaban erguidas, silenciosas, mano sobre mano en el regazo; habían renunciado a las risitas estúpidas y a los cuchicheos, y ya no se atrevían a pronunciar discursos descarados en mi presencia. Ahora sólo me hablaban ocasionalmente con los ojos, órganos con los cuales podían, no obstante, mostrarse audaces y coquetas. Si alguna vez el afecto, la bondad, la modestia y el auténtico talento hubieran empleado aquellos luceros brillantes como intérpretes, no creo que hubiera podido abstenerme de responder con amabilidad y aliento de vez en cuando, quizá incluso con ardor, pero, tal como se presentaban las cosas, disfrutaba respondiendo a la mirada de la vanidad con la del estoicismo. Por jóvenes, bellas y resplandecientes que fueran muchas de mis alumnas, puedo afirmar con toda sinceridad que en mí no vieron jamás otra conducta que la de un tutor austero, pero justo. Si hay alguien que dude de la exactitud de esta afirmación, como si yo pretendiera arrogarme un sacrificio consciente y un autodominio al estilo de Escipión[*] mayores de lo que se siente inclinado a concederme, que tenga en cuenta las circunstancias siguientes que, si bien me restan méritos, justifican mi veracidad.

Debes saber, ¡oh, lector incrédulo!, que un maestro tiene una relación algo diferente con una muchacha bonita, frívola y seguramente ignorante, de la que tiene una pareja de baile o un galán en el paseo. Cuando un profesor se encuentra con su alumna, no

---

[*] Se cuenta de Escipión el Africano (235 –183 a.C.) que, tras la derrota de Nueva Cartago, sus tropas hicieron prisionera a una princesa, y que él se la devolvió a sus padres, negándose a verla para no ser tentado.

la ve vestida de raso y muselina, con los cabellos rizados y perfumados, el cuello apenas oculto por un encaje etéreo, los brazos blancos y torneados llenos de brazaletes y los pies calzados para la danza; su tarea no consiste en hacerla girar al son del vals, ni cubrirla de cumplidos, ni realzar su belleza con el rubor de una vanidad satisfecha. Tampoco se encuentra con ella en el bulevar pavimentado a la sombra de los árboles, ni en el verde y soleado parque, al que acude ataviada con su favorecedor vestido de paseo, el echarpe colocado con gracia sobre los hombros, y el sombrerito que apenas le cubre los rizos, con una rosa roja bajo el ala que añade un nuevo matiz al rosa pálido de sus mejillas, iluminados también el rostro y los ojos con su sonrisa, tal vez tan fugaz como el sol en un día de fiesta, pero también igual de resplandeciente. No es su deber pasear junto a ella, escuchar su animada charla, llevarle la sombrilla, apenas mayor que la hoja grande de una planta, conducir de una correa a su *spaniel* Blenheim o su galgo italiano. No, se encuentra con ella en un aula, vestida con sencillez, con libros delante; por culpa de su educación o de su naturaleza, los libros son un fastidio para ella y los abre con aversión. Sin embargo, su maestro debe inculcar en su cerebro el contenido de los libros; ese cerebro se resiste a admitir la información seria, la rehuye, se revuelve. Salen a la luz los temperamentos huraños, los ceños desfiguran el rostro, arruinando su simetría; a veces, gestos groseros destierran la gracia del porte al tiempo que expresiones murmuradas entre dientes, indicios de una auténtica e imborrable vulgaridad, profanan la dulzura de la voz. Cuando el temperamento es sereno, pero el intelecto está aletargado, un embotamiento insuperable se opone a todo esfuerzo por instruirlo. Cuando hay ingenio, pero sin energía, el disimulo, la hipocresía, un millar de trucos y argucias se ponen en práctica para eludir la necesidad de aplicación. En resumidas cuentas, para el profesor, la juventud femenil, los encantos femeninos son como tapices que ofrecen siempre el revés a su mirada, e incluso cuando alcanza a ver la superficie lisa y pulcra del derecho, conoce tan bien los nudos, las largas puntadas y los extremos desiguales que hay detrás que difícilmente siente la tentación de admirar con fervor las formas bien dispuestas y los colores brillantes expuestos al público en general.

Nuestras circunstancias modelan nuestros gustos. El artista prefiere un paisaje montañoso porque es pintoresco; el ingeniero lo prefiere llano porque es más cómodo; al hombre entregado a los placeres le gusta lo que él llama «una mujer refinada», le satisface; el joven caballero moderno admira a la señorita moderna, es su tipo; el preceptor agotado por el duro trabajo, seguramente irascible, ciego casi a la belleza, insensible a las afectaciones, se complace sobre todo con ciertas cualidades intelectuales: aplicación, amor al conocimiento, talento natural, docilidad, lealtad y agradecimiento son los encantos que atraen su atención y se ganan su estima. Son las cualidades que busca, pero rara vez encuentra; y si topa con ellas por casualidad, de buen grado las retiene para siempre, y cuando la Separación le priva de ellas, se siente como si una mano despiadada le hubiera arrebatado su única oveja*. Si tal es el caso, y lo es, mis lectores convendrán conmigo en que no había nada meritorio ni extraordinario en la integridad y la moderación de mi comportamiento en el *Pensionnat de demoiselles* de mademoiselle Reuter.

Lo primero que hice aquella tarde fue leer la tabla de honor del mes, determinada por la corrección de los ejercicios que se habían hecho el día anterior. La lista estaba encabezada, como era habitual, por el nombre de Sylvie, la muchachita fea y pacífica que he descrito como la alumna más capaz y a la vez menos agraciada de todo el centro. El segundo lugar correspondía a

---

* Véase la parábola de Natán en 2 Samuel 12.

una tal Léonie Ledru, una criatura menuda, de facciones angulosas y piel apergaminada, dotada de un vivo ingenio, una conciencia frágil y un corazón endurecido; era un ser con aspecto de abogado de quien decía a menudo que, de haber sido un chico, se habría convertido en el epítome de leguleyo listo y sin principios. Le seguía Eulalie, la orgullosa beldad, la Juno de la escuela, a la que seis largos años estudiando la sencilla gramática inglesa la habían obligado a adquirir un conocimiento mecánico de la mayoría de sus reglas, pese a su pertinaz intelecto flemático. En el rostro monjil y pasivo de Sylvie no apareció el menor rastro de placer o satisfacción al oír su nombre en primer lugar. A mí me entristecía siempre la visión de la absoluta apatía de la pobre chica en todo momento, y tenía por costumbre mirarla y hablarle lo menos posible; su extrema docilidad, su aplicada perseverancia, habrían merecido mi buena opinión; su modestia y su inteligencia me habrían inducido a ser benevolente y afectuoso con ella, pese a la fealdad casi horrenda de sus rasgos, la desproporción de su figura y la falta de vitalidad, casi cadavérica, de su semblante, de no ser porque sabía que ella habría transmitido toda palabra amistosa o gesto amable a su confesor, quien los habría interpretado mal, emponzoñándolos. En una ocasión le puse la mano sobre la cabeza como señal de aprobación y creí que Sylvie iba a sonreír; sus ojos apagados casi se iluminaron, pero entonces dio un respingo; yo era un hombre y un hereje y ella, ¡pobre niña!, estaba destinada a ser monja y católica devota. Así pues, un cuádruple muro separaba su espíritu del mío. Una sonrisa descarada y una dura mirada de triunfo fueron el método utilizado por Léonie para declarar su satisfacción; la expresión de Eulalie era hosca y envidiosa, puesto que esperaba ser la primera; Hortense y Caroline intercambiaron una mueca indiferente al oír sus nombres hacia el final de la lista; no consideraban vergonzosa la inferioridad intelectual, ya que basaban sus expectativas de futuro únicamente en su atractivo personal.

Una vez leída la lista empezó la clase. Durante un breve intervalo que las alumnas emplearon en trazar los renglones de sus cuadernos, mis ojos vagaron azarosamente por los bancos y observaron por primera vez que el asiento más alejado de la fila más alejada, un asiento por lo general vacío, volvía a estar ocupado por la nueva alumna, la tal mademoiselle Henri, que con tanta ostentación me había recomendado la directora. Aquel día llevaba yo mis anteojos y la vi claramente desde un principio sin tener que cavilar sobre su aspecto. Parecía joven, pero si me hubieran pedido que adivinara su edad exacta, habría dudado; su esbeltez podía haberse correspondido con unos diecisiete años, pero una expresión inquieta y preocupada parecía indicar una edad más madura. Lucía, al igual que el resto, un vestido oscuro con cuello blanco. Sus facciones eran distintas a todas las demás, no tan redondeadas, más definidas, pero no podían considerarse regulares. También la forma de su cabeza difería, porque la parte superior estaba más desarrollada y la base bastante menos. Me convencí a primera vista de que no era belga, pues su cutis, su semblante, sus rasgos y su figura eran en todo diferentes de los belgas y pertenecían sin lugar a dudas al modelo de otra raza, una raza menos dotada de carnes abundantes y sangre caliente, menos jocunda, menos material e irreflexiva. Cuando fijé la vista en ella por primera vez, no alzó la vista; tenía el mentón apoyado en la mano, y no varió su actitud hasta que comencé la clase. Ninguna de las chicas belgas habría mantenido una postura, y reflexiva además, durante tanto tiempo. Sin embargo, tras haber insinuado que su aspecto era peculiar por diferenciarse del de sus compañeras flamencas, poco más tengo que decir; no puedo pronunciar encomios sobre su hermosura porque no era hermosa, ni lamentarme de su fealdad porque tampoco era fea; la frente agobiada por las preocupaciones y la correspondiente configuración de la boca despertaron en mí un sentimiento semejante a la sorpresa, pero seguramente esos rasgos habrían pasado inadvertidos a un observador menos malhumorado.

Bien, lector, aunque he dedicado una página a describir a mademoiselle Henri, sé muy bien que no he grabado en tu imaginación un retrato claro de su persona, no he pintado su tez, ni sus ojos, ni siquiera he trazado el contorno de su figura. No sabes si tenía la nariz aquilina o respingona, si su barbilla era corta o puntiaguda, si su rostro era cuadrado u ovalado; tampoco yo lo supe el primer día y no tengo intención de comunicarte de buenas a primeras un conocimiento que yo mismo obtuve poco a poco.

Les mandé un ejercicio corto que todas escribieron; vi que a la nueva le desconcertaba en un principio la novedad de la forma y el lenguaje; en un par de ocasiones me miró con una especie de ansiedad dolorosa, como si no comprendiera en absoluto el significado de lo que yo decía; tampoco estaba lista cuando lo estaban las demás, ni podía escribir las frases con tanta rapidez como ellas. No quise ayudarla, sino que proseguí implacable. Ella me miró; sus ojos me decían con toda claridad: «No puedo seguirle». Hice caso omiso de su súplica y, recostándome en la silla con aire despreocupado y mirando de vez en cuando por la ventana con la misma indiferencia, dicté un poco más deprisa. Al volver a mirarla, vi su rostro ensombrecido por el bochorno, pero ella seguía escribiendo con suma diligencia; hice una breve pausa, tiempo que empleó en repasar apresuradamente lo escrito; y la vergüenza y la turbación que sentía se hicieron evidentes. Sin duda había descubierto que su ejercicio era un cúmulo de despropósitos. Al cabo de otros diez minutos, el dictado había concluido y, después de conceder un breve intervalo para corregirlo, recogí los cuadernos. Mademoiselle Henri me lo dio con mano reticente, pero, una vez confiado a mi poder, recobró la compostura como si hubiera decidido dejarse de lamentaciones por el momento y pasar por una estúpida rematada. Echando una ojeada a su ejercicio descubrí que había omitido varias líneas, pero que lo escrito contenía muy pocas faltas. Al instante escribí *Bon*[*] al pie de la página y le devolví el cuaderno. Ella sonrió, primero con incredulidad, luego tranquilizada, pero no levantó los ojos; al parecer podía mirarme cuando estaba perpleja y desconcertada, pero no cuando estaba satisfecha; a mí no me pareció justo.

[*] Bien.

CAPÍTULO XV

Pasó un tiempo hasta que volví a dar clase en la primera aula. La festividad de Pentecostés duró tres días y al cuarto le tocaba a la segunda aula recibir mis enseñanzas. Al pasar por el *carré* *, vi, como de costumbre, al grupo de costureras que rodeaban a mademoiselle Henri. Eran sólo una docena, pero hacían tanto ruido como si hubieran sido cincuenta. Su maestra parecía ejercer muy poco dominio sobre ellas; tres o cuatro la asaltaban a la vez con preguntas inoportunas; abrumada, ella les pedía silencio, pero en vano. Me vio y leí en sus ojos la pena de saber que un extraño era testigo de la insubordinación de sus alumnas. Pareció rogar para que se impusiera el orden, pero sus ruegos fueron inútiles. Entonces noté que apretaba los labios y fruncía el entrecejo, y la expresión de su rostro, si la interpreté correctamente, decía: «He hecho lo imposible, pero al parecer la culpa es mía». Seguí adelante y cuando cerré la puerta del aula le oí decir de pronto y con aspereza, dirigiéndose a una de las mayores y más revoltosas del grupo:

—Amélie Müllenberg, no me haga ninguna pregunta ni me pida ayuda durante una semana. Durante ese espacio de tiempo no le hablaré ni la ayudaré.

* El amplio salón de techo alto que se menciona en el capítulo X.

Pronunció las palabras con énfasis, no, con vehemencia, y consiguieron un silencio relativo. No sé si la calma fue duradera, puesto que me separaban del salón dos puertas cerradas.

El día siguiente correspondía a la primera aula. A mi llegada, encontré a la directora en su asiento habitual, entre los dos estrados, y ante ella estaba de pie mademoiselle Henri en una actitud (según me pareció) atenta, pero algo reticente. La directora tejía y hablaba a la vez. En medio del murmullo de voces de un aula espaciosa era fácil hablar a una persona de modo que sólo esa persona oyera lo que se le decía, y así parlamentaba mademoiselle Reuter con la maestra. El rostro de esta última estaba un poco encendido y no poco turbado; había en él una mortificación cuya causa me era ajena, pues la directora tenía un aire sumamente plácido; parecía imposible que la estuviera riñendo con aquellos suaves susurros y aquel semblante ecuánime. No, al final se demostró que su charla había sido de lo más amistosa, porque oí las palabras con que concluyó:

—*C'est assez, ma bonne amie, à présent je ne veux pas vous reternir davantage*[*].

Mademoiselle Henri dio media vuelta sin replicar, con el descontento claramente pintado en el rostro, y sus labios se curvaron en una sonrisa, leve y breve, pero amarga, suspicaz, y me pareció que también desdeñosa, cuando ocupó su sitio en el aula. Fue una sonrisa secreta e involuntaria que duró apenas un segundo; le sucedió un aire depresivo, que ahuyentaron después la atención y el interés cuando ordené a las alumnas que sacaran sus libros de lectura. En general, yo detestaba la clase de lectura, ya que era una tortura para mis oídos escuchar la zafia articulación de mi lengua materna, y no había empeño por mi par-

---

[*] —Por ahora es suficiente, mi buena amiga, no quiero entretenerla más.

te, fuera mediante el ejemplo o por precepto, que pareciera mejorar en lo más mínimo el acento de mis alumnas. Aquel día, cada una en su tono característico, cecearon, tartamudearon, farfullaron y mascullaron como de costumbre. Unas quince alumnas me habían atormentado ya una tras otra, y mi nervio auditivo esperaba con resignación la disonancia de la decimosexta, cuando una voz baja, pero clara, leyó en correcto inglés:

«En su camino hacia Perth, una mujer de las Highlands salió al encuentro del rey, afirmando ser una profetisa. De pie junto a la gabarra que había de llevar al rey hacia el norte, exclamó en voz alta: "¡Mi señor, el rey, si cruzáis estas aguas, no volveréis con vida jamás!"». (Véase la historia de Escocia.)*

Alcé la vista asombrado; aquélla era una voz de Albión, con un acento puro y cristalino al que sólo faltaba firmeza y confianza para pertenecer a cualquier señorita bien educada de Essex o de Middlesex. Sin embargo, quien hablaba o leía no era otra que mademoiselle Henri, en cuyo rostro grave y sin alegría no vi indicios de que supiera que había realizado una hazaña extraordinaria. Tampoco manifestó sorpresa ninguna otra persona. Mademoiselle Reuter no dejó de tejer; sin embargo, yo me había dado cuenta de que, al final del párrafo, había levantado los párpados para honrarme con una mirada de reojo. Ella no sabía hasta qué punto leía bien la maestra, pero había percibido que su acento no era como el de las demás y quería averiguar qué pensaba yo. Cubrí mi rostro con la máscara de la indiferencia y ordené a la siguiente chica que leyera.

Cuando terminó la clase, aproveché la confusión de la salida para acercarme a mademoiselle Henri, que estaba de pie junto a la ventana. Se alejó al verme avanzar hacia ella, pensando que quería asomarme, sin imaginar que pudiera tener algo que de-

---

* Se refiere al asesinato de Jacobo I de Escocia en Perth en 1436.

cirle. Le cogí el cuaderno de ejercicios de la mano y le hablé mientras lo hojeaba.

—¿Había recibido clases de inglés antes? —pregunté.

—No, señor.

—¡No! Lo lee bien. ¿Ha estado en Inglaterra?

—¡Oh, no! —respondió vivamente.

—¿Ha vivido con familias inglesas?

La respuesta siguió siendo no. En aquel momento mis ojos se posaron sobre la guarda del libro y vieron escrito: «Frances Evans Henri».

—¿Es su nombre? —pregunté.

—Sí, señor.

Mi interrogatorio se vio interrumpido cuando oí un leve crujido a mi espalda y vi cerca de mí a la directora, fingiendo examinar el interior de un pupitre.

—Mademoiselle —dijo, alzando los ojos para dirigirse a la maestra—, ¿tendrá usted la amabilidad de salir al corredor mientras las señoritas recogen sus cosas, e intentar poner un poco de orden?

Mademoiselle Henri obedeció.

—¡Qué tiempo tan espléndido! —comentó la directora alegremente, mirando por la ventana. Yo asentí y me dispuse a salir—. ¿Qué me dice de su nueva alumna, monsieur? —añadió, siguiendo mis pasos—. ¿Mejorará su inglés?

—Lo cierto es que no puedo juzgarlo aún. Tiene un acento realmente bueno, pero todavía no he tenido ocasión de formarme una idea de sus conocimientos del idioma.

—¿Y su capacidad natural, monsieur? He tenido mis dudas al respecto. ¿Puede usted confirmar al menos que alcanza la media?

—No veo razón alguna para dudarlo, mademoiselle, pero la verdad es que apenas la conozco y no he tenido tiempo para estudiar el calibre de su capacidad. Le deseo muy buenas tardes.

Ella insistió en seguirme.

—Obsérvela, monsieur, y cuénteme luego lo que piensa. Su opinión me merece más confianza que la mía; las mujeres no pueden juzgar estas cosas tan bien como los hombres y, disculpe mi pertinacia, monsieur, pero es natural que me interese por la pobre muchacha *(pauvre petite)*, porque apenas tiene parientes y sólo puede contar con su esfuerzo personal; los conocimientos que adquiera habrán de ser su única fortuna. Su situación actual fue en otro tiempo la mía, o casi, de modo que es natural que sienta simpatía por ella y, a veces, cuando veo las dificultades que tiene para gobernar a sus alumnas, siento un gran pesar. Es indudable que hace cuanto está en su mano, que sus intenciones son excelentes, pero, monsieur, le falta tacto y firmeza. Le he hablado de ello, pero no soy elocuente y es muy posible que no me haya expresado con claridad, ya que no parece comprenderme. ¿Podría usted darle algún consejo al respecto, cuando vea una oportunidad? Los hombres tienen mucha más influencia que las mujeres, saben argumentar con mucha más lógica que nosotras y usted, monsieur, en particular, posee una asombrosa capacidad para hacerse obedecer. Un consejo suyo no podría sino serle beneficioso; aunque fuera terca y huraña (y no creo que lo sea), no se negaría a escucharle. Por mi parte, puedo afirmar con toda sinceridad que no he asistido nunca a una de sus clases sin sacar algún provecho al observar cómo domina usted a las alumnas. Las otras maestras son una fuente continua de inquietud para mí; no saben ganarse el respeto de las señoritas ni reprimir la frivolidad propia de la juventud. En usted, monsieur, tengo depositada una confianza absoluta. Intente, pues, guiar a esa pobre niña para que aprenda a dominar a nuestras atolondradas y vivarachas jóvenes de Brabante. Pero, monsieur, quisiera añadir algo más. No la hiera en su amor propio. Tenga cuidado de no herirla. Debo admitir a regañadientes que, sobre ese particular, es susceptible hasta extremos censurables, algunos dirían que ridículos. Me temo que he puesto el dedo en la llaga sin darme cuenta y no ha podido superarlo.

Durante la mayor parte de esta arenga tenía yo la mano sobre el pomo de la puerta de la calle; ahora le di la vuelta.

—*Au revoir, mademoiselle* —dije, y huí. Comprendí que la reserva de palabras de la directora estaba lejos de haberse agotado. Me observó partir; de buena gana me habría retenido más tiempo. Su actitud hacia mí había cambiado desde que yo había empezado a tratarla con dureza e indiferencia. Prácticamente se arrastraba ante mí a cada momento, consultaba la expresión de mi rostro sin cesar y me atosigaba con pequeñas atenciones, innumerables y oficiosas. El servilismo crea déspotas. Aquel vasallaje incondicional, en lugar de ablandar mi corazón, sirvió tan sólo para avivar cuanto de severo y exigente había en él. La circunstancia misma de que revoloteara a mi alrededor como un pájaro fascinado pareció transformarme en una rígida columna de piedra. Sus halagos azuzaban mi desprecio, sus lisonjas afianzaban mi reserva. A veces me preguntaba qué pretendía tomándose tantas molestias para ganarse mis simpatías, cuando tenía ya en sus redes a Pelet, que era más rentable que yo, y sabiendo, además, que yo estaba al tanto de su secreto, puesto que no había tenido escrúpulos en decírselo. Pero así eran las cosas, dado que su naturaleza le hacía dudar de la realidad y menospreciar el valor de la Modestia, el Afecto y la Generosidad, y considerar estas cualidades como debilidades de carácter, del mismo modo que tendía a creer que el Orgullo, la Dureza y el Egoísmo eran pruebas de fortaleza. Aplastaba con su pie el cuello de la Humildad, se arrodillaba a los pies del Desdén, recibía el Cariño con secreto desprecio y cortejaba a la Indiferencia con inflexible diligencia; la Benevolencia, la Devoción y el Entusiasmo eran sus Aversiones; prefería el Disimulo y el Interés Personal, la auténtica sabiduría, a sus ojos; aceptaba la Degradación física y Moral, la Inferioridad física y mental con indulgencia, porque eran el contraste que podía utilizar en beneficio propio para realzar sus propios atributos; sucumbía ante la Violencia, la Injusticia y la Tiranía, que eran sus señores naturales, porque no era propensa a odiarlos, ni sentía el impulso de resistirse a ellos; la indignación que despiertan sus órdenes en ciertos corazones, a ella le era desconocida. Por todo ello los Falsos y Egoístas la llamaban sabia, los Vulgares y Corruptos la tildaban de caritativa, los Insolentes e Injustos la consideraban afable, y los Escrupulosos y Benévolos, por lo general, aceptaban en un principio como válido que ella se proclamara uno de los suyos, pero el falso recubrimiento no tardaba en desgastarse, el material auténtico aparecía debajo, y también ellos la dejaban de lado como un engaño.

CAPÍTULO XVI

En el transcurso de otras dos semanas, había observado a Frances Evans Henri el tiempo suficiente para formarme una opinión clara sobre su carácter. Descubrí que poseía dos buenas cualidades en grado nada despreciable, a saber, Perseverancia y Sentido del Deber. Descubrí que era realmente capaz de aplicarse en el estudio, de enfrentarse con las dificultades. Al principio le ofrecí la misma ayuda que siempre me había parecido necesario ofrecer a las demás; empecé aclarándole todos los puntos conflictivos, pero muy pronto me di cuenta de que mi nueva alumna consideraba esta ayuda como una degradación y la rechazaba con exasperación orgullosa. En consecuencia, le asignaba largas tareas y dejaba que ella sola resolviera todas las dudas que pudieran presentarse. Emprendió la tarea con gran entrega y, tras hacer rápidamente un ejercicio, exigía uno nuevo con impaciencia. Esto en cuanto a su Perseverancia. En cuanto a su Sentido del Deber, se manifestaba de la siguiente forma: le gustaba aprender, pero aborrecía enseñar; sus progresos como alumna dependían de ella y me di cuenta de que sobre ella misma podía hacer cálculos con certeza; su éxito como maestra dependía en parte, quizá principalmente, de la voluntad de los demás. Para ella era un penosísimo esfuerzo entrar en conflicto con aquella voluntad extranjera e intentar doblegarla a toda costa para que se sometiera a la suya, ya que, en lo que concernía a la gente en general, innumerables escrúpulos coartaban la acción de su voluntad, que tan libre y fuerte era en lo tocante a sus propios asuntos. A su voluntad podía someter sus propias inclinaciones en todo momento, si esas inclinaciones eran compatibles con sus principios; sin embargo, cuando se le pedía que luchara contra las propensiones, los hábitos y los defectos de los demás, sobre todo si eran niños, sordos al razonamiento y, en su mayor parte, insensibles a la persuasión, a veces su voluntad se negaba a actuar; entonces surgía su Sentido del Deber, que obligaba a la reacia Voluntad a ejercitarse. A menudo la consecuencia era un derroche de energía y de esfuerzo. Frances trabajaba como una esclava por y con sus alumnas, pero mucho tardarían sus concienzudos esfuerzos en ser recompensados con una apariencia siquiera de docilidad, porque sus alumnas se daban cuenta de que seguirían teniendo poder sobre ella mientras se resistieran a sus dolorosos intentos de convencer, persuadir, gobernar. Obligándola a emplear medidas coercitivas, le infligían un agudo sufrimiento. Los seres humanos, especialmente los de menor edad, rara vez renuncian al placer de utilizar un poder que son conscientes de poseer, aunque ese poder consista únicamente en la capacidad de hacer desgraciados a los demás. Un alumno cuyas sensaciones están más embotadas que las de su educador tiene una inmensa ventaja sobre él, y por lo general la usa implacablemente, porque los muy jóvenes, los muy sanos y los muy alocados no conocen la compasión. Me temo que Frances sufría mucho; un peso incesante parecía oprimirla. He dicho ya que no vivía en el internado; por lo tanto, no podría decir si en su domicilio —dondequiera que estuviese— tenía el mismo aire preocupado, triste, pesaroso y resignado que ensombrecía siempre sus rasgos bajo el techo de mademoiselle Reuter.

Un día, pedí como *devoir* una redacción sobre la pequeña y trillada anécdota de Alfredo vigilando el pan en la cabaña de un pastor[*]. La mayoría de alumnas lo convirtieron en un ejercicio singular, en el que imperaba la brevedad; las redacciones eran ininteligibles en su mayor parte; sólo las de Sylvie y Léonie Ledru traslucían cierto grado de comprensión y coherencia. Eulalie, por su parte, había dado con un inteligente recurso para asegurar la exactitud y ahorrarse trabajo al mismo tiempo: de algún modo había logrado acceder a una historia resumida de Inglaterra y había copiado la anécdota palabra por palabra. Escribí en el margen de su trabajo y luego lo rompí en dos pedazos. Al final del montón de *devoirs* de una sola hoja, encontré uno que tenía varias, escritas con pulcritud y cosidas. Conocía la letra, por lo que prácticamente no necesité mirar la firma, «Frances Evans Henri», para confirmar mis conjeturas sobre la identidad de la autora.

Solía corregir los deberes por la noche en mi habitación, escenario habitual de esa tarea, que hasta entonces me había resultado realmente gravosa, y me pareció extraño notar que crecía en mí un interés incipiente cuando despabilé la vela y me dispuse a leer el manuscrito de la pobre maestra.

«Ahora —pensé— vislumbraré quién es en realidad. Me haré una idea de la medida y naturaleza de sus facultades. No es que espere que se exprese bien en una lengua extranjera, pero si es mínimamente inteligente quedará claro aquí.»

El relato comenzaba con una descripción de la cabaña de un campesino sajón, situada en los confines de un gran bosque invernal de árboles pelados; representaba una noche de diciembre en la que caían los copos de nieve. Previendo una fuerte tormenta, el pastor llama a su mujer para que le ayude a reunir al rebaño que

[*] Se refiere a Alfredo el Grande (848-899), rey de los anglosajones que combatió a los invasores daneses. Fue santificado.

vaga lejos de las bucólicas orillas del Tone, y le advierte que tardarán bastante en regresar a casa. La buena mujer es reacia a abandonar sus ocupaciones, pues está amasando pan para la cena, pero admite que es más importante poner a salvo al rebaño; se cubre con su manto de piel de borrego y, dirigiéndose a un desconocido que descansa medio recostado sobre una cama de juncos cerca del hogar, le pide que vigile el pan hasta que ella vuelva:

«Tenga cuidado, joven —añade—, de cerrar bien la puerta cuando salgamos. Y, sobre todo, no abra a nadie en nuestra ausencia. Oiga lo que oiga, no se mueva y no se asome fuera. Pronto anochecerá, este bosque es muy salvaje y solitario, y a menudo se oyen en él ruidos extraños después del ocaso. Abundan los lobos en sus claros y el país está infestado de guerreros daneses, pero se habla de cosas aún peores. Puede que oiga algo así como el llanto de un niño, y al abrir la puerta para socorrerlo, entre corriendo un enorme toro negro o un oscuro perro duende. Más horrible aún sería oír un batir de alas contra la celosía, y que entonces entrara volando un cuervo o una paloma blanca y se posara en el hogar. Semejante visita sería presagio seguro de una desgracia sobre la casa. Por tanto, atienda bien a mi consejo y no levante el pestillo de la puerta por nada.»

El marido la llama, ambos se alejan. El desconocido se queda solo y escucha durante un rato el sonido del viento amortiguado por la nieve, y el del río, más alejado, y luego habla.

«Es Nochebuena —dice—. Señalo la fecha. Aquí estoy, sentado solo en una dura cama de juncos, resguardado por el techo de paja de la cabaña de un pastor. Yo, que había heredado un reino, debo el cobijo de esta noche a un pobre siervo. Han usurpado mi trono, mi corona ciñe la frente de un invasor. No tengo amigos; mis tropas vagan desperdigadas por las colinas de Gales; bandidos temerarios asolan mi país; mis súbditos yacen postrados, aplastado su pecho por el talón del cruel danés. Destino, has cumplido tus peores designios y te encuentras ahora ante mí, con la mano apoyada sobre la hoja sin filo. ¡Sí! Veo tus ojos enfrentándose a los míos, pidiendo saber por qué vivo aún, por qué todavía tengo esperanzas. ¡Demonio pagano! No creo en tu omnipotencia, así que no puedo sucumbir a tu poder. Dios mío, Tu Hijo, en una noche como ésta, se encarnó en hombre, y por los hombres prometió sufrir y sangrar, y dirige Tu mano, y sin una orden Suya, no puedes golpear. Mi Dios no conoce el pecado, es eterno, todo lo sabe, en Él confío, y aunque tú me has despojado de todo, aunque estoy desnudo, afligido y sin recursos, no desespero, no puedo desesperar. Aunque la lanza de Guthrum* estuviera ahora bañada en mi sangre, no desesperaría. Vigilo, trabajo, espero, rezo; Jehová me ayudará cuando lo crea oportuno.» No es necesario que continúe con la cita; toda la redacción seguía en el mismo tenor. Había errores ortográficos, había modismos extranjeros, había algunos defectos de construcción, verbos irregulares transformados en regulares. Casi todo estaba redactado, como muestra el ejemplo anterior, en frases cortas y algo toscas, y el estilo estaba muy necesitado de pulimiento y de una dignidad sostenida. No obstante, con todos sus defectos, no había visto nada parecido en el curso de mi experiencia como educador. El cerebro de la muchacha había concebido la imagen de la cabaña, de los dos campesinos y del rey sin corona; había imaginado el bosque invernal, había evocado las antiguas leyendas fantasmales de los sajones, había comprendido el coraje de Alfredo en el infortunio, había recordado su educación cristiana y había mostrado al rey con la arraigada seguridad de los tiempos primitivos, confiando en que el Jehová de las Escrituras le ayudaría a luchar contra el Destino mitológico. Todo esto lo había hecho sin que yo se lo indicara; yo me ha-

* Rey de los daneses que invadió Inglaterra y fue finalmente vencido por el rey Alfredo.

bía limitado a proponer el tema, pero no había dicho una sola palabra sobre la manera de tratarlo.

«Encontraré o buscaré una oportunidad para hablar con ella —me dije, enrollando el ejercicio—. Averiguaré qué hay de inglesa en ella, aparte del nombre de Frances Evans. Conoce el idioma, eso es evidente, pero ella me dijo que no había estado en Inglaterra, que no había recibido clases de inglés, ni había vivido con familias inglesas.»

Durante mi siguiente clase, hice un informe sobre los demás ejercicios, repartiendo reproches y elogios en porciones muy pequeñas, según tenía por costumbre, ya que de nada servía hacerles severos reproches, y las grandes alabanzas eran muy raras veces merecidas. No dije nada del ejercicio de mademoiselle Henri y, con los anteojos sobre la nariz, me esforcé en descifrar la expresión de su rostro y los sentimientos que le producía la omisión. Quería descubrir si tenía conciencia de su propio talento. «Si cree que ha hecho una redacción inteligente, ahora se sentirá mortificada», pensé. Grave, como siempre, casi sombrío, era su rostro. Como siempre clavaba la vista en el *cahier* abierto sobre el pupitre. Me pareció percibir cierta expectación en su actitud cuando concluí con un breve repaso del último ejercicio, y cuando, echándolo a un lado, me froté las manos y pedí que sacaran sus gramáticas, vi que su actitud y su semblante sufrían una leve alteración, como si renunciara a una débil perspectiva de emociones agradables. Esperaba que se hablara de algo en lo que ella tenía cierto interés; no se habló, de modo que la Expectación se hundió, encogida y apesadumbrada, pero la Atención llenó el vacío con presteza y arregló en un momento el fugaz derrumbamiento de las facciones. Aun así, noté, más que vi, durante el resto de la clase, que le había sido arrebatada una esperanza y que, si no se mostraba angustiada, era porque no quería.

A las cuatro, cuando sonó la campana y el aula se convirtió en un tumulto, en lugar de coger mi sombrero y abandonar el estrado, me quedé sentado un momento. Miré a Frances, que estaba guardando sus libros en la bolsa. Después de abrochar el botón, levantó la cabeza y, al encontrarse con mi mirada, hizo una reverencia serena y respetuosa, como deseándome buenas tardes, y se dio la vuelta para salir.

—Venga aquí —dije, levantando un dedo al mismo tiempo.

Ella vaciló, porque no había oído bien las palabras en medio del barullo que reinaba en ambas aulas; repetí el gesto, ella se acercó, pero se detuvo de nuevo a medio metro del estrado con expresión cohibida y aún vacilante, por si me había entendido mal.

—Suba —dije, hablando con decisión. Es la única forma de tratar con personas tímidas que se azoran con facilidad y, con un ligero ademán, conseguí que se colocara exactamente donde la quería tener, esto es, entre mi mesa y la ventana, donde estaba a cubierto del jaleo de la segunda aula, y donde nadie podía acercarse a hurtadillas por detrás para escucharla.

—Siéntese —le dije, poniéndole cerca un taburete y obligándola a sentarse en él. Sabía que lo que estaba haciendo se vería como algo muy extraño, pero no me importaba. Frances también lo sabía, y por su agitación y su manera de temblar, me temo que a ella sí le importaba, y mucho. Saqué del bolsillo el ejercicio enrollado.

—Esto es suyo, supongo —dije, hablándole en inglés, porque ahora estaba seguro de que ella sabía hablarlo.

—Sí —respondió claramente y, cuando desenrollé las hojas y las puse sobre la mesa ante sus ojos, con la mano sobre el ejercicio y un lápiz en esa mano, vi que se emocionaba, como si despertara. Se iluminó su depresión como una nube tras la que brilla el sol.

—Este *devoir* tiene numerosas faltas —dije—. Le costará unos cuantos años de esmerado estudio llegar a escribir en inglés con absoluta corrección. Atienda; le señalaré los principales errores —y procedí a repasar el ejercicio lentamente, señalando todos los errores y demostrando por qué lo eran, y cómo debían haberse escrito las palabras o las frases. En el curso de este proceso aleccionador, ella se fue tranquilizando. Al final, añadí—: En cuanto al contenido de su ejercicio, mademoiselle Henri, me ha sorprendido. Lo he leído con placer porque he visto en él pruebas de fantasía y buen gusto. La fantasía y el buen gusto no son los talentos más elevados del intelecto humano, pero en cualquier caso usted los posee, seguramente no en grado sobresaliente, pero sí mayor de lo que puede alardear la mayoría. Así pues, ánimo, cultive los dones que Dios y la Naturaleza le han otorgado, y cuando sufra por una crisis o se sienta agobiada por alguna injusticia, no dude en consolarse libremente con la conciencia de la fuerza y la singularidad de tales dones.

«¡Fuerza y singularidad! —repetí para mis adentros—. Sí, seguramente sean esas las palabras justas», porque al levantar la vista vi que el sol había disgregado la nube y que, en su semblante transfigurado, una sonrisa brillaba en sus ojos, una sonrisa casi triunfal, que parecía decir: «Me alegro de que se haya visto obligado a descubrir hasta ese punto mi naturaleza; no es necesario que modere con tanto cuidado su lenguaje. ¿Cree acaso que no me conozco? Lo que usted me dice de modo tan competente, lo he sabido con toda certeza desde niña».

Dijo esto con toda la claridad que permitía una mirada franca y fugaz, pero enseguida el fuego de su tez y el resplandor de su semblante se apagaron. Si bien era plenamente consciente de su talento, no lo era menos de sus abrumadores defectos, y el recuerdo de éstos, olvidado por un solo instante, pero revivido con súbita fuerza, apagó de inmediato los trazos demasiado vívidos con los que había expresado la conciencia de su capacidad. Tan rápida fue la inversión de emociones que no tuve tiempo de contrarrestar su triunfo con un reproche; antes de que pudiera yo arrugar el entrecejo, se había puesto seria y parecía casi acongojada.

—Gracias, señor —dijo, poniéndose en pie. Había gratitud tanto en su voz como en la expresión que la acompañaba. La conversación debía darse por terminada, desde luego, puesto que, al mirar a mi alrededor, vi a todas las internas (las alumnas diurnas se habían marchado) apiñadas a un par de metros de mi mesa, mirándonos boquiabiertas; las tres *maîtresses* hacían corrillo y cuchicheaban en un rincón; y a mi lado estaba la directora, sentada en una silla baja, recortando tranquilamente las borlas del bolso acabado.

CAPÍTULO XVII

Finalmente no había aprovechado más que de un modo imperfecto la oportunidad de hablar con mademoiselle Henri, tan audazmente obtenida. Mi intención era preguntarle por qué tenía dos nombres ingleses, Frances y Evans, además del apellido francés, y también de dónde había sacado un acento tan bueno. Había olvidado ambas preguntas o, más bien, nuestro coloquio había sido tan breve que no me había dado tiempo a formularlas. Además, aún no había puesto a prueba su auténtica capacidad para hablar inglés; lo único que había conseguido en esa lengua eran las palabras «sí» y «gracias, señor». «No importa —pensé—. Otro día resolveremos lo que ha quedado pendiente». No dejé tampoco sin cumplir la promesa que yo mismo me hice. Era difícil intercambiar siquiera unas palabras en privado con una alumna entre tantas, pero como dice el viejo proverbio, «querer es poder», y una y otra vez me las ingenié para poder intercambiar unas palabras con mademoiselle Henri, a pesar de que la Envidia nos vigilaba y la Difamación murmuraba cada vez que me acercaba a ella.

—Déme su cuaderno un instante. —Así solía iniciar aquellos breves diálogos, siempre justo después de la clase; y, haciéndole señas para que se levantara, me instalaba yo en su sitio, permitiéndole quedarse de pie a mi lado con actitud deferente, porque en su caso me parecía sensato y oportuno reforzar estrictamente todas las formalidades de uso corriente entre maestro y alumna; sobre todo porque percibía que su actitud se volvía tanto más segura y desenvuelta cuanto más austera y autoritaria era la mía. Qué duda cabe que eso contradecía de una manera extraña el efecto que solía obtenerse en tales casos, pero así era.

—Un lápiz —decía yo, extendiendo la mano sin mirarla. (Ahora voy a trazar un breve esbozo de la primera de esas conversaciones.) Me dio un lápiz, y mientras subrayaba algunos errores de un ejercicio gramatical, le pregunté:

—¿No es usted natural de Bélgica?

—No.

—¿Ni de Francia?

—No.

—¿Dónde nació entonces?

—En Ginebra.

—Supongo que no me dirá que Frances y Evans son nombres suizos.

—No, señor, son ingleses.

—Exacto. ¿Y tienen costumbre en Ginebra de poner nombres ingleses a sus hijos?

—*Non, monsieur, mais...*

—En inglés, por favor.

—*Mais...*

—En inglés.

—Pero... (lentamente y con gran turbación) mis padres no eran ambos dos de Ginebra.

—Diga sólo «ambos» en lugar de «ambos dos», mademoiselle.

—No eran ambos suizos. Mi madre era inglesa.

—¡Ah! ¿Y de origen inglés?

—Sí... sus antepasados eran todos ingleses.

—¿Y su padre?

—Era suizo.

—¿Qué más? ¿Qué profesión ejercía?

—Clérigo, pastor, tenía una parroquia.

—Dado que su madre es inglesa, ¿por qué no habla usted inglés con mayor fluidez?

—*Maman est morte... il y a dix ans.**

—¿Y honra usted su memoria olvidando su idioma? Tenga la amabilidad de apartar el francés de sus pensamientos mientras hable conmigo. Aténgase al inglés.

—*C'est si difficile, monsieur, quand on n'en a plus l'habitude.***

—Supongo que antes sí tenía la costumbre de hablarlo. Ahora respóndame en su lengua materna.

—Sí, señor... Hablaba en inglés más que en francés cuando era pequeña.

—¿Por qué no lo habla ahora?

—Porque no tengo amigos ingleses.

Vive usted con su padre, supongo.

—Mi padre murió.

—¿Tiene hermanos?

—No.

—¿Vive sola?

—No, tengo una tía... *ma tante Julienne.*

—¿Hermana de su padre?

—*Justement, monsieur.*

—¿Es eso inglés?

—No, pero me había olvidado...

—Motivo, mademoiselle, por el que sin duda le impondría un castigo leve si fuera usted una niña. A su edad... tendrá usted unos veintidós o veintitrés años, ¿no?

* —Mi madre murió hace diez años.
** —Resulta tan difícil cuando se ha perdido la costumbre.

—*Pas encore, monsieur. En un moi j'aurai dix-neuf ans.**

—Bien, diecinueve años es una edad adulta y, habiéndola alcanzado, debería estar tan interesada en mejorar que un maestro no necesitaría recordarle dos veces la conveniencia de hablar inglés siempre que sea factible.

A este razonable discurso no recibí respuesta, y cuando alcé la vista, mi alumna sonreía para sí con una sonrisa muy significativa, pero no demasiado alegre, que parecía decir: «No sabe de lo que habla». Esto era tan evidente que decidí recabar información sobre el punto en el cual mi ignorancia parecía tácitamente confirmada.

—¿Está interesada en mejorar?

—Bastante.

—¿Cómo me lo demuestra, mademoiselle?

Era una pregunta extraña y formulada sin rodeos; dio lugar a una segunda sonrisa.

—Bueno, monsieur, no estoy distraída, ¿verdad que no? Aprendo bien las lecciones...

—¡Oh, hasta una niña puede hacer eso! ¿Qué más hace usted?

—¿Qué más puedo hacer?

—Oh, desde luego no mucho. Pero ¿no es también maestra además de alumna?

—Sí.

—¿Enseña a zurcir encajes?

—Sí.

—Una actividad aburrida y estúpida. ¿Le gusta?

—No, es tediosa.

—¿Por qué sigue con ella? ¿Por qué no enseña historia, geografía, gramática, o incluso aritmética?

—¿Está seguro monsieur de que poseo tales conocimientos?

---

* —Todavía no, señor. Cumpliré diecinueve años dentro de un mes.

—No lo sé. Con la edad que tiene, debería poseerlos.

—Pero no he ido nunca al colegio, monsieur.

—¡Vaya! ¿En qué estaban pensando entonces sus amigos, su tía? Es mucho lo que cabe reprocharles.

—No, monsieur, no. Mi tía es buena, no hay nada que reprocharle. Hace lo que puede, me aloja y me alimenta. (Cito las frases de mademoiselle Henri literalmente, y era así como traducía lo que pensaba en francés.) No es rica, sólo tiene una renta de mil doscientos francos y le sería imposible mandarme a un colegio.

«Desde luego», pensé al oír esto, pero proseguí en el tono dogmático que había adoptado:

—Sin embargo, es una lástima que haya crecido usted ignorando las materias más comunes de la educación. De haber sabido algo de historia y gramática podría haber abandonado poco a poco el ingrato trabajo de zurcir encajes para mejorar su situación.

—Eso es lo que pretendo.

—¿Cómo? ¿Sabiendo únicamente inglés? Eso no bastará; ninguna familia respetable aceptará a una institutriz cuyos conocimientos consistan exclusivamente en un idioma extranjero.

—Monsieur, sé otras cosas.

—Sí, sí, sabe trabajar con hilos de Berlín y bordar pañuelos y cuellos. Eso no le servirá de gran cosa...

Mademoiselle Henri tenía los labios entreabiertos para contestar, pero se contuvo, como si pensara que había discutido ya suficiente, y guardó silencio.

—Hable —pedí, impaciente—. Nunca me ha gustado que se aparente conformidad cuando la realidad es otra, y usted estaba a punto de contradecirme.

—Monsieur, he recibido muchas clases de gramática, historia, geografía y aritmética. He hecho un curso de cada materia.

—¡Bravo! Pero ¿cómo se las ha apañado, si su tía no puede permitirse el gasto?

—Remendando encajes, eso que monsieur tanto desprecia.

—¡Vaya! Y ahora, mademoiselle, sería un buen ejercicio práctico para usted que me explicara en inglés cómo obtuvo tal resultado por ese medio.

—Monsieur... rogué a mi tía que me llevara a aprender a zurcir encajes poco después de llegar con ella a Bruselas, porque sabía que era un *métier*... un oficio que se aprendía fácilmente y con el que no tardaría mucho en ganar algún dinero. Aprendí en unos cuantos días y enseguida conseguí trabajo, porque todas las señoras de Bruselas tienen encajes antiguos, muy valiosos, que han de zurcirse cada vez que se lavan. Gané un poco de dinero, y con ese dinero me pagué las clases que he mencionado. Otra parte la gasté en comprar libros, sobre todo libros ingleses. Pronto intentaré encontrar empleo como institutriz o profesora, cuando sepa hablar y escribir bien en inglés. Pero será difícil, porque los que sepan que me he dedicado a zurcir encajes me despreciarán, igual que me desprecian aquí las alumnas. *Pourtant, j'ai mon projet** —añadió, bajando la voz.

—¿Cuáles son?

—Me iré a vivir a Inglaterra. Enseñaré francés allí.

Pronunció estas palabras recalcándolas. Dijo «Inglaterra» como uno imagina que un israelita de la época de Moisés habría dicho «Canaán».

—¿Desea ver Inglaterra?

—Sí, esa es mi intención.

En aquel momento, una voz —la voz de la directora— nos interrumpió:

—*Mademoiselle Henri, je crois qu'il va pleuvoir; vous feriez bien, ma bonne amie, de retourner chez vous tout de suite.***

* —Sin embargo, tengo mis planes.
** —Mademoiselle Henri, creo que va a llover; haría bien, mi buena amiga, en regresar a su casa cuanto antes.

En silencio, sin una sola expresión de agradecimiento por aquel aviso innecesario, mademoiselle Henri recogió sus libros, me saludó con una respetuosa inclinación de cabeza, se esforzó por saludar a su superiora, aunque el esfuerzo casi se malogró, porque su cabeza no parecía querer inclinarse, y partió.

Cuando hay un grano de perseverancia o de fuerza de voluntad en la composición, unos obstáculos insignificantes sirven siempre de estímulo, que no de desaliento. Mademoiselle Reuter podría haberse ahorrado la molestia de informar sobre el tiempo (por cierto, la realidad desmintió su predicción; aquella noche no llovió). Al final de la clase siguiente, me acerqué de nuevo al pupitre de mademoiselle Henri y la abordé de la siguiente manera:

—¿Qué idea tiene de Inglaterra, mademoiselle? ¿Por qué desea ir allí?

Acostumbrada ya a la calculada brusquedad de mis modales, ya no la azoraban ni la sorprendían, y respondió tan sólo con una mínima vacilación, inevitable por la dificultad que experimentaba al improvisar la traducción de sus pensamientos del francés al inglés.

—Inglaterra es algo único, por lo que he leído y oído; mi idea de ella es vaga y quiero conocerla para hacerme una idea clara y precisa.

—¡Mmm! ¿Cuánto cree que podría ver de Inglaterra si fuera allí a trabajar como profesora? ¡Extraños pensamientos deben de ser los suyos sobre lo que es hacerse una idea clara y precisa de un país! Lo único que vería de Gran Bretaña sería el interior de un colegio o, como mucho, un par de residencias privadas.

—Sería un colegio inglés; serían residencias inglesas.

—Eso es incuestionable, pero ¿y qué? ¿Qué valor tendrían unas observaciones hechas a una escala tan limitada?

—Monsieur, ¿no se podría aprender algo por analogía? Un... *échantillon*... una, una muestra sirve a menudo para dar una idea del conjunto; además, «amplio» y «limitado» son palabras relativas, ¿no? A usted toda mi vida quizá le parecería limitada, como la vida de un... de ese animal subterráneo, *une taupe... comment dit-on?*

—Topo.

—Sí, un topo, que vive bajo tierra, me parecería limitado incluso a mí.

—Bien, mademoiselle, ¿y qué? Siga.

—*Mais, monsieur, vous me comprenez...**

—En absoluto; tenga la amabilidad de explicarse.

—Pues, monsieur, es justamente eso. En Suiza hice poco, aprendí poco y vi poco. Allí mi vida era un círculo que recorría día tras día, sin poder salir de él. De haberme permanecido... quedado allí hasta mi muerte, jamás lo habría ensanchado, porque soy pobre y carezco de aptitudes, no tengo grandes conocimientos. Cuando me harté de ese círculo, rogué a mi tía que viniéramos a Bruselas. Mi existencia no es más amplia aquí porque no soy más rica ni tengo una posición más elevada, mis límites son igualmente pequeños, pero el escenario ha cambiado, y volvería a cambiar si fuera a Inglaterra. Conocía en parte a los burgueses de Ginebra, ahora conozco a parte de los burgueses de Bruselas, y si fuera a Londres conocería a parte de los burgueses de Londres. ¿Comprende algo de lo que digo, monsieur, o le resulta confuso?

—Comprendo, comprendo. Pasemos a otro tema. Se propone usted dedicar su vida a la enseñanza, cuando es usted una maestra desastrosa que no puede mantener el orden entre sus alumnas.

Un rubor de dolorosa turbación fue el resultado de este cruel comentario. Agachó la cabeza, pero pronto la alzó y dijo:

* —Pero, monsieur, usted ya me comprende...

—Monsieur, no soy buena maestra, es cierto, pero con la práctica se mejora; además, trabajo en circunstancias difíciles. Aquí sólo enseño a coser, no puedo demostrar poder alguno, ni superioridad; es un arte menor. Tampoco tengo amigos en el centro, estoy aislada y soy una hereje, lo que me priva de influencia.

—Y en Inglaterra sería extranjera. También eso le privaría de influencia y la separaría de hecho de cuantos la rodearan. En Inglaterra tendría tan pocas relaciones, tan escasa importancia, como aquí.

—Pero estaría aprendiendo algo. En cuanto a lo demás, seguramente alguien como yo tendrá dificultades en todas partes, pero si debo luchar, y quizá ser vencida, prefiero someterme al orgullo inglés que a la grosería flamenca. Además, monsieur...
—Se interrumpió, y era obvio que el motivo no era la falta de palabras con que expresarse, sino la Discreción, que parecía decirle: «Ya has dicho bastante».

—Termine la frase —le insté.

—Además, monsieur, tengo ganas de vivir una vez más entre protestantes. Son más decentes que los católicos. Una escuela católica es un edificio con paredes porosas, suelo hueco y techo falso. Todas las habitaciones de esta casa, monsieur, tienen ojos y orejas, y como la casa, sus habitantes son muy traicioneros. Todos creen que es legítimo mentir, todos dicen que es cortesía manifestar amistad cuando sienten odio.

—¿Todos? —dije yo—. ¿Se refiere a las alumnas, las niñas, criaturas inexpertas y atolondradas que no han aprendido a distinguir entre el bien y el mal?

—Al contrario, monsieur, las niñas son las más sinceras; aún no han tenido tiempo de practicar la duplicidad. Mienten, pero lo hacen abiertamente, y una se da cuenta de que mienten. Sin embargo, los adultos son muy hipócritas; engañan a los extranjeros, se engañan entre ellos... —Entonces entró una sirvienta.

—*Mademoiselle Henri, mademoiselle Reuter vous prie de vouloir bien conduire la petite de Dorlodot chez elle, elle vous attend dans le cabinet de Rosalie, la portière. C'est que sa bonne n'est pas venue la chercher, voyez-vous.*

—*Eh bien! Est-ce que je suis sa bonne, moi?**—dijo mademoiselle Henri. Luego esbozó la misma sonrisa amarga y desdeñosa que había visto en sus labios en otra ocasión, se levantó apresuradamente y se fue.

* —Mademoiselle Henri, mademoiselle Reuter le ruega que tenga la amabilidad de llevar a la pequeña de Dorlodot a su casa. La está esperando en el cuarto de Rosalie, la portera. Es que su criada no ha venido a buscarla, ¿sabe?
—¿Ah, sí? ¿Acaso soy yo su criada?

CAPÍTULO XVIII

Era obvio que la joven anglosuiza disfrutaba y se beneficiaba a la vez del estudio de su lengua materna. En mis enseñanzas, naturalmente, no me limité a la rutina corriente de la escuela, sino que hice del aprendizaje del inglés un vehículo para la enseñanza de la literatura, imponiéndole una serie de lecturas. Ella tenía una pequeña colección de clásicos ingleses, algunos de los cuales había heredado de su madre y el resto los había comprado con su salario. Le presté algunas obras modernas, que leyó con avidez. De cada obra me hizo un resumen escrito después de leerla. También disfrutaba con las redacciones, tarea que parecía como el aire mismo que respiraba, y pronto mejoró tanto que me vi obligado a reconocer que aquellas cualidades suyas que había denominado Fantasía y Buen gusto debían llamarse más bien Imaginación y Discernimiento. Cuando expresé tal reconocimiento, de la misma forma escueta y contenida de siempre, esperé ver la sonrisa radiante y jubilosa que mi único elogio había suscitado antes, pero Frances se sonrojó, y si llegó a sonreír, fue la suya una sonrisa muy leve y tímida, y en lugar de plantarse frente a mí con una mirada de triunfo, sus ojos se posaron sobre mi mano, que, pasando por encima de su hombro, escribía unas indicaciones en el margen de su cuaderno.

—Bien, ¿le alegra que esté satisfecho con sus progresos? —pregunté.

—Sí —respondió ella despacio y en voz baja, y el rubor de antes, que casi había desaparecido, volvió a encender su rostro.

—Pero supongo que no será suficiente —añadí—. ¿Mis elogios son demasiado fríos?

No respondió, y me pareció que estaba un poco triste. Adiviné sus pensamientos y mucho me habría gustado responder a ellos, de haber sido conveniente hacerlo. No era entonces mi admiración lo que ella ambicionaba, ni estaba especialmente deseosa de deslumbrarme. Un poco de afecto, siempre tan escaso, la complacía más que todos los panegíricos del mundo. Al percibir este sentimiento, me quedé un buen rato detrás de ella, escribiendo en el margen de su cuaderno. Me resultaba imposible abandonar aquella posición y aquella actividad. Algo me retenía inclinado allí, con la cabeza muy cerca de la suya y mi mano cerca de la suya también; pero el margen de un cuaderno no es un espacio ilimitado. Lo mismo pensó sin duda la directora y aprovechó la oportunidad para pasar por delante a fin de averiguar con qué artes prolongaba de forma tan desproporcionada el tiempo necesario para llenarlo. Me vi obligado a alejarme. ¡Desagradable esfuerzo el de abandonar lo que más nos gusta!

Frances no perdió el color ni las fuerzas como consecuencia de su sedentaria actividad. Tal vez el estímulo que transmitía a su cerebro contrarrestaba la inacción que imponía a su cuerpo. Cambió, eso sí, de manera rápida y evidente, pero fue para mejor. Cuando la vi por primera vez, su expresión era abatida, su tez no tenía color. Parecía una persona sin motivo alguno para disfrutar, sin reserva alguna de felicidad en el mundo entero. Ahora, la nube que ensombrecía su semblante había desaparecido, dejando espacio al alba de la esperanza y el interés, y esos sentimientos surgieron como una mañana despejada, animando lo que antes estaba deprimido y tiñendo lo que antes era palidez. Sus ojos, cuyo color no había visto al principio de tan borrosos como estaban por las lágrimas reprimidas, tan empañados por un continuo desánimo, iluminados ahora por un rayo del sol que alegraba su corazón, revelaron unos iris de brillante color avellana, grandes y redondos, velados por largas pestañas, y unas pupilas encendidas. Desapareció aquel aire de lánguida delgadez que las preocupaciones o el desaliento transmiten a menudo a un rostro delgado y reflexivo, más alargado que redondo, y la transparencia de su piel, casi lozana, así como cierta redondez, casi *embonpoint**, suavizó las marcadas líneas de sus facciones. Su figura participó también de este beneficioso cambio; pareció llenarse, y como la armonía de su forma era completa y era de una grácil estatura media, uno no podía lamentar (o al menos yo no lo lamentaba) la ausencia de rotundidad de su contorno, ligero aún, aunque compacto, elegante, flexible. El exquisito giro de cintura, manos, muñecas, pies y tobillos satisfacía por completo mi noción de simetría y permitía una ligereza y una libertad de movimientos que se correspondían con mi idea de la gracia. Con esta mejoría, con este despertar a la vida, mademoiselle Henri empezó a crearse una nueva posición en la escuela. Su capacidad intelectual, manifestada con lentitud, pero también con seguridad, consiguió al poco tiempo arrancar el reconocimiento incluso de las envidiosas, y cuando las jóvenes comprobaron que podía sonreír y conversar alegremente, y moverse con viveza, vieron en ella a una hermana joven y saludable, y la aceptaron como una de ellas.

A decir verdad, yo observé este cambio igual que un jardinero observa el crecimiento de una planta preciosa, y contribuí a él igual que ese jardinero contribuye al desarrollo de su favorita. No me resultaba difícil descubrir cómo podía instruir mejor a mi alumna,

* Gordura.

alimentar sus hambrientas emociones e inducir la manifestación externa de esa energía interior que no había podido expandirse hasta entonces, impedida por una sequía abrasadora y un viento desolador. Constancia y Atención, una amabilidad muda, pero atenta, siempre a su lado, envuelta en el tosco atavío de la austeridad, dando a conocer su auténtica naturaleza únicamente mediante alguna que otra mirada de interés o una palabra cordial; auténtico respeto, enmascarado por un autoritarismo aparente, dirigiendo, instigando sus acciones, pero también ayudándola, y con devoto esmero. Éstos fueron los medios que utilicé, pues eran los que más convenían a los sentimientos de Frances, tan susceptibles como arraigados en una naturaleza orgullosa y tímida a la vez.

Los beneficiosos efectos de mi sistema se hicieron evidentes también en su comportamiento como maestra. Ahora ocupaba su lugar entre las alumnas con un aire de temple y firmeza que las convencía de inmediato de que no toleraría ser desobedecida; y ellas no la desobedecían, porque se daban cuenta de que habían perdido el poder que antes tenían sobre ella. Si alguna alumna se hubiera rebelado, ya no se habría tomado su rebelión como algo personal. Se consolaba en una fuente que ellas no podían secar, se apoyaba en un pilar que ellas no podían derribar. Antes, cuando la insultaban, lloraba; ahora sólo sonreía.

La lectura pública de uno de sus *devoirs* logró que todas sin excepción fueran conscientes de su talento. Recuerdo el tema: la carta de un emigrante a los amigos que había dejado en su tierra. Se iniciaba con sencillez; unos trazos descriptivos descubrían al lector el paisaje virgen de un bosque y un gran río, por el que ningún barco navegaba, lugar donde se suponía que se había redactado la carta. Se insinuaban los peligros y dificultades que acompañaban la vida de un colono, y en las pocas palabras que se decían sobre el tema, mademoiselle Henri había conseguido hacer audible la voz de la resolución, la paciencia y el empeño. Se aludía a las calamidades que le habían llevado a abandonar su tierra natal; honor sin tacha, irreductible independencia, dignidad indestructible tomaban la palabra. Se comentaban los días pasados, el pesar por la partida. Se trataba someramente la nostalgia de los ausentes. En cada frase se respiraba con elocuencia la emoción, preciosa y contundente. Al final, se sugería el consuelo: la fe religiosa era entonces la que hablaba, y lo hacía bien.

El ejercicio estaba escrito con fuerza y convicción, en un lenguaje sobrio y escogido a la vez, en un estilo vertebrado con vigor y adornado con armonía.

Mademoiselle Reuter tenía un conocimiento del inglés lo bastante amplio para entenderlo cuando se hablaba o se leía en su presencia, pero no sabía hablarlo ni escribirlo. Durante la lectura del ejercicio, continuó con su actividad, ocupados los dedos y los ojos en la creación de un *rivière*, un dobladillo calado en un pañuelo de batista. No dijo nada y su rostro, oculto tras una máscara de expresión negativa, ofrecía tan pocos indicios como sus labios. Su semblante no manifestó sorpresa, placer, aprobación o interés, como tampoco desdén, envidia, fastidio o hastío. Si aquel rostro inescrutable decía algo, era, sencillamente: «Esta cuestión es demasiado trivial para sugerir una emoción o suscitar cualquier opinión». En cuanto terminé, se elevó un murmullo en el aula y varias alumnas rodearon a mademoiselle Henri, asediándola con sus cumplidos. Se oyó entonces la voz serena de la directora:

—Señoritas, las que tengan capa y paraguas deben darse prisa en regresar a casa antes de que la lluvia sea más intensa (lloviznaba), el resto aguardará aquí a que vengan a buscarlas sus respectivas criadas. —Y todo el mundo se dispersó, porque eran ya las cuatro.

—Monsieur, un momento... —dijo mademoiselle Reuter, subiendo al estrado e indicándome con un ademán que dejara un instante el gorro de pieles que llevaba ya en la mano.

—Mademoiselle, estoy a su disposición.

—Monsieur, sin duda es una idea excelente alentar el esfuerzo de las jóvenes destacando los progresos de una alumna especialmente aplicada. Sin embargo, ¿no cree usted que, en este caso, no se puede considerar que mademoiselle Henri deba competir con las demás alumnas? Tiene más edad que la mayoría de ellas y ventajas particulares para aprender inglés. Por otro lado, su posición social es ligeramente inferior. En tales circunstancias, distinguir a mademoiselle Henri públicamente por encima de las demás podría sugerir comparaciones y suscitar sentimientos que distarían mucho de ser beneficiosos para la persona a quien estuvieran destinados. El interés que siento por el bienestar de mademoiselle Henri me lleva a desear evitarle tales enojos. Además, monsieur, como ya le indiqué en otra ocasión el sentimiento de *amour-propre* tiene cierta preponderancia en su carácter. La celebridad tiende a fomentar ese sentimiento y en ella debería reprimirse, más que alentarse. Mademosielle Henri necesita más bien mantenerse en un segundo plano. Y por otro lado, monsieur, creo que la ambición, la ambición literaria sobre todo, no es un sentimiento que deba abrigar la mente de una mujer. ¿No sería mademoiselle Henri mucho más feliz si se la enseñara a creer que su auténtica vocación consiste en un callado cumplimiento de sus deberes sociales, que si se la anima a aspirar al aplauso y al reconocimiento público? Es posible que no llegue a casarse. Siendo sus recursos escasos, insignificantes sus relaciones, incierta su salud (me parece que está tísica; su madre murió de lo mismo), es más que probable que no se case nunca. No veo cómo puede llegar a alcanzar una posición que haga posible semejante paso, pero incluso como célibe, sería mejor que conservara el carácter y las costumbres de una mujer decente y respetable.

—Indiscutiblemente, mademoiselle —fue mi respuesta—. Su opinión no admite dudas —añadí y, temeroso de que siguiera la arenga, me fui, cubriendo mi partida con aquella cordial frase de asentimiento.

Dos semanas después del pequeño incidente que acabo de describir, veo registrado en mi diario que se produjo un paréntesis en la asistencia a clase de mademoiselle Henri, regular hasta entonces. Los dos primeros días me extrañó su ausencia, pero no quise pedir explicaciones. En realidad pensé que tal vez un comentario casual me procuraría la información que deseaba obtener sin correr el riesgo de dar pie a sonrisas tontas y cuchicheos pidiéndola directamente. Pero cuando pasó una semana y el asiento del pupitre cercano a la puerta siguió desocupado, y viendo que ninguna de las chicas hacía alusión al hecho, sino que, muy por el contrario, todas guardaban un acusado silencio, resolví romper el hielo de aquella estúpida reserva, *coûte que coûte**.

—*Où donc est mademoiselle Henri?* —pregunté un día, al devolver un cuaderno después de repasarlo.

—*Elle est partie, monsieur.*

—*Partie! Et pour combien de temps? Quand reviendra-t-elle?*

—*Elle est partie pour toujours, monsieur. Elle ne reviendra plus.*

—*Ah!* —exclamé involuntariamente. Luego, tras una pausa, insistí—: *En êtes-vous bien sûre, Sylvie?*

—*Oui, oui, monsieur. Mademoiselle la directrice nous l'a dit ellemême il y a deux ou trois jours.***

No pude seguir con el interrogatorio, dado que el momento, el lugar y las circunstancias me impedían añadir una palabra

---

* Costara lo que costara.
** —¿Y dónde está la señorita Henri? [...]
—Se ha ido, señor.
—¡Se ha ido! ¿Y por cuánto tiempo? ¿Cuándo volverá?
—Se ha ido para siempre, señor. No volverá.
—¡Ah! [...] ¿Está segura, Sylvie?
—Sí, sí, señor. La señorita directora nos lo dijo en persona hace dos o tres días.

más. No podía comentar lo que ya se había dicho ni pedir más detalles. En realidad, estuve a punto de preguntar el motivo de la partida de la maestra, si había sido voluntaria o no, pero me contuve; tenía oyentes por todos lados. Una hora más tarde, pasé por delante de Sylvie en el corredor; se estaba poniendo el sombrero. Me detuve en seco y pregunté:

—Sylvie, ¿conoce la dirección de mademoiselle Henri? Tengo unos libros que son suyos... —añadí sin darle importancia—, y desearía enviárselos.

—No, monsieur —respondió Sylvie—, pero quizá se la pueda dar Rosalie, la portera.

El cuarto de Rosalie estaba allí mismo. Entré y repetí la pregunta. Rosalie, una espabilada *grisette**, alzó la vista de su labor con una sonrisa de complicidad, precisamente el tipo de sonrisa que tan deseoso estaba yo de evitar. La portera tenía la respuesta preparada: no conocía la dirección de mademoiselle Henri ni la había conocido nunca. Le di la espalda con exasperación, convencido de que mentía y de que le pagaban para mentir, y estuve a punto de derribar a otra persona que se había acercado por detrás; era la directora. Mi brusco movimiento la hizo retroceder dos o tres pasos. Me vi obligado a disculparme, cosa que hice escuetamente y con escasa cortesía. A ningún hombre le gusta que le atosiguen, y en el estado de ánimo soliviantado en el que entonces me encontraba, la visión de mademoiselle Reuter me sacó de mis casillas. En el momento en que me di la vuelta, su expresión era dura, sombría e inquisitiva, y me miraba fijamente con una ávida curiosidad; apenas tuve tiempo de captar aquella fase de su fisonomía antes de que se esfumara; una insulsa sonrisa varió sus facciones y mi grosera disculpa fue recibida de buen talante.

* Joven francesa de clase trabajadora. En otros contextos, modistilla.

—Oh, no tiene importancia, monsieur. Sólo me ha tocado los cabellos con el codo. No es nada grave, sólo me ha despeinado un poco. —Se echó el pelo hacia atrás y se pasó los dedos por entre los rizos, separándolos en un sinfín de tirabuzones sueltos. Luego prosiguió con vivacidad—: Rosalie, venía a decirle que vaya inmediatamente a cerrar las ventanas del salón. Se está levantando viento y las cortinas de muselina se cubrirán de polvo.

Rosalie salió. «No me creo nada —pensé—. Mademoiselle Reuter cree que disimula su mezquindad cuando escucha lo que no debe con su arte para idear excusas, pero esas cortinas de muselina de las que habla no son más transparentes. Sentí el impulso de apartar esa torpe pantalla y hacer frente a sus artimañas audazmente mediante un par de verdades bien dichas. «Los pies con calzado de suela rugosa pisan mejor sobre suelo resbaladizo», pensé, de modo que dije:

—Mademoiselle Henri ha abandonado su centro, supongo que despedida.

—Ah, deseaba tener una pequeña charla con usted, monsieur —replicó la directora con el aire más afable y natural del mundo—, pero aquí no podemos hablar tranquilamente. ¿Quiere monsieur salir al jardín un momento? —Me precedió, traspasando la puerta de cristal que ya he mencionado antes.

—Bien —dijo, cuando llegamos al centro del sendero principal y nos rodeó el espeso follaje de árboles y arbustos en su esplendor estival, que nos ocultaba de la casa, creando así una sensación de aislamiento incluso en aquel trocito de terreno en el centro mismo de la capital—. Bien, qué paz y libertad se sienten cuando sólo hay perales y rosales alrededor. Me atrevería a decir, monsieur, que usted también, igual que yo, se cansa a veces de estar siempre en medio del torbellino de la vida, de estar siempre rodeado de rostros humanos, de tener siempre ojos humanos clavados en usted y voces humanas siempre en sus oídos.

Estoy segura de que a menudo desea intensamente la libertad de pasar todo un mes en el campo, en alguna pequeña granja, *bien gentille, bien propre, tout entourée de champs et de bois. Quelle vie charmante que la vie champêtre! N'es-ce pas, monsieur?*

—*Cela dépend, mademoiselle.*

—*Que le vent est bon et frais!** —prosiguió la directora, y en eso tenía razón, pues el viento que soplaba del sur era suave y dulce. Yo llevaba el sombrero en la mano y la suave brisa, al pasar por mis cabellos, refrescaba mis sienes como un bálsamo. No obstante, su efecto no penetró más allá de la superficie, paseando junto a mademoiselle Reuter, pues aún me bullía la sangre y, mientras yo meditaba, el fuego no dejaba de arder. Luego me expresé de viva voz:

—Tengo entendido que mademoiselle Henri se ha ido del centro y no volverá.

—¡Ah, cierto! Hace días que quería hablarle de ello, pero estoy tan ocupada a todas horas que no puedo hacer ni la mitad de las cosas que desearía. ¿Ha experimentado usted alguna vez, monsieur, lo que es que a los días de uno les falten doce horas para cumplir con sus numerosos deberes?

—Rara vez. Supongo que la marcha de mademoiselle Henri no habrá sido voluntaria. De lo contrario, sin duda me lo habría comunicado, dado que era alumna mía.

—¿Ah, no se lo había dicho? Es extraño. Por mi parte, se me había olvidado por completo mencionarlo. Cuando una tiene tantas cosas a las que atender suele olvidar pequeños incidentes que carecen de importancia.

---

* —[...] bonita y limpia, rodeada de campos y de bosques. ¡Qué vida tan encantadora la vida campestre! ¿No es cierto, señor?
—Eso depende, señorita.
—¡Qué viento tan agradable y fresco!

—Así pues, ¿considera que el despido de mademoiselle Henri ha sido un acontecimiento insignificante?

—¿Despido? ¡Ah! No ha sido despedida. Puedo asegurarle con toda sinceridad, monsieur, que desde que me convertí en directora de este centro, no se ha despedido a ningún profesor o maestro.

—Pero ¿algunos lo han abandonado, mademoiselle?

—Muchos. He tenido la necesidad de sustituirlos con frecuencia. Un cambio de educadores suele ser beneficioso para los intereses de una escuela; da vida y variedad al proceso educativo, divierte al alumnado y sugiere a los padres la idea de esfuerzo y mejora.

—Sin embargo, cuando se cansa de un profesor o de una maestra, ¿no es capaz de echarlo sin miramientos?

—No es necesario recurrir a tales extremos, se lo aseguro. *Allons, monsieur le professeur, asseyons-nous. Je vais vous donner une petite leçon dans votre état d'instituteur**. (Ojalá pudiera escribir todo lo que me dijo en francés, porque el significado pierde mucho traducido al inglés.)

Habíamos llegado a «la» silla del jardín. La directora se sentó y me indicó con una seña que me sentara a su lado, pero yo sólo coloqué la rodilla sobre el asiento y apoyé la cabeza y el brazo en la densa rama de un gran laburno cuyas flores doradas, mezcladas con el verde oscuro de las hojas de un arbusto de lilas, formaban un arco de sol y sombra sobre aquel refugio. Mademoiselle Reuter guardó silencio un instante. Era evidente que en su cabeza se estaban produciendo nuevos movimientos, que mostraron su naturaleza en la frente sagaz; estaba meditando una *chef-d'oeuvre*** de la estrategia. Convencida, después de varios meses de experiencia, de que fingiendo virtudes que no poseía no lograría hacerme caer en la trampa, consciente de que yo había descubier-

---

* —Vamos, señor profesor, sentémonos. Voy a darle una pequeña lección sobre su condición de maestro.

** Obra maestra.

to su auténtico carácter y de que no me creería nada del que pretendiera presentarme como suyo, había resuelto al fin probar con una nueva llave, y ver si encajaba en la cerradura de mi corazón: un pequeño descaro, una palabra cierta, una visión fugaz de la realidad. «Sí, lo intentaré», había decidido interiormente, y entonces sus ojos azules me miraron; no centelleaban; no había en su brillo moderado nada parecido a una llama.

—¿Monsieur tiene miedo de sentarse junto a mí? —preguntó con tono burlón.

—No deseo usurpar el lugar de Pelet —respondí, pues había adquirido la costumbre de hablarle con toda franqueza; costumbre motivada en un principio por la ira, pero en la que yo persistía porque había visto que, en lugar de ofenderla, la fascinaba. Bajó la vista y cerró los párpados, emitiendo un suspiro de inquietud. Se dio la vuelta con un gesto de impaciencia, como si quisiera darme la impresión de un pájaro que agita las alas en su jaula, deseoso de volar lejos de su cárcel y de su carcelero para buscar su pareja natural y un nido agradable.

—Bien, ¿y su lección? —pregunté secamente.

—¡Ah! —exclamó, recobrando la compostura—. Es usted tan joven, tan sincero e intrépido, tiene tanto talento, tolera tan mal la imbecilidad y desdeña en tan gran medida la vulgaridad, que merece una lección. Ahí la tiene: en este mundo se consigue mucho más con Maña que con Fuerza, pero quizá eso ya lo sabía porque su carácter es fuerte, pero también muestra delicadeza; ¿es político, a la vez que orgulloso?

—Siga —dije, y no pude evitar sonreír ante aquel halago tan agudo y avezado. Ella captó mi sonrisa contenida, aunque me pasé la mano por la boca para disimularla, y una vez más me hizo sitio para que me sentara a su lado. Negué con la cabeza, pese a que la tentación había embargado mis sentidos en aquel momento, y una vez más le pedí que continuara.

—Bien, pues, si alguna vez llega a dirigir un centro importante, no despida a nadie. A decir verdad, monsieur (y a usted le digo la verdad), desprecio a la gente que anda siempre enzarzada en disputas, soltando bravatas, expulsando a unos y a otros, forzando y precipitando los acontecimientos. Le diré lo que yo prefiero, monsieur, ¿me permite? —Volvió a alzar la vista; esta vez su mirada estaba bien ajustada, con mucha malicia, mucha deferencia, un toque picante de coquetería, una conciencia sin tapujos de su habilidad.

Asentí. Me trataba igual que al gran mogol, de modo que me convertí en él en provecho suyo.

—A mí, monsieur, me gusta coger la labor y sentarme tranquilamente en mi silla; las circunstancias desfilan ante mí, yo me limito a contemplarlas; siempre que tomen el rumbo que yo deseo, no digo ni hago nada; no doy palmadas, ni grito: «¡Bravo, qué afortunada soy!», para atraer la atención y la envidia de mis vecinos. Sólo soy pasiva. Pero, cuando las circunstancias se vuelven adversas, observo una estricta vigilancia; sigo tranquilamente ocupada en mi labor y guardo silencio, pero de vez en cuando, monsieur, alargo un poco la punta del pie, así, y le doy a la circunstancia rebelde un pequeño y disimulado puntapié sin alharacas, poniéndola en el camino que deseo que tome, con éxito y sin que nadie repare en mi táctica. Así pues, cuando los profesores o maestros se vuelven incompetentes o conflictivos, cuando, en resumidas cuentas, los intereses de la escuela se resentirían si conservaran sus puestos, me ocupo de mis labores, los acontecimientos se desarrollan, las circunstancias van pasando, veo una que, si recibe un ligero empujón que la desvíe apenas un poquito, hará insostenible el puesto que deseo dejar vacante, y ya está hecho: he quitado el bloque que se tambaleaba y nadie me ha visto, no me he creado ningún enemigo y me he desembarazado de una molestia.

Unos segundos antes la había encontrado seductora; concluido su discurso, la miré con aversión.

—Muy típico de usted —fue mi glacial respuesta—. ¿Y así es como ha expulsado a mademoiselle Henri? ¿Quería su puesto y, por lo tanto, hizo que le resultara insoportable conservarlo?

—En absoluto, monsieur. Yo sólo estaba preocupada por la salud de mademoiselle Henri. No, su visión moral es clara y penetrante, pero aquí no ha sabido ver la verdad. Tenía... siempre he tenido un auténtico interés por el bienestar de mademoiselle Henri. No me gustaba verla entrar y salir hiciera frío o calor. Pensaba que sería más beneficioso para ella conseguir un empleo permanente. Además, ahora la consideraba cualificada para enseñar algo más que costura. Hablé con ella, le expuse mis razones, dejé que tomara la decisión por sí misma, ella comprendió que mis puntos de vista eran correctos y los adoptó como propios.

—¡Excelente! Y ahora, mademoiselle, tendrá usted la bondad de darme su dirección.

—¡Su dirección! —un cambio frío y tétrico se operó en el semblante de la directora—. ¿Su dirección? ¡Ah! Bueno, ojalá pudiera satisfacer su petición, monsieur, pero no puedo, y le diré por qué. Siempre que le pedía su dirección, ella eludía dármela. Yo pensaba, puede que me equivoque, pero pensaba que la razón de hacerlo era una reticencia natural, pero equivocada, a revelarme una morada seguramente muy humilde. Sus recursos eran exiguos, sus orígenes oscuros. Sin duda vive en alguna parte de la *basse ville*[*].

—No querría perder de vista a mi mejor alumna —dije—, aunque fuera hija de mendigos y se alojara en un sótano. En cuanto al resto, es absurdo que me venga con esos cuentos sobre

---

[*] La parte más antigua de Bruselas, donde vivían las clases populares.

su origen. Da la casualidad de que sé que su padre era un ministro de la Iglesia de nacionalidad suiza, ni más ni menos. Y en cuanto a sus exiguos recursos, poco me importa que su bolsa esté vacía mientras le rebose el corazón.

—Sus sentimientos son muy nobles, monsieur —dijo la directora, fingiendo contener un bostezo. Su vivacidad se había extinguido, su momentánea sinceridad se había acabado. Recogió y plegó el rojo banderín de intrépido pirata que se había permitido enarbolar un instante y volvió a izar la sobria bandera del disimulo sobre la ciudadela. No me gustaba así, de modo que corté el *tête à tête* y me fui.

CAPÍTULO XIX

Los novelistas no deberían cansarse nunca de estudiar la Vida real. Si cumplieran con este deber concienzudamente, nos ofrecerían menos retratos taraceados con fuertes contrastes entre luces y sombras; rara vez elevarían a sus héroes y heroínas a las más altas cúspides del éxtasis, y menos frecuente aún sería que los hundieran en las simas de la desesperación, puesto que, si bien son muy escasas las ocasiones en que paladeamos una dicha plena en esta vida, más escasas son las ocasiones en que saboreamos la hiel de una angustia sin esperanzas. A menos, claro está, que nos hayamos sumergido como bestias en la satisfacción de los goces sensuales, que hayamos abusado de nuestras facultades para el placer, llevándolas al límite, estimulándolas, tensándolas de nuevo al máximo, hasta destruirlas finalmente. Entonces nos encontraremos de verdad sin apoyo y privados de esperanza. Grande es nuestra agonía, ¿y cómo puede acabarse? Hemos agotado el manantial de nuestra capacidad; la vida es un sufrimiento demasiado débil para concebir la fe; la muerte ha de ser la oscuridad; Dios, espíritu y religión no tienen cabida en nuestra mente dilapidada, donde sólo quedan recuerdos corruptores y funestos del vicio; el Tiempo nos lleva hasta el borde de la tumba y la Depravación nos arroja a ella, como un trapo comido y recomido por la enfermedad, retorcido por el dolor, estampado contra el suelo del cementerio por el talón inexorable de la Desesperación.

Mas el hombre de vida normal y mente racional no desespera jamás. Cuando pierde sus bienes, recibe un fuerte golpe y vacila un momento; luego, aguijoneadas por la punzada, se despiertan sus energías y se disponen a buscar el remedio; la actividad pronto mitiga la aflicción. Afectado por una enfermedad, se arma de paciencia y soporta lo que no puede curar. Un dolor intenso le atormenta, retuerce sus miembros sin hallar descanso, confía en el ancla de la Esperanza. Cuando la Muerte le arrebata lo que ama, arranca violentamente y de raíz el tallo en torno al cual se entrelazaban sus afectos. Es una época oscura y sombría, una espantosa situación, pero una mañana, la Religión ilumina esa casa desolada con un rayo de sol y afirma que en otro mundo, en otra vida, volverá a ver a sus seres queridos. La Religión dice que ese mundo es un lugar que el pecado no ha mancillado, y que esa vida no conoce la amargura del sufrimiento, e intensifica poderosamente su consuelo, asociándolo a dos ideas que los mortales no pueden comprender, pero en las que adoran confiar: Eternidad e Inmortalidad, y la mente del que llora a sus muertos se llena de una imagen vaga, pero gloriosa, de colinas celestiales donde todo es luz y paz, de un espíritu que descansa allí en la gloria, de un día en que su espíritu también descenderá allí, libre e incorpóreo, de una reunión perfecta mediante el amor purificado del miedo. El hombre cobra así nuevos ánimos y trabaja para cubrir sus necesidades y cumple con los deberes de la vida, y aunque quizá la Tristeza no levante la carga con que ensombrece su ánimo, la Esperanza le permite soportarla.

Bien, ¿y qué sugiere todo esto? ¿Cuál es la conclusión que debe extraerse? Lo que sugiere es la circunstancia de que mi mejor alumna, mi tesoro, había sido arrebatada de mis manos y alejada de mí. La conclusión que debe extraerse es que, siendo yo un hombre firme y razonable, no permití que el resentimiento, el pesar y la decepción engendrados en mi pensamiento por este funesto suceso crecieran hasta alcanzar un tamaño monstruoso, ni les permití que monopolizaran todo el espacio de mi corazón. Los reprimí, por el contrario, encerrándolos en un lugar recóndito y estrecho. Durante el día, además, mientras estaba ocupado con mis deberes, les imponía silencio, y sólo después de cerrar la puerta de mi habitación por la noche, relajaba un tanto mi severidad hacia aquellas criaturas mimadas y taciturnas, y les permitía expresarse en su lenguaje de murmullos. Luego se vengaban echándose sobre mi almohada, hostigándome en el lecho y manteniéndome despierto con su prolongado llanto.

Transcurrió una semana. No había dicho nada más a mademoiselle Reuter, me había comportado serenamente con ella, frío y duro como una piedra. Cuando posaba mis ojos sobre ella, era con la mirada que se dirige a quien uno sabe que tiene los Celos como consejero y que emplea la Traición como instrumento: una mirada de tranquilo desdén y profunda desconfianza. El sábado por la noche, antes de abandonar el internado, entré en la *salle á manger* donde estaba sola y me puse delante de ella. Le pregunté con la misma calma en el tono y en la actitud que habría empleado de haber sido aquélla la primera vez:

—Mademoiselle, ¿tendrá la bondad de darme la dirección de Frances Evans Henri?

Un poco sorprendida, pero no desconcertada, negó conocer la dirección con una sonrisa y añadió:

—¿Monsieur ha olvidado quizá todo lo que le conté hace una semana?

—Mademoiselle... —proseguí—, me haría usted un gran favor si me indicara el domicilio de esa joven.

Ella pareció algo perpleja, pero alzó la vista al fin con un aire de ingenuidad admirablemente simulado y dijo:

—¿Cree monsieur que no le digo la verdad?

Evitando aún una respuesta directa, contesté:

—Así pues, ¿no tiene usted intención de complacerme en este particular?

—Pero, monsieur, ¿cómo puedo decirle lo que no sé?

—Muy bien. La he comprendido perfectamente, mademoiselle, y ahora tengo algo más que decirle. Estamos en la última semana de julio; dentro de un mes empezarán las vacaciones. Tenga la amabilidad de aprovechar el tiempo libre de que dispondrá entonces para buscar otro profesor de inglés. Me veo en la necesidad de renunciar a mi puesto en su centro a finales de agosto.

No esperé a oír sus comentarios sobre este anuncio, sino que incliné la cabeza y me retiré de inmediato.

Aquella misma noche, poco después de la cena, una criada me trajo un pequeño paquete. La dirección estaba escrita con una letra que conocía, pero que no esperaba ver tan pronto. Estaba solo en mi habitación, por lo que nada me impidió abrir el paquete en el acto. Contenía cuatro monedas de cinco francos y una nota en inglés.

Monsieur, ayer fui a la escuela de mademoiselle Reuter a la hora en que sabía que estaría usted a punto de acabar la clase, y pedí entrar en el aula para hablarle. Mademoiselle Reuter salió a mi encuentro y me dijo que usted ya se había ido. Aún no habían dado las cuatro, así que supuse que se había equivocado, pero comprendí que sería inútil volver otro día con el mismo propósito. En cierto sentido esta nota bastará, servirá para envolver los veinte francos, el precio de las clases que me ha dado, y si bien no puede expresar plenamente todo el agradecimiento que también le debo, si bien no puede decirle, como sería mi deseo, cuánto la-

mento que seguramente no volvamos a vernos jamás, en fin, las palabras de viva voz tampoco habrían sido válidas. De haberle visto en persona, seguramente habría balbuceado alguna tontería insustancial que habría contradicho mis sentimientos en lugar de explicarlos. Así pues, tal vez sea mejor que me impidieran verle. Señaló usted a menudo, monsieur, que mis devoirs *trataban sobre todo de la fortaleza para soportar el dolor. Me dijo que introducía ese tema con demasiada frecuencia. Es cierto que me parece mucho más fácil escribir sobre un estricto deber que cumplir con él, pues me siento oprimida cuando veo y siento el revés que me ha deparado el destino. Usted fue amable conmigo, monsieur, muy amable. Estoy afligida, me ha roto el corazón verme separada de usted. Pronto no tendré amigo alguno sobre la faz de la tierra. Pero es inútil que le moleste con mis penas. ¿Qué derecho tengo a su compasión? Ninguno. Por tanto, no diré nada más.*
Adiós, monsieur.

F. E. HENRI

Me guardé la nota en la cartera y los veinte francos en el portamonedas, y luego me di una vuelta por mi estrecha habitación.

«Mademoiselle Reuter me habló de su pobreza —me dije—, y es pobre. Sin embargo, paga sus deudas con creces. No le he dado clases durante el trimestre completo y ella me ha mandado lo que corresponde a un trimestre. Me pregunto de qué se habrá privado para ahorrar los veinte francos. Me pregunto en qué clase de sitio se ve obligada a vivir y qué clase de mujer es su tía, y si es probable que encuentre un empleo que sustituya al que ha perdido. Sin duda tendrá que andar mucho de colegio en colegio, preguntar aquí y presentar una solicitud allá, ser rechazada en un lugar y sufrir una decepción en otro. Más de una noche se acostará cansada y sin haber tenido éxito. ¿Y la directora no quiso dejarla entrar para despedirse de mí? ¿No tendré la oportunidad de estar con ella unos minutos junto a la ventana del aula para intercambiar media docena de frases, para preguntarle dónde vive, para disponerlo todo de manera que se arregle a mi conveniencia? La nota no lleva remite —añadí, sacándola otra vez del bolsillo para examinar los dos lados de ambas hojas—. Las mujeres son mujeres, eso es evidente, y hacen siempre las cosas a su manera. Los hombres anotan la fecha y la dirección en sus comunicaciones por pura mecánica. ¿Y estas monedas de cinco francos? (Las saqué del portamonedas.) Si me las hubiera ofrecido ella en persona en lugar de atarlas con un hilo de seda verde en una especie de paquete liliputiense, habría podido ponérselas de nuevo en la mano y cerrar sobre ellas sus dedos pequeños y finos... así... y obligar a su Vergüenza, su Orgullo y su Timidez a rendirse ante un poco de Voluntad decidida. Bien, ¿y dónde está? ¿Cómo encontrarla?»

Abrí la puerta de mi habitación y bajé a la cocina.

—¿Quién ha traído el paquete? —pregunté a la criada que me lo había entregado.

—*Un petit commissionaire, monsieur*[*].

—¿Ha dicho algo?

—*Rien*[**].

Subí las escaleras de vuelta a mi habitación, extraordinariamente más sabio tras mis pesquisas.

«No importa —pensé cerrando de nuevo la puerta—. No importa. La buscaré por todo Bruselas.»

Y eso fue lo que hice. La busqué día tras día siempre que disponía de un momento libre, durante cuatro semanas. Los domingos me pasaba el día buscándola. La busqué en los bulevares, en la Allée verte[***], en el parque, en Ste. Gudule y St. Jac-

---

[*] —Un recadero, señor.
[**] —Nada.
[***] Gran avenida en la parte norte de Bruselas.

ques. La busqué en las dos capillas protestantes, en las que asistí a los servicios en alemán, francés e inglés, convencido de que la encontraría en uno de ellos. Todas mis averiguaciones fueron completamente infructuosas y esa seguridad que tenía de encontrarla en una de las capillas resultó igual de infundada que mis otros cálculos. Después de cada servicio me plantaba a la puerta de la capilla correspondiente y esperaba hasta que había salido el último feligrés, examinando todos los vestidos que envolvían una figura esbelta, atisbando bajo todos los sombreros que cubrían una joven cabeza; en vano. Vi figuras juveniles que pasaban ante mí echándose los negros echarpes sobre los hombros caídos, pero ninguna de ellas tenía el aire ni el estilo de mademoiselle Henri. Vi rostros pálidos y pensativos *encadrés** por cabellos castaños, pero nunca encontré su frente, ni sus ojos, ni sus cejas. Todas las facciones de todos los rostros que veía parecían desperdiciadas, porque mis ojos no conseguían reconocer las peculiaridades que buscaba: un amplio espacio para la frente y grandes ojos oscuros y serios, y sobre ellos, las líneas finas, pero decididas, de las cejas.

«Seguramente ya no esté en Bruselas. Quizá se haya ido a Inglaterra, como anunció en su momento», musitaba para mis adentros cuando, la tarde del cuarto domingo, di la espalda a la puerta de la Chapel Royal que el portero acababa de cerrar con llave y seguí la estela de los últimos feligreses que se dispersaban por la plaza. Pronto adelanté a las parejas de caballeros y damas ingleses (¡por Dios santo! ¿Por qué no se visten mejor? Mis ojos están llenos aún de imágenes de vestidos desaliñados y arrugados, hechos de costosos rasos y sedas, con volantes altos, de cuellos grandes y poco favorecedores de caros encajes, de chaquetas mal cortadas y de pantalones de modas extrañas que todos los domingos, en el servicio

---

* Enmarcados.

inglés, llenaban la Chapel Royal, y que luego, finalizado éste, al salir a la plaza, tanto salían perdiendo en contraste con los extranjeros pulcros y atildados que se apresuraban a asistir a la *salut* en la iglesia de Coburg[*]). Pasé por delante de aquellas parejas británicas, y de los grupos de hermosos niños británicos, y de los lacayos y doncellas británicos. Crucé la Place Royale y enfilé la Rue Royale hasta llegar a la rue de Louvain, una antigua y tranquila calle. Recuerdo haber sentido un poco de hambre, pero como no deseaba regresar para compartir el *goûter* en la mesa del comedor de Pelet, a saber, *pistolets* y agua, me metí en una panadería y me compré un *couc?*[**] (es una palabra flamenca, no sé cómo se escribe) *à Corinthe*, es decir, un bizcocho de pasas, y una taza de café, y luego seguí caminando hacia la Porte de Louvain. Muy pronto me encontré fuera de los límites de la ciudad y ascendía lentamente por una colina que subía desde la puerta. No me apresuré. La tarde, aunque cubierta de nubes, era muy calurosa y no soplaba ni la más leve brisa que refrescara el ambiente. Los habitantes de Bruselas no necesitan alejarse mucho para encontrar Soledad. No tienen más que moverse media legua de su ciudad y la encontrarán meditando quieta e inexpresiva sobre los campos abiertos, monótonos, aunque muy fértiles, que se extienden por el paisaje inexplorado y sin árboles que rodea la capital de Brabante. Una vez en la cima de la colina, tras haber mirado largo tiempo la campiña cultivada pero sin vida, sentí el deseo de abandonar la carretera que había seguido hasta entonces para entrar en aquellos campos de labranza, fértiles como un huerto de Brobdingnag[***], que se extendían hasta los límites del horizonte, donde la lejanía cambiaba el verde oscuro por un azul triste y confundía sus colores con los del cielo lívido

---

[*] La *salut* es la misa de la tarde. Seguramente por iglesia de Coburg se refiere a la iglesia de St. Jacques-sur-Caudenberg, que está a poca distancia de la Chapel Royal.
[**] En flamenco, *koek*.
[***] Tierra de gigantes que visita Gulliver después de estar en Liliput.

y tormentoso. Así pues, tomé un camino que había a la derecha y no tardé mucho, como esperaba, en adentrarme en los campos; entre ellos, justo delante de mí, se elevaba un muro blanco largo y alto que encerraba un recinto: parecía, por el follaje que asomaba arriba, un semillero de tejos y cipreses, pues de tales especies eran las ramas que descansaban sobre el blanco parapeto y que se apiñaban sombríamente en torno a una gran cruz, colocada sin duda en un promontorio central, con brazos que parecían de mármol negro abiertos sobre las copas de aquellos árboles siniestros. Me acerqué, preguntándome a qué casa pertenecería aquel jardín tan bien protegido. Doblé la esquina del muro esperando ver una espléndida mansión. Estaba cerca de una gran verja de hierro. No lejos de allí había una cabaña que servía de casa del guarda, pero no tuve necesidad de pedir la llave, puesto que las puertas estaban abiertas. Empujé una hoja; la lluvia había oxidado los goznes, pues crujieron con sonido lastimero. Densas plantas rodeaban la entrada. Más allá de la avenida vi objetos a un lado y a otro que, en su lenguaje mudo de inscripciones y signos, explicaban claramente el tipo de morada de que se trataba. Era la mansión a la que todos los seres vivientes están destinados: cruces, monumentos funerarios y guirnaldas de siemprevivas anunciaban «El cementerio protestante, a la salida de la Porte de Louvain».

El lugar era lo bastante grande para poder pasear durante media hora sin la monotonía de hollar siempre el mismo sendero, y para los aficionados a revisar los anales de los cementerios, había allí una variedad de inscripciones suficiente para ocupar la atención durante el doble o el triple de aquel espacio de tiempo. Hasta allí, gentes de todas clases, lenguas y nacionalidades habían llevado a sus muertos y allí, en páginas de piedra, mármol o latón, estaban escritos nombres, fechas, últimos homenajes de pompa o amor en inglés, francés, alemán y latín. Aquí un inglés había erigido un monumento de mármol sobre los restos de su

Mary Smith o su Jane Brown, y sólo había grabado en él su nombre. Allí una viuda francesa había bordeado la tumba de su Elmire o su Célestine con un brillante rosal, en medio del cual se alzaba una pequeña lápida, testimonio igualmente brillante de sus innumerables virtudes. Cada nación, tribu y familia lloraba a sus muertos a su manera, ¡y qué mudos eran todos los lamentos! Mis propios pasos, aunque marchaban lentamente por caminos trillados, causaban cierto sobresalto porque eran la única brecha de un silencio por lo demás completo. No sólo los vientos, sino también los aires caprichosos y errantes se habían quedado dormidos, como de común acuerdo, en sus respectivos refugios. El Norte callaba, el Sur guardaba silencio, el Este no sollozaba, ni susurraba el Oeste. Las nubes en el cielo eran densas y sombrías, pero parecían inmóviles. Bajo los árboles de aquel cementerio anidaba una cálida y densa penumbra de la que surgían erguidos y mudos los cipreses y los sauces, que colgaban inmóviles sobre ella; donde las flores, tan lánguidas como hermosas, aguardaban con impaciencia el rocío de la noche o la ducha de una tormenta; donde las tumbas y aquellos a los que éstas ocultaban, yacían impasibles al frío o al calor, a la lluvia o a la sequía.

Importunado por el ruido de mis propios pasos, me metí en la hierba y avancé lentamente hacia un bosquecillo de tejos. Vi algo que se movía y pensé que podía ser una rama quebrada que se balanceaba, puesto que mis ojos miopes no habían captado forma alguna, sino tan sólo una sensación de movimiento, pero la oscura sombra pasó, apareciendo y desapareciendo en los claros de la avenida. Pronto me di cuenta de que era un ser vivo, un ser humano, y al acercarme vi a una mujer que paseaba lentamente de un lado a otro y que, evidentemente, se consideraba tan sola como yo y meditaba como yo meditaba. Al cabo de un momento, regresó al asiento que imaginé que acababa de dejar, de lo contrario ya la habría visto; era un lugar recóndito, oculto entre los árboles. Allí estaba el blanco muro ante sus ojos y una pequeña lápida reclinada contra la pared, y al pie de la lápida una parcela de hierba recientemente removida, una tumba nueva. Me puse los anteojos y pasé silenciosamente por detrás de ella, echando un vistazo a la inscripción de la lápida. Leí: «Julienne Henri, muerta en Bruselas a la edad de sesenta años. 10 de agosto». Al ver esta inscripción, miré la figura que estaba sentada, inclinada y pensativa, ante mis ojos, sin reparar en la proximidad de ningún ser viviente. Era una figura esbelta y juvenil envuelta en modestas ropas de luto, con un sencillo sombrero de crespón negro. Sentí, igual que vi, quién era, y no moví pies ni manos, a fin de disfrutar unos instantes de esa convicción. Me había pasado un mes buscándola sin hallar ni un solo rastro, sin poder permitirme la menor esperanza, ni haber tenido oportunidad de encontrarla. Me había visto obligado a renunciar a toda expectativa y, apenas hacía una hora, me había abandonado a la desalentadora idea de que la corriente de la vida y el impulso del destino la habían alejado para siempre de mí. Y de pronto, cuando me inclinaba hacia la tierra con rencor, bajo la presión del desánimo, al tiempo que seguía con la mirada el rastro del pesar sobre la hierba de un cementerio, ¡allí estaba mi joya perdida, caída en la hierba, alimentada con lágrimas, acurrucada entre las raíces musgosas de unos tejos!

Frances estaba sentada muy quieta, con el codo apoyado en una rodilla y la cabeza en la mano. Yo sabía que podía estar en actitud pensativa durante mucho tiempo sin moverse. Finalmente cayó una lágrima. Estaba mirando el nombre de la lápida y sin duda su corazón había experimentado una de esas opresiones que a veces sienten de forma tan aguda los seres desolados que lloran a sus muertos. Muchas lágrimas cayeron y ella las secó una y otra vez con su pañuelo, se le escaparon algunos sollozos angustiados y luego, pasado este paroxismo, siguió inmóvil como antes. Puse la mano suavemente sobre su hombro, sin necesidad de prepararla, pues no era una histérica ni propensa a los desmayos. Sin duda una súbita presión la habría sobresaltado, pero el contacto de mi mano tranquila se limitó a despertar su atención como yo deseaba, y aunque se volvió rápidamente, es tan veloz el pensamiento, en algunos espíritus sobre todo, que la duda sobre lo que era, la conciencia de quién era el que la sorprendía de aquella manera acercándose a hurtadillas en su soledad cruzaron por su cabeza y llegaron a su corazón antes incluso de hacer aquel apresurado movimiento. Apenas había el Asombro abierto sus ojos, levantándolos hacia los míos, cuando el Reconocimiento transmitió a sus iris un brillo de lo más elocuente. El Nerviosismo de la Sorpresa apenas había alterado sus facciones cuando un sentimiento de la más intensa alegría brilló con claridad y calor en todo su semblante. Apenas había tenido tiempo de observar que estaba pálida y demacrada y sentía ya dentro de mí un placer que respondía al placer absoluto y exquisito que animaba el rubor y resplandecía a la luz creciente que se difundía ahora por el rostro de mi alumna. Era el radiante sol del verano tras una tormenta estival, ¿y hay fertilizante más rápido que ese resplandor que arde casi como el fuego?

Detesto la audacia, ese descaro que es ordinariez e impertinencia, pero me gusta la intrepidez de un corazón fuerte y el fervor de la sangre generosa. Amé con pasión la luz de los claros ojos marrones de Frances Evans cuando no temió mirar directamente a los míos; amé el tono con que pronunció las palabras:

—*Mon mîitre! Mon maître!*

Amé el gesto con que confió su mano a mi mano. La amé a ella, pobre y huérfana, que carecía de atractivo para un sensualista, pero que era un tesoro para mí; objeto de toda mi simpatía, que pensaba lo que yo pensaba y sentía lo que yo sentía; ideal de sagrario en el que custodiar todas mis reservas de amor; personificación de la mesura y la reflexión, de la diligencia y la perseverancia, de la resignación y la disciplina, guardianes leales del don que yo deseaba entregarle, el don de todos mis afectos; modelo de sinceridad y honor, de independencia y escrupulosidad, que refinan y sostienen una vida honrada; dueña silenciosa de un manantial de ternura, de una llama tan cordial como serena, tan pura como insaciable, de sentimientos y pasión naturales, fuentes de consuelo y comodidad en el santuario del hogar. Conocía con qué calma y profundidad borbotaba ese manantial en su corazón. Sabía que la llama, más peligrosa, ardía a salvo bajo el ojo vigilante de la razón. Había visto ese fuego elevarse un momento en altas llamaradas; había visto el calor acelerado enturbiar la corriente de la vida en su cauce; había visto a la Razón reducir al rebelde y convertir sus llamaradas en brasas. Confiaba en Frances Evans, la respetaba, y cuando pasé su brazo por mi brazo y la conduje fuera del cementerio, sentí otro sentimiento tan fuerte como la confianza, tan firme como el respeto, más ardiente que cualquiera de los dos: amor.

—Bien, alumna mía —dije, cuando la verja se cerró ominosamente a nuestra espalda—. Bien, he vuelto a encontrarla. Un mes de búsqueda me ha parecido largo, y poco imaginaba que encontraría a mi oveja perdida entre lápidas.

Nunca antes me había dirigido a ella sin llamarla mademoiselle y, al hablar así, había adoptado un tono nuevo, tanto para ella como para mí. Su respuesta me indicó que este lenguaje no contrariaba ninguno de sus sentimientos, ni producía discordia alguna en su corazón.

—*Mon maître* —dijo—, ¿se ha molestado en buscarme? No imaginaba que le preocuparía tanto mi ausencia. Yo sufría amargamente por haber sido separada de usted. Lamentaba esa circunstancia, cuando problemas más acuciantes deberían haberme hecho olvidarla.

—¿Su tía ha muerto?

—Sí, hace quince días, y murió con un pesar que no fui capaz de apartar de sus pensamientos. No dejaba de repetir, incluso durante la última noche de su existencia: «Frances, te quedarás tan sola y sin amigos cuando me haya ido». También era su deseo que la enterraran en Suiza, y fui yo la que la convenció en la vejez para que abandonara las orillas del lago Leman y viniéramos hasta aquí, sólo para morir, según parece, en esta llana región de Flandes. Con gusto habría cumplido su última voluntad y trasladado sus restos a nuestro país, pero ha sido imposible, me he visto obligada a enterrarla aquí.

—Supongo que estuvo poco tiempo enferma.

—Tres semanas. Cuando empeoró, pedí permiso a mademoiselle Reuter para quedarme en casa a cuidarla y me lo concedió.

—¿Volverá al internado? —pregunté ávidamente.

—Monsieur, cuando llevaba una semana en casa, mademoiselle Reuter vino a verme una noche, justo después de que hubiera acostado a mi tía. Entró en su habitación para verla y fue extremadamente cortés y afable, como siempre. Después vino a sentarse conmigo un buen rato, y justo cuando se levantaba para marcharse, me dijo: «Mademoiselle, mucho lamentaré su partida de mi escuela, aunque es cierto que ha enseñado tan bien a sus alumnas que hacen todas con gran habilidad las pequeñas labores que usted tan bien domina, y no tienen necesidad ya de más clases. Mi segunda maestra ocupará su puesto de ahora en adelante y enseñará a las alumnas más jóvenes en la medida de sus posibilidades, aunque indudablemente como artista es inferior a usted. Sin duda habrá de ocupar usted ahora una posición más alta siguiendo su vocación. Estoy segura de que encontrará infinidad de escuelas y familias dispuestas a aprovechar su talento». Luego me pagó el salario del último trimestre. Yo pregunté, de un modo que sin duda mademoiselle consideró demasiado directo, si tenía intención de despedirme. Ella sonrió ante la falta de elegancia de mi lenguaje y respondió que nuestra relación como patrona y empleada se había disuelto, ciertamente, pero que esperaba conservar el placer de mi amistad, porque le alegraría poder considerarme siempre como amiga suya, y luego dijo algo sobre el excelente estado de las calles y lo mucho que estaba durando el buen tiempo, y se fue muy alegre.

Yo me reí para mis adentros. Todo aquello era tan propio de la directora, tan parecido a la conducta que yo esperaba y que había adivinado; y luego la prueba de que mentía, aportada por Francés sin saberlo: «La verdad era que había solicitado la dirección a mademoiselle Henri repetidas veces; ésta siempre se había negado a dársela, etcétera»; ¡y ahora descubría que había visitado la misma casa cuya ubicación había afirmado ignorar!

Grandes gotas de lluvia que nos salpicaron el rostro y cayeron en el camino, así como el murmullo distante de una tormenta que se avecinaba, me impidieron hacer ningún comentario sobre lo que me había dicho mi alumna. La clara amenaza que suponían un ambiente bochornoso y un cielo plomizo me había inducido ya a tomar la carretera que llevaba de vuelta a Bruselas; aceleré el paso e insté a hacer lo mismo a mi compañera; dado que caminábamos cuesta abajo, avanzamos rápidamente. Hubo un intervalo después de que cayeran varios goterones y antes de que empezara a llover con intensidad; entretanto, habíamos cruzado la Porte de Louvain y estábamos de nuevo en la ciudad.

—¿Dónde vive? —pregunté—. La acompañaré a casa.

—En la rue Notre-Dame-aux-Neiges[*] —respondió Frances. No estaba lejos de la rue de Louvain, así que llegamos a los escalones de entrada a la casa antes de que las nubes, partidas por grandes truenos y tremendas cataratas de rayos, vaciaran sus lívidos pliegues en un denso aguacero.

[*] Esta calle se encuentra en la zona norte de Bruselas y no en la *basse ville*. Mademoiselle Reuter, por tanto, pretendía engañar al protagonista con sus indicaciones.

—¡Entre! ¡Entre! —dijo Frances cuando, después de ver cómo entraba ella en la casa, vacilé en seguirla: sus palabras me decidieron. Crucé el umbral, cerré la puerta a la tormenta que se precipitaba contra ella con relámpagos cegadores y seguí a Frances escaleras arriba hasta su alojamiento. Ni ella ni yo nos habíamos mojado; un saliente sobre la puerta nos había protegido del diluvio que había empezado a caer, y tan sólo los primeros goterones habían tocado nuestras ropas. Un poco más y no habría quedado un solo hilo seco.

Puse el pie en un pequeño felpudo de lana verde y me encontré en una habitación pequeña con el suelo pintado y una alfombra verde cuadrada en el centro. Había pocos muebles, pero todos estaban limpios y relucientes. El orden reinaba dentro de aquellos estrechos límites, un orden tal que mi espíritu puntilloso se apaciguaba al contemplarlo. Había dudado si entrar porque, pese a todo, sospechaba que lo que había insinuado mademoiselle Reuter sobre su extrema pobreza podía ser cierto, ¡y temía avergonzar a la zurcidora de encajes entrando en su casa inopinadamente! Pobre era, ciertamente, pero su pulcritud era mejor que la elegancia y, de haber ardido un buen fuego en el hogar limpio de ceniza, lo habría considerado más atractivo que un palacio. Sin embargo, no había fuego, ni combustible dispuesto para prenderlo. La zurcidora de encajes no podía permitirse ese lujo, sobre todo ahora que, privada por la muerte de su único pariente, dependía únicamente de sus propios recursos. Frances se metió en una habitación interior para quitarse el sombrero; cuando salió, era un modelo de frugal pulcritud con su vestido negro perfectamente ajustado, delineando su busto elegante y su fina cintura, con su cuello blanco inmaculado, vuelto alrededor del hermoso cuello blanco de la muchacha, con sus abundantes cabellos castaños peinados en sendas franjas lisas a ambos lados de las sienes y recogido atrás en una trenza griega. No llevaba adornos, fuera broche, cinta o anillo, pero no le hacían ninguna falta, pues su lugar lo ocupaban del modo más agradable la perfección y proporción de sus formas y la gracia de su porte. Sus ojos, cuando regresó a la pequeña sala de estar, enseguida buscaron los míos, que en aquel momento contemplaban la chimenea. Supe que había comprendido de inmediato la piedad y el dolor compasivo que despertaba en mi alma aquel frío hogar vacío. Rápida de percepción, rápida en decidir, y más rápida aún en llevar a la práctica su decisión, en un momento se ató un delantal de holanda alrededor de la cintura; luego desapareció y volvió a aparecer con un cesto tapado. Lo abrió y sacó leña y carbón que colocó diestramente en compacto montón sobre el hogar. «Son sus únicas reservas y va a agotarlas por ser hospitalaria», pensé.

—¿Qué va a hacer? —pregunté—. ¿No me diga que encenderá fuego en una noche tan calurosa? Voy a asfixiarme.

—Lo cierto, monsieur, es que tengo bastante frío desde que ha empezado a llover. Además, tengo que calentar agua para el té, porque tomo té los domingos, así que no tendrá más remedio que intentar soportar el calor.

Encendió una cerilla; la leña empezó a arder y, ciertamente, comparado con la oscuridad y el violento tumulto de la tormenta, aquel pacífico resplandor que empezaba a irradiar la chimenea me pareció muy reconfortante. De algún rincón surgió un suave ronroneo, anunciando que otro ser, además de mí, se alegraba con el cambio. Un gato negro, al que la luz del fuego había despertado de su sueño en un pequeño escabel tapizado, se acercó y frotó la cabeza contra el vestido de Frances, que estaba arrodillada. Ella lo acarició, explicando lo mucho que lo quería su *pauvre tante Julienne*.

Una vez encendido el fuego y barrido el hogar, Frances colocó un pequeño hervidor de un diseño muy antiguo, como los que yo recordaba haber visto en viejas granjas inglesas, sobre las llamas rojizas, se lavó las manos y se quitó el delantal en un momento. Luego abrió un armario y sacó una bandeja sobre la que pronto dispuso un servicio de té de porcelana, cuya forma, tamaño y dibujo denotaban una remota antigüedad; depositó una cucharilla de plata de estilo anticuado sobre cada platillo y unas pinzas de plata, igualmente anticuadas, en el azucarero. Del armario sacó también una diminuta lechera de plata, no mayor que una cáscara de huevo. Mientras hacía estos preparativos, alzó la vista por casualidad y, leyendo la curiosidad en mis ojos, sonrió.

—¿Es como en Inglaterra, monsieur? —preguntó.

—Como en la Inglaterra de hace cien años —respondí.

—¿De verdad? Bueno, todo lo que hay en esta bandeja tiene cien años como mínimo. Estas tazas, estas cucharillas, esta lechera son reliquias de familia. Mi bisabuela se las legó a mi abuela, ésta a mi madre, mi madre las trajo consigo de Inglaterra cuando se fue a Suiza y me las dejó a mí. Desde que era niña, he pensado que me gustaría volver a llevarlas a Inglaterra, de donde procedían.

Puso unos *pistolets* sobre la mesa e hizo el té como lo hacen los extranjeros, es decir, en una proporción de una cucharada de té por cada seis tazas. Me acercó una silla. Cuando me senté, me preguntó con cierto júbilo:

—¿Le hará sentirse como en su casa por un momento?

—Si tuviera una casa en Inglaterra, creo que la recordaría —respondí, y en verdad la ilusión se producía al ver a la joven de cutis blanco y aspecto inglés sirviendo el té y hablando en inglés.

—¿Entonces no tiene hogar? —comentó ella.

—No, ni lo he tenido nunca. Si alguna vez llego a tener un hogar, habrá de ser por mis propios medios, y la tarea aún está por comenzar. —Mientras hablaba, una punzada, nueva para mí, me traspasó el corazón. Era una punzada de mortificación por mi situación humilde y la insuficiencia de mis recursos. Pero con esa punzada nació también el deseo intenso de hacer más, ganar más, ser más, poseer más; y entre las posesiones adquiridas, mi espíritu vehemente y enardecido suspiraba por incluir el hogar que nunca había sido mío y la esposa que interiormente me prometía conquistar.

El té de Frances era poco más que agua caliente, azúcar y leche, pero me gustó y me animó, y sus *pistolets*, con los que no pudo ofrecerme mantequilla, me supieron tan dulces al paladar como el maná. Terminado el té, lavó y guardó los preciados objetos de plata y porcelana y frotó la reluciente mesa hasta sacarle aún más brillo. Luego alimentó a *le chat de ma tante Julienne* en un plato destinado a su uso exclusivo y barrió del hogar las cenizas y rescoldos que se habían desperdigado. Entonces se sentó por fin y, al ocupar la silla frente a mí, mostró por primera vez cierto embarazo; no era de extrañar, pues la verdad era que sin darme cuenta yo la había observado con demasiada atención, siguiendo todos sus pasos y sus movimientos con excesiva insistencia, pues me tenía mesmerizado con la gracia y la vivacidad de sus acciones, con el efecto hábil, limpio, e incluso decorativo, que resultaba de cada toque de sus finos y menudos dedos. Cuando por fin se quedó quieta, la inteligencia de su rostro me pareció belleza, y me recreé en ella. Sin embargo, vi que se le subían los colores a la cara en lugar de atenuarse con el reposo, y que no dejaba de mirar al suelo, pese a que yo no hacía más que esperar a que levantara los párpados para beber un rayo de la luz que amaba, una luz en la que el fuego se atenuaba, donde el afecto atemperaba la agudeza, donde, antes al menos, el placer se combinaba con la reflexión. Al no ser satisfechas mis expectativas, empecé por fin a sospechar que seguramente tenía yo la culpa de mi propia decepción; tenía que dejar de mirarla y empezar a hablar si quería romper el hechizo que la tenía inmovilizada en su asiento. Así pues, recordando que un tono y unos modales autoritarios habían producido siempre en ella un efecto tranquilizador, dije:

—Vaya a buscar uno de sus libros en inglés, mademoiselle, pues aún está lloviendo a mares y seguramente tendré que quedarme media hora más.

Liberada y aliviada, se levantó, fue en busca de un libro y aceptó sin titubear la silla que coloqué para ella a mi lado. Había elegido el *Paraíso perdido* de su estante de clásicos, pensando, supongo, que el carácter religioso de la obra era más idóneo para un domingo. Le pedí que empezara por el principio y, mientras ella leía la invocación de Milton a la musa celestial que en la «secreta cima de Horeb o del Sinaí» había enseñado al pastor hebreo cómo en el útero del caos se había originado y madurado la concepción de un mundo, yo disfruté sin obstáculos del triple placer de tenerla junto a mí, oyendo el sonido de su voz, dulce y gratificante a mis oídos, y contemplando su rostro de vez en cuando. De este último privilegio hacía uso sobre todo cuando oía un defecto de entonación, una pausa o un énfasis. Mientras siguiera dogmatizando, podía también mirarla sin que se sonrojase.

—Basta —dije, cuando hubo leído media docena de páginas (ardua labor para ella, pues leía despacio y se detenía a menudo para pedir y recibir información)—. Basta. Está dejando de llover y pronto tendré que irme. —Ciertamente en aquel momento, mirando a través la ventana, vi el cielo despejado; las nubes de tormenta se habían disipado y el sol del ocaso de aquel mes de agosto se filtraba por la celosía como un reflejo de rubíes. Me levanté y me puse los guantes.

—¿No ha encontrado aún otro empleo después de que la despidiera mademoiselle Reuter?

—No, monsieur, he preguntado en todas partes, pero todos me piden referencias y, para serle sincera, no quiero pedírselas a la directora porque creo que no actuó con justicia ni de forma honorable. Malquistó a mis alumnas contra mí mediante argucias, haciéndome la vida imposible mientras trabajaba en su centro, y finalmente me privó del puesto mediante una maniobra encubierta e hipócrita, fingiendo que lo hacía por mi bien, cuando en realidad me estaba arrebatando mi principal medio de subsistencia en un momento de crisis en el que no sólo mi vida, sino también la de otra persona, dependía de mi trabajo. A ella jamás volveré a pedirle un favor.

—Entonces, ¿cómo se propone seguir adelante? ¿De qué vive ahora?

—Aún tengo mi oficio de zurcidora de encajes. Con un poco de cuidado impedirá que me muera de hambre, y no dudo de que encontraré un empleo mejor a fuerza de intentarlo. Sólo hace quince días que empecé a buscar. Todavía no se han agotado ni mi valor ni mis esperanzas.

—Y si consigue lo que desea, ¿qué? ¿Cuál es su objetivo final?

—Ahorrar dinero suficiente para cruzar el Canal. Siempre he considerado Inglaterra como mi Canaán.

—Bien, bien. Volveré pronto a hacerle otra visita. Buenas noches —dije, y la dejé con cierta brusquedad, pues me costó lo mío resistir el fuerte impulso de despedirme de un modo más cálido y expresivo. ¿Había algo más natural que envolverla un instante en un íntimo abrazo para imprimir un beso en su frente o en su mejilla? No era poco razonable, sólo eso quería. Complacido en ese punto, me habría ido contento, pero la Razón me negó incluso eso, me ordenó que apartara los ojos de su rostro y los pies de su piso, y que me separara de ella con la misma aspereza y frialdad con que me habría despedido de la vieja madame Pelet. Obedecí, pero me juré rencorosamente que llegaría el día de mi venganza. «Me ganaré el derecho a hacer lo que me plazca o moriré en el intento. Ahora tengo un objetivo ante mí: conseguir que esa muchacha sea mi esposa, y mi esposa será. Siempre, claro está, que ella sienta por su maestro la mitad del aprecio que él siente por ella. ¿Sería igual de dócil, de risueña y feliz cuando la instruyo, si no lo sintiera? ¿Se sentaría a mi lado cuando dicto o corrijo con tan plácido, satisfecho e idílico semblante, de no ser así?» Porque yo había observado siempre que, por triste o agobiada que pareciera cuando yo entraba en una habitación, después de haber estado cerca de ella, de haberle dirigido unas cuantas palabras, de haberle dado algunas instrucciones o empleado tal vez algunos reproches, ella se acurrucaba de inmediato en un nido de felicidad y alzaba la vista, serena y revitalizada. Los reproches eran lo que mejor le sentaba; mientras la reprendía, afilaba un lápiz o una pluma con su cortaplumas, removiéndose un poco, algo mohína, defendiéndose con monosílabos, y cuando le quitaba el lápiz o la pluma, temiendo que acabara con ellos, y le prohibía incluso la defensa monosilábica con el propósito de aumentar un poco más aquella animación atenuada, ella levantaba por fin los ojos y me miraba con dulce alegría y un aire desafiante que, para ser sincero, me hacía estremecer como ninguna otra cosa hasta entonces, y en cierto sentido (aunque afortunadamente ella no lo sabía) me convertía en su súbdito, si no en su esclavo. Después de tales incidentes, conservaba a menudo ese estado de ánimo durante horas y, como he señalado antes, de él extraía su salud, alimento y energía, los cuales, antes del fallecimiento de su tía y de su despido, habían dado nuevas fuerzas a todo su cuerpo.

He tardado varios minutos en escribir estas últimas frases, pero su sentido general lo había pensado en el breve intervalo que tardé en bajar las escaleras. Justo cuando abría la puerta de la calle, recordé los veinte francos que no había devuelto. Me detuve; era imposible llevármelos y difícil obligar a su dueña a aceptarlos. La había visto en su humilde morada, había sido testigo de la dignidad de su pobreza, del orgullo del orden, del esmerado empeño de conservación, evidente en la disposición y economía de su pequeño hogar. Estaba seguro de que no permitiría que se le perdonaran sus deudas; estaba convencido de que no aceptaría el favor de una dispensa de manos de nadie, quizá menos aún de las mías. Sin embargo, aquellas cuatro monedas de cinco francos eran una carga para mi amor propio y tenía que desembarazarme de ellas. Se me ocurrió un modo, torpe, sin duda, pero no hallé otro mejor. Corrí escaleras arriba, llamé y volví a entrar en el piso con prisa.

—Mademoiselle, he olvidado uno de mis guantes. He debido dejármelo aquí.

Ella se levantó al instante para buscarlo. Cuando me dio la espalda, yo, que me había aproximado a la chimenea, levanté silenciosamente un pequeño jarrón que formaba parte de una serie de adornos de porcelana, tan anticuados como las tazas de té, deslicé las monedas debajo y luego dije:

—¡Oh, aquí está el guante! Se me había caído detrás del guardafuegos. Buenas noches, mademoiselle —y partí por segunda vez. Pese a la brevedad de mi improvisado regreso, tuve tiempo suficiente para que se me cayera el alma a los pies, puesto que observé que Frances había ya retirado las brasas de su alegre fuego; obligada a escatimar en todo, a ahorrar en cada detalle, nada más irme yo había economizado en un lujo demasiado caro para disfrutarlo sola.

«Me alegro de que no sea invierno —pensé—. Pero dentro de dos meses llegarán los vientos y las lluvias de noviembre. ¡Ojalá que antes de esa fecha me haya ganado el derecho y la capacidad de echar carbón a paladas en esa chimenea.»

El pavimento de la calle se había secado ya; una brisa fresca y reparadora agitaba el ambiente, purificado por los rayos. Dejé a mi espalda el Oeste, donde el cielo se extendía como un ópalo: mezclados azul y carmesí, el sol engrandecido en toda la gloria del tinte púrpura de Tiro se hundía ya en el horizonte. Yo, que me dirigía hacia el Este, tenía ante mí un gran banco de nubes, pero también un arco iris perfecto, alto, amplio, brillante. Me quedé contemplándolo un rato; mis ojos apuraron la escena y supongo que mi cerebro debió de absorberla, porque aquella noche, después de velar mucho tiempo, sumido en una agradable fiebre, observando los relámpagos silenciosos que seguían jugando entre las nubes que se alejaban y lanzaban sus destellos plateados sobre las estrellas, me dormí por fin, y luego, en un sueño, vi reproducidos el sol poniente, el banco de nubes y el intenso arco iris. Estaba, según creo, en una terraza, asomado a un parapeto; debajo veía un abismo de fondo insondable, pero al oír el rumor incesante de las olas, me pareció que era el mar: un mar que se extendía hasta el horizonte; un mar de cambiante color verde e intenso azul. Todo era borroso en la distancia, todo estaba velado por la bruma. Una chispa dorada centelleó en la línea que separaba el agua del aire, vino flotando hacia mí, se acercó, agrandándose, cambiando. El objeto quedó suspendido a medio camino entre el cielo y la tierra, bajo el arco iris; las nubes suaves, pero oscuras, se difuminaban tras él. Se cernía sobre el agua como si tuviera alas; el aire nacarado, algodonoso y reluciente, ondeaba a su alrededor como un vestido; la luz, teñida de rosa vivo, daba color a lo que parecían un rostro y unos miembros. Una gran estrella relucía con brillo constante en la frente de un ángel; un brazo y una mano alzados que resplandecían como un rayo señalaron el arco iris y una voz susurró en mi corazón: «La esperanza favorece al hombre tenaz».

CAPÍTULO XX

Medios de subsistencia era lo que yo quería; ése era mi objetivo, que estaba resuelto a alcanzar, pero jamás había estado más lejos de la meta. Con agosto se cerró el curso escolar *(l'année scolaire)*, terminaron los exámenes, se entregaron los premios, los alumnos se dispersaron y las puertas de todos los colegios e internados se cerraron para no volver a abrirse hasta principios o mediados de octubre. El último día de agosto estaba a la vuelta de la esquina, ¿y cuál era mi situación? ¿Había avanzado algo desde el inicio del último trimestre? Muy al contrario, había dado un paso atrás: al renunciar a mi puesto como profesor de inglés en el internado de mademoiselle Reuter, había recortado voluntariamente veinte libras de mis ingresos anuales, había reducido mis sesenta libras anuales a cuarenta, e incluso esta suma dependía de un empleo muy precario.

Hace ya bastante que no hablo de monsieur Pelet. Creo que el paseo a la luz de la luna es el último incidente que he registrado en una narración donde este caballero tiene un papel relevante. Lo cierto es que desde aquel suceso se había producido un cambio en el espíritu de nuestra relación. En realidad él, ignorando que el silencio de la noche, la luna despejada y una celosía abierta me habían revelado el secreto de su amor egoísta y de su falsa amistad, había continuado siendo tan complaciente y rastrero como siempre, pero yo me volví espinoso como un puercoespín e inflexible como un garrote de endrino. Jamás le reía las gracias, jamás tenía un momento para hacerle compañía; rechazaba invariablemente sus invitaciones para tomar café en su gabinete, y en un tono muy serio y envarado, además. Escuchaba sus alusiones burlonas a la directora (que no dejó de hacer) con una calma adusta muy diferente del placer petulante que antes solían producir en mí. Durante mucho tiempo, Pelet soportó mi glacial comportamiento con gran paciencia, incluso aumentó sus atenciones; pero viendo que ni siquiera una cortesía servil lograba conmoverme ni quebrar el hielo, también él acabó cambiando, enfriándose a su vez. Cesaron sus invitaciones; su semblante se volvió sombrío y suspicaz, y vi en su frente, arrugada por el desconcierto, pero también por la reflexión, el reflejo de un examen comparativo de las premisas y de un inquieto esfuerzo por extraer conclusiones que las explicaran. Imagino que no tardó mucho en lograrlo, porque no carecía de sagacidad y quizá también mademoiselle Zoraïde le ayudó a resolver el enigma. En cualquier caso, pronto me percaté de que la incertidumbre se había desvanecido: renunciando a toda simulación de amistad y cordialidad, adoptó una actitud reservada, formal, pero escrupulosamente educada. Aquél era el punto al que yo deseaba llevarlo, por lo que empecé a sentirme relativamente cómodo. Cierto que no me gustaba mi posición en aquella casa, pero habiéndome librado del engorro de falsas manifestaciones y del doble juego, pude soportarla, sobre todo porque ningún sentimiento heroico de odio o celos hacia el director perturbaba mi alma filosófica. No había llegado a herirme en lo más profundo, por lo que la herida se curó muy pronto y de forma radical, dejando tan sólo una impresión de desprecio por la forma traicionera en que me había sido infligida, y una desconfianza permanente hacia la mano que había descubierto intentando apuñalarme en la oscuridad.

Este estado de cosas continuó hasta mediados de julio y luego se produjo un ligero cambio. Una noche, Pelet volvió a casa más tarde de lo que era habitual en él, y en un estado de inequívoca embriaguez, lo que era anómalo, puesto que, si bien compartía algunos de los peores defectos de sus compatriotas, también tenía al menos una de sus virtudes, a saber, la sobriedad. Sin embargo, en aquella ocasión estaba tan borracho que, después de haber despertado a todos los de la casa (excepto a los alumnos, cuyo dormitorio estaba encima de las aulas en un edificio anexo a la vivienda y, por lo tanto, a salvo de perturbaciones) tocando violentamente la campanilla del salón para ordenar que le sirvieran la comida de inmediato, creyendo que era mediodía, pese a que las campanas de la ciudad acababan de tocar la medianoche; después de haber reprendido furiosamente a las criadas por su falta de puntualidad, y de estar a punto de reprender a su pobre y anciana madre por aconsejarle que se acostara, empezó a despotricar de mala manera sobre *le maudit anglais, Crimsvort*[*]. Yo no me había retirado aún; unos libros alemanes me habían tenido despierto. Oí el revuelo que había abajo y distinguí la voz del director, exaltada hasta un extremo tan terrible como inusitado. Entreabrí la puerta de mi habitación y oí que exigía que me llevasen a su presencia para que pudiera cortarme el pescuezo sobre la mesa del salón y lavar así su honor mancillado, según él afirmaba, por la infernal sangre británica. «O está loco o borracho —pensé—. En cualquier caso, la vieja y las criadas necesitarán la ayuda de un hombre.» Así pues, bajé directo al salón. Encontré a Pelet dando tumbos y moviendo los ojos frenéticamente. Bonita imagen ofrecía: un justo medio entre el imbécil y el lunático.

---

[*] El maldito inglés, Crimsworth.

—Vamos, monsieur Pelet —le dije—, será mejor que se vaya a la cama —y le agarré del brazo. Naturalmente aumentó su excitación al verme y notar que le tocaba el individuo cuya sangre acababa de pedir. Forcejeó y me golpeó con furia, pero un hombre borracho no es rival para uno sobrio, y aun en su estado normal, la frágil constitución de Pelet no habría podido oponerse a la mía, más saludable. Lo llevé arriba y, con tiempo, lo metí en la cama. Mientras tanto, él no dejó de proferir amenazas sobre la venganza divina, las cuales, si bien entrecortadas, no carecían de sentido. Al tiempo que me estigmatizaba a mí como progenie traidora de un país pérfido, anatematizaba a Zoraïde Reuter, llamándola *femme sotte et vicieuse*,* diciendo que en un arrebato de caprichosa lascivia se había arrojado en brazos de un aventurero sin principios, apelativo éste que me dirigió con un furioso golpe oblicuo. Lo dejé cuando saltaba ágilmente de la cama en la que yo le había metido, pero como tomé la precaución de dar la vuelta a la llave tras cerrar la puerta, me retiré a mi habitación, convencido de que estaba a buen recaudo hasta la mañana siguiente y libre para extraer conclusiones no tergiversadas de la escena que acaba de presenciar.

El caso era que, más o menos por aquella época, la directora, dolida por mi frialdad, hechizada por mi desdén y exaltada por la preferencia que sospechaba que yo sentía por otra, había caído en su propia trampa, cogida en las redes de la misma pasión con que deseaba atraparme a mí. Consciente de los sentimientos que ella abrigaba, deduje del estado en que había visto a mi patrón que su amada le había revelado la pérdida de su afecto —de su inclinación, diría yo más bien, pues es una palabra a la vez demasiado ardiente y pura para semejante persona—, que le había dejado ver que la cavidad de su huero corazón, donde antes

---

* Mujer necia y viciosa.

estaba su imagen, la ocupaba ahora su profesor. No sin sorpresa me vi obligado a aceptar este punto de vista, puesto que Pelet, con su reputado colegio, era un partido muy conveniente y provechoso, y Zoraïde, una mujer tan calculadora e interesada que yo no sabía si en ella la preferencia personal era capaz de vencer al interés mundano. Sin embargo, era evidente, por lo que decía Pelet, que no sólo le había rechazado, sino que incluso había dejado escapar alguna que otra expresión de afecto hacia mí. Una de sus exclamaciones de borracho fue: «¡Y esa mujerzuela está loca por la juventud de ese burro novato! Y habla de su noble porte, como llama ella a su maldita formalidad inglesa, y de su moral pura, ¡por favor! *Des moeurs de Caton a-t-elle dit. Sotte!* *». Pensé que mademoiselle Reuter debía de tener un alma curiosa, donde, pese a una fuerte tendencia natural a apreciar en demasía las ventajas de la posición social y la riqueza, el sardónico desdén de un subordinado sin fortuna había dejado una huella más profunda que la que podían imprimir los halagos de un próspero *chef d'institution*. Sonreí para mí y, extraño es decirlo, pese a que aquella conquista suscitó sentimientos no del todo desagradables para mi amor propio, los más elevados permanecieron incólumes. Al día siguiente, cuando vi a la directora buscando una excusa para encontrarse conmigo en el corredor, queriendo llamar mi atención con una expresión y un comportamiento propios de un ilota**, no pude amarla, y apenas la compadecí. Lo único que pude hacer fue responder sucintamente y con aspereza a su obsequiosa pregunta sobre mi salud y seguir adelante con una severa inclinación de cabeza. Su presencia y su actitud tenían entonces, habían tenido durante cierto tiempo y

---

* Costumbres de Catón, ha dicho ella. ¡Necia! [Marco Porcio Catón, llamado *el Censor*, fue un político romano del 234-149 a.C., que quiso reformar las costumbres relajadas de los patricios romanos.]
** Los ilotas eran esclavos en la antigua Esparta.

seguirían teniendo, un efecto singular sobre mí: sellaban cuanto tenía de bueno y provocaban cuanto de pernicioso había en mi naturaleza. Algunas veces debilitaban mis sentidos, pero siempre endurecían mi corazón. Yo era consciente del perjuicio causado y me debatía contra ese cambio. Siempre había detestado a los tiranos, ¡y hete aquí que la posesión de una esclava por voluntad propia estuvo a punto de transformarme en lo que más aborrecía! Había a la vez una especie de vil satisfacción en recibir aquel cautivador homenaje de una adoradora aún joven y atractiva y una irritante sensación de degradación en la experiencia misma del placer. Cuando se acercaba a mí con el paso sigiloso de un esclavo, me sentía de inmediato bárbaro y sensual como un pachá. A veces soportaba su tributo, otras veces lo rechazaba. Mi grosería y mi indiferencia contribuían por igual a aumentar el mal que deseaba reprimir.

—*Que le dédain lui sied bien!* —la oí decirle una vez a su madre—. *Il est beau comme Apollon quand il sourit de son aire hautain.**

Y la jovial anciana se echó a reír y dijo que creía que su hija estaba embrujada, porque yo no tenía nada de apuesto, salvo que tenía la espalda erguida y carecía de deformidades.

—*Pour moi* —añadió—, *il me fait tout l'effet d'un chathuant, avec ses besicles.***

¡Encomiable anciana! Habría sido capaz de besarla allí mismo, de no haber sido porque era demasiado vieja y gorda y tenía la cara demasiado roja. Sus palabras sensatas y verdaderas parecían moralmente sanas, comparadas con las ilusiones morbosas de su hija.

Cuando Pelet se despertó a la mañana siguiente de su arrebato de furia, no recordaba nada de lo ocurrido en la víspera, y por

---

* —¡Qué bien le sienta el desdén! [...] Es hermoso como Apolo cuando sonríe con su aire altanero.

** —Para mí [...] tiene todo el aspecto de un búho, con esos anteojos.

suerte su madre fue lo bastante discreta para abstenerse de informarle de que yo había sido testigo de su degradación. No volvió a recurrir al vino para curar las penas, pero incluso estando sobrio pronto demostró que el hierro de los celos había traspasado su alma. Como francés de pura cepa, la Naturaleza no había omitido la característica nacional de la ferocidad al combinar los ingredientes de su carácter. Había aparecido primero en su ataque de ira ebria, con manifestaciones de odio hacia mí de un auténtico carácter endemoniado, y después se delató más disimuladamente en contracciones momentáneas de sus facciones y en destellos de furia en sus ojos azules, cuando nuestras miradas se cruzaban por casualidad. Evitaba hablarme; ya no tenía yo que soportar siquiera su falsa cortesía. En este estado de nuestra relación, mi alma se rebelaba, a veces de manera irrefrenable, contra el hecho de vivir en aquella casa y trabajar para aquel hombre, pero ¿quién está libre de las limitaciones que imponen las circunstancias? En aquella época, yo no. Solía levantarme cada mañana impaciente por liberarme del yugo y marcharme con mi baúl bajo el brazo, libre, aunque tuviera que mendigar. Y por la tarde, cuando volvía del internado de señoritas, cierta agradable voz en mis oídos; cierto rostro inteligente, pero dócil, reflexivo, pero dulce, en mis ojos; cierto tipo de carácter, orgulloso y maleable a la vez, sensible y sagaz, serio y ardiente, en mi cabeza; cierta clase de sentimientos, fervientes y modestos, refinados y prácticos, puros e intensos, que deleitaban y turbaban mi memoria; visiones de nuevos vínculos que deseaba contraer, de nuevos deberes que anhelaba emprender, habían eliminado al rebelde trotamundos que había en mí, haciéndome ver la entereza con que debía soportar mi suerte a la luz de una virtud espartana.

Pero la ira de Pelet se apagó; quince días bastaron para su nacimiento, desarrollo y extinción. En ese espacio de tiempo habían despedido a la detestada maestra en la casa vecina, y en ese mismo intervalo había declarado yo mi intención de encontrar a mi alumna y, tras ver cómo se negaban a darme sus señas, había dimitido de mi puesto inmediatamente. Este último acto pareció hacer entrar en razón a mademoiselle Reuter; su sagacidad, su buen juicio tanto tiempo engañados por una ilusión que la tenía fascinada, volvieron a dar con el buen camino en el momento en que esa ilusión se desvaneció. Por buen camino no me refiero a la senda empinada y erizada de dificultades de los principios, senda que ella jamás holló, sino a la sencilla carretera del Sentido Común, de la que últimamente se había desviado mucho. Una vez en ella, buscó con afán el rastro de su antiguo pretendiente, monsieur Pelet, y una vez hallado, lo siguió con diligencia. Pronto consiguió alcanzarlo. No sé qué artes empleó para aplacarlo y cegarlo, pero logró disipar su ira y engañar a su discernimiento, como quedó demostrado al poco tiempo por un cambio en su actitud y en su semblante. Ella debió de convencerle de que yo no era, ni había sido nunca, rival para él, porque los quince días de furia contra mí terminaron en un acceso de extremada afabilidad y gentileza, no exentas de un toque de exultante autocomplacencia, más ridícula que irritante. Pelet había llevado una vida de soltero al auténtico estilo francés, con el debido desdén hacia las limitaciones morales, y yo me dije que su vida de casado prometía ser también muy francesa. A menudo alardeaba ante mí de haber sido el terror de varios de los maridos de su círculo de amistades. Intuí que no resultaría difícil hacérselo pagar con su propia moneda.

La crisis siguió su marcha. En cuanto empezaron las vacaciones, los preparativos para un suceso trascendental se hicieron sentir en toda la casa: pintores, enceradores y tapiceros se pusieron a trabajar inmediatamente y empezó a oírse hablar de *la chambre de madame* y *le salon de madame*. Considerando poco probable que la vieja señora que en aquel momento ostentaba aquel título en la casa hubiera inspirado en su hijo tal entusiasmo de devoción filial capaz de inducirle a reformar aquellos aposentos en atención a ella, deduje, de acuerdo con la cocinera, las dos doncellas y la fregona, que una nueva señora más juvenil estaba destinada a ser la ocupante de aquellas alegres estancias. Al poco tiempo se anunció oficialmente el acontecimiento: al cabo de otra semana, monsieur François Pelet, *directeur*, y mademoiselle Zoraïde Reuter, *directrice*, iban a unirse en matrimonio. Monsieur en persona me comunicó el acontecimiento, tras lo cual expresó el amable deseo de que yo siguiera siendo como hasta entonces su ayudante más capaz y el amigo en quien más confiaba, y me propuso un aumento de sueldo de doscientos francos al año. Se lo agradecí, sin darle una respuesta definitiva, y cuando se hubo marchado, me quité el blusón, me puse la chaqueta y salí a dar un paseo más allá de la Porte de Flandre, a fin, me dije, de calmar los nervios, recobrar la sangre fría y poner en orden mis desorientados pensamientos. En realidad, acababan de comunicarme lo que era prácticamente el despido. No podía ocultar, no deseaba ocultarme a mí mismo, la convicción de que, habiéndose confirmado que mademoiselle Reuter iba a convertirse en madame Pelet, yo no podría seguir viviendo como subordinado en la casa que pronto sería suya. A su conducta hacia mí en aquellos momentos no le faltaba dignidad ni corrección, pero yo sabía que sus antiguos sentimientos no habían variado. El Decoro los reprimía y la Estrategia los enmascaraba, pero la Oportunidad sería demasiado fuerte, la Tentación haría temblar sus restricciones.

Yo no era como el Papa, no podía jactarme de ser infalible. En resumidas cuentas, si me quedaba, lo más probable era que, al cabo de tres meses a lo sumo, bajo el techo del confiado Pelet se urdiera la trama de una moderna novela francesa. El caso era que a mí las novelas francesas modernas no me gustaban ni en la teoría ni en la práctica. Pese a que mi experiencia de la vida hasta entonces había sido limitada, en una ocasión había tenido la oportunidad de observar de cerca un ejemplo de los resultados que podía producir una interesante y romántica traición doméstica. Ningún halo dorado de ficción rodeaba aquel ejemplo, lo veía crudo y real, y era execrable. Había visto un espíritu degradado por la práctica del vil subterfugio, por el hábito del pérfido engaño, y un cuerpo depravado por la influencia contagiosa del alma corrompida por el vicio. Yo había sufrido mucho como testigo obligado y prolongado de tal espectáculo, pero no lamentaba aquel sufrimiento, puesto que el mero recuerdo de aquellos días era el mejor antídoto contra la tentación, y había grabado en mi cerebro la convicción de que el placer ilegítimo que pisotea los derechos de otras personas es un placer engañoso y emponzoñado, que su vaciedad te decepciona mientras lo disfrutas, su veneno te atormenta cruelmente después, y sus efectos te corrompen para siempre.

De todo esto extraje la conclusión de que debía abandonar la casa de Pelet sin tardanza. «Pero —dijo la Prudencia—, no sabes adónde ir ni dónde vivir», y entonces se adueñó de mí el sueño del Verdadero Amor: me pareció que Frances Henri se encontraba a mi lado con su esbelta cintura invitando a mi brazo y su mano para cortejar mi mano. Sentí que su mano estaba hecha para acurrucarse en la mía; no podía renunciar al derecho que tenía sobre ella, ni podía apartar los ojos de los suyos, donde veía tanta felicidad, tal correspondencia entre nuestros corazones, en cuya expresión tenía yo tanta influencia, en los que podía encender la chispa de la dicha, causar asombro, producir un intenso deleite, despertar un espíritu chispeante y, en ocasiones, infundir un placentero temor. Mis esperanzas de conquistar y poseer, mi determinación de trabajar y ascender, se alzaron en mi contra, y estuve a punto de lanzarme al abismo de la más absoluta miseria... En aquel momento, mientras andaba deprisa por el camino, surgió dentro de mí la extraña idea de un Ser Superior, invisible, pero omnipresente, que en su caridad deseaba tan sólo mi bienestar y observaba la lucha que mantenían el bien y el mal en mi corazón, esperando a ver si obedecería su voz, oída en los susurros de mi Conciencia, o prestaría atención a los sofismas con los que su enemigo y el mío, el Espíritu del Mal, quería perderme. Áspero y empinado era el camino indicado por Sugerencia divina; cubierto de hierba y cuesta abajo era el camino verde a lo largo del cual la Tentación desparramaba sus flores; pero pensé que, así como la Deidad del amor, el Amigo de todo lo que existe, sonreiría complacida si me preparaba para la lucha y emprendía el duro ascenso, de igual manera toda tentativa de bajar la cuesta de terciopelo encendería una llama de triunfo en la frente del Demonio que odia a los hombres y desafía a Dios. Me detuve en seco y giré en redondo para volver sobre mis pasos rápidamente. En media hora estaba de vuelta en casa de monsieur Pelet. Fui a buscarlo a su gabinete. Bastaron un breve parlamento y una explicación concisa. Mi actitud demostraba que estaba decidido. Tal vez él aprobaba en el fondo mi decisión. Tras veinte minutos de conversación, volví a mi cuarto, privado por mí mismo de medios de subsistencia, condenado por mí mismo a abandonar la casa en la que vivía y con apenas una semana para encontrar otra.

CAPÍTULO XXI

En cuanto cerré la puerta, vi dos cartas sobre la mesa. Pensé que serían invitaciones de los familiares de algunos de mis alumnos. Recibía tales muestras de atención de vez en cuando. En el caso de alguien que carece de amigos como yo, otra correspondencia más interesante era impensable. La visita del cartero no había sido jamás un acontecimiento desde mi llegada a Bruselas. Puse la mano sobre los papeles con indiferencia, y mirándolos fríamente y despacio, me dispuse a romper los sellos. Mis ojos se detuvieron, mi mano también. Vi algo que me excitó tanto como si hubiera encontrado una vívida imagen cuando esperaba descubrir tan sólo una página en blanco. En un sobre había un sello inglés; en el otro, la letra clara y elegante de una dama. Abrí primero esta última.

Monsieur, descubrí lo que había hecho a la mañana siguiente de su visita. Seguramente creyó que yo limpiaría la porcelana cada día, y como usted ha sido la única persona que ha estado en mi piso en una semana, y no es cosa corriente en Bruselas que las hadas vayan dejando dinero por ahí, no me cabe la menor duda de que fue usted quien dejó los veinte francos sobre la chimenea. Me pareció oírle mover el jarrón cuando me agaché para buscar su guante bajo la mesa, y me extrañó que pensara que podía haber ido a parar a un recipiente tan pequeño. Monsieur, el dinero no es mío y no voy a quedármelo. No se lo envío con esta nota porque podría perderse y, además, pesa, pero se lo devolveré la próxima vez que le vea; no debe poner ninguna traba para aceptarlo porque, en primer lugar, estoy convencida, monsieur, de que usted comprende que a uno le gusta pagar sus deudas, que es satisfactorio no deber nada a nadie, y, en segundo lugar, porque ahora puedo permitirme el lujo de ser honrada a carta cabal, puesto que he encontrado empleo. Esta última circunstancia es en realidad el motivo de que le escriba, pues es agradable comunicar buenas noticias, y actualmente sólo tengo a mi maestro para contárselo todo.

Hace una semana, monsieur, una tal señora Wharton, una dama inglesa, me mandó recado de que fuera a verla. Su hija mayor iba a casarse y un familiar rico le había regalado un velo y un vestido de encaje antiguo, según dicen, casi tan valiosos como joyas, pero un poco deteriorados por el tiempo. Me encargaron que los zurciera. Tuve que hacerlo todo en su casa y me dieron además unos bordados que debían acabarse, de modo que transcurrió casi una semana antes de que lo hubiera terminado todo. Mientras trabajaba, la señorita Wharton venía a menudo a sentarse conmigo, y también la señora Wharton. Me hicieron hablar en inglés, quisieron saber cómo había aprendido a hablarlo tan bien; luego me preguntaron qué otras cosas sabía, qué libros había leído, y en poco tiempo me vieron como una especie de maravilla, considerándome sin duda una culta grisette. *Una tarde, la señora Wharton trajo a una señora parisina para comprobar el nivel de mis conocimientos de francés. Como resultado, debido seguramente en gran medida al buen humor de madre e hija por la boda inminente, que les incitaba a hacer buenas obras, y en parte, creo, porque son buenas personas por na-*

turaleza, decidieron que el deseo que yo había expresado de hacer algo más que zurcir encajes era muy legítimo, y aquel mismo día me llevaron en su carruaje a ver a la señora D., que es la directora del primer colegio inglés de Bruselas. Al parecer, casualmente estaba buscando a una señorita francesa que diera clases de geografía, historia, gramática y redacción en francés. La señora Wharton me recomendó con entusiasmo, y como dos de sus hijas menores son alumnas del centro, su mecenazgo me sirvió para conseguir el puesto. Se acordó que daría clases seis horas diarias (pues, afortunadamente, no se requiere vivir en la casa; me habría disgustado mucho tener que dejar mi piso), y por ello la señora D. me dará mil doscientos francos al año. Como verá, por tanto, monsieur, ahora soy rica, más rica casi de lo que había esperado ser. Estoy muy agradecida, sobre todo porque mi vista empezaba a resentirse a causa de trabajar continuamente con finos encajes; también empezaba a hartarme de quedarme levantada hasta altas horas de la noche y, sin embargo, no tener nunca tiempo para leer o estudiar. Empezaba a temer que acabaría enfermando y que no podría ganarme la vida. Ese miedo ha desaparecido ahora en gran medida y en verdad, monsieur, doy gracias a Dios por este alivio y casi me parece obligado hablar de mi felicidad a alguien que es lo bastante bondadoso para alegrarse de la alegría de los demás. Por tanto, no he podido resistir la tentación de escribirle. Me he dicho que sería muy agradable hacerlo y que para monsieur no sería exactamente doloroso leerlo, aunque puede que sí aburrido. No se enoje conmigo por mis circunloquios y la poca elegancia de mi estilo, y considéreme

Su afectuosa alumna,

F. E. HENRI

Después de leer esta carta, medité unos instantes sobre su contenido; más adelante diré si eran placenteros o no los sentimientos que me embargaron. Luego cogí la otra carta. Se dirigía a mí con una letra que desconocía, pequeña y pulcra, ni masculina, ni femenina exactamente. El sello tenía un escudo de armas, del que sólo pude deducir que no pertenecía a la familia Seacombe. En consecuencia, la epístola no podía proceder de ninguno de mis aristocráticos parientes, a los que yo casi había olvidado y que sin duda a mí me habían olvidado del todo. ¿De quién era, entonces? Saqué la nota doblada del interior del sobre; decía lo siguiente:

No me cabe la menor duda de que te va estupendamente en el grasiento Flandes y que llevas una vida regalada a costa de ese untuoso país, como un israelita de pelo negro, piel morena y nariz larga, sentado junto a los antros de perdición de Egipto, o como un pícaro hijo de Leví junto a los calderos de latón del santuario, hundiendo de vez en cuando el gancho consagrado para sacar del mar de caldo la espaldilla más gorda y el pecho más lleno de carne*. Esto lo sé porque jamás escribes a nadie de Inglaterra. ¡Perro ingrato! Gracias a la soberana eficacia de mi recomendación, te conseguí el puesto donde ahora vives a lo grande y, sin embargo, jamás me has dedicado una palabra de agradecimiento o al menos de reconocimiento. Pero pronto iré a verte y poco imaginas con tu aturullado cerebro aristocrático la clase de arenga moral que he guardado ya en mi maleta para soltártela en cuanto llegue.*

Mientras tanto, estoy al corriente de todos tus asuntos, y acabo de recibir la noticia, a través de la última carta del señor Brown, de que, según se dice, estás a punto de contraer un venta-

---

* Véase Levítico 10, donde se hace referencia a los sacrificios rituales de corderos. Los levitas, de la tribu de Leví, estaban dedicados al servicio del templo.

joso matrimonio con una adinerada maestrilla belga, una tal mademoiselle Zénobie o algo parecido. ¿Podré echarle el ojo cuando vaya? Y puedes contar con que, si me complace, o si la considero adecuada desde el punto de vista pecuniario, me abalanzaré sobre tu presa y me la llevaré triunfalmente por mucho que me enseñe los dientes. Sin embargo, no me gustan las mujeres regordetas y Brown dice que es un poco baja y corpulenta; la mujer perfecta para un tipo enjuto y con cara de pasar hambre como tú.

Estáte atento, porque no sabes el día ni la hora que llegará Tu... (no quiero blasfemar, así que dejaré un hueco). Tuyo afectísimo,

HUNSDEN YORKE HUNSDEN

—¡Mmmm! —exclamé, dejando la carta. Volví a examinar la letra pequeña y pulcra que no se parecía en absoluto a la de un industrial, ni, de hecho, a la de ningún hombre que no fuera el propio Hunsden. Se dice que existen similitudes entre la letra y el carácter de una persona. ¿Qué similitudes había en el caso de Hunsden? Recordé el rostro singular del remitente y ciertos rasgos que sospechaba propios de su carácter, si bien no podía afirmar conocerlos con seguridad, y respondí: «Muchas».

Así pues, Hunsden venía a Bruselas, y yo no sabía cuándo. Venía con la expectativa de verme en la cima de la prosperidad, a punto de casarme y de entrar en un cálido nido donde tumbarme cómodamente junto a una compañera mullida y bien alimentada. «Espero que disfrute con el nulo parecido del retrato que ha pintado —pensé—. ¿Qué dirá cuando, en lugar de una pareja de rollizos tortolitos arrullándose en una enramada de rosas, encuentre a un único y escuálido cormorán en el desolado pico de la pobreza, sin refugio ni pareja? ¡Oh, maldito sea! Que venga y que se ría del contraste entre el rumor y los hechos. Ni aunque fuera el Diablo en persona, y no un hombre muy semejante a él, me rebajaría a esquivarlo o a fingir una sonrisa o una palabra alegre con tal de evitar sus sarcasmos.» Entonces volví a la otra carta; ésta pulsó una fibra sensible cuyo sonido no podía apagar ni metiéndome los dedos en las orejas, pues vibraba en el interior, y aunque su melodía fuera una música exquisita, su cadencia era un quejido.

Me llenó de felicidad que Frances no se viera acuciada por la necesidad, que la hubieran liberado de la maldición de un pesado trabajo. El hecho de que su primer pensamiento en la prosperidad fuera el de aumentar su júbilo compartiéndolo conmigo satisfizo el deseo de mi corazón. Así pues, dos de los efectos de la carta fueron agradables, dulces como dos tragos de néctar, pero al aplicar mis labios una tercera vez a la copa se excoriaron como si hubieran tocado vinagre o hiel.

Dos personas con deseos moderados pueden vivir bastante bien en Bruselas con unos ingresos que apenas darían para mantener respetablemente a una sola en Londres. Esto no se debe a que las necesidades de la vida fueran mucho más caras en esta última capital, ni a que los impuestos fueran mucho más elevados, sino a que los ingleses exceden en insensatez a todas las demás naciones de esta tierra de Dios, y son esclavos más abyectos de las Costumbres, las Opiniones y el deseo de mantener las apariencias de lo que lo son los italianos del Clero, los franceses de la vanagloria, los rusos de su zar o los alemanes de la cerveza negra. He visto un sentido común en la modesta disposición de una acogedora casa belga que debería abochornar a un centenar de mansiones inglesas por su elegancia, sus excesos, sus lujos y su forzado refinamiento. En Bélgica es posible ahorrar, siempre que uno gane dinero; en Inglaterra es prácticamente imposible; allí la Ostentación despilfarra en un mes lo que la Laboriosidad ha ganado en un año. ¡Qué vergüenza para todas las clases sociales de un país tan pródigo y empobrecido, ese servil sometimiento a la Moda! Podría escribir un par de capítulos sobre este tema, pero debo abstenerme, al menos de momento. Si hubiera conservado mis sesenta libras anuales, ahora que Frances tendría otras cincuenta, aquella misma noche habría podido ir a verla para pronunciar las palabras reprimidas, que tenían mi corazón en un puño. Juntando nuestros ingresos y tal como nosotros los habríamos administrado, nos habrían bastado para subsistir, puesto que vivíamos en un país donde el ahorro no se confundía con la tacañería, donde la frugalidad en el vestido, la comida y los muebles no era sinónimo de vulgaridad. Pero el profesor desempleado, carente de recursos y del apoyo de personas influyentes, no debía pensar en ello; un sentimiento como el amor y una palabra como matrimonio no tenían cabida en su corazón ni en sus labios. Por primera vez supe de verdad lo que significaba ser pobre, y el sacrificio que había hecho al rechazar los medios de subsistencia se presentaba bajo una nueva luz: en lugar de un acto correcto, justo y honorable, me pareció una acción frívola y fanática a la vez. Di varias vueltas por mi habitación, acicateado por crueles remordimientos. Estuve caminando durante un cuarto de hora de la pared a la ventana; junto a la ventana, las Recriminaciones que me hacía parecían mirarme a la cara; junto a la pared, era el Desprecio. De repente habló la Conciencia.

«¡Alejaos, estúpidos torturadores! —gritó—. Este hombre ha cumplido con su deber; no debéis acosarlo así con pensamientos sobre lo que podría haber sido; ha renunciado a un bien temporal y contingente para evitar un mal cierto y permanente. Ha hecho bien. Dejad que reflexione ahora; cuando se pose el polvo cegador que habéis levantado y se extinga vuestro ensordecedor zumbido, encontrará un camino.»

Me senté y apoyé la frente en ambas manos. Pensé y pensé durante una hora... dos horas; fue en vano. Era como un individuo encerrado en una bóveda subterránea, que contempla la total oscuridad —una oscuridad custodiada por muros de piedra de un metro de espesor y varias plantas del edificio sobre su cabeza— esperando que la luz atraviese el granito y el cemento tan duro como el granito. Pero hay rendijas, o podría haber rendijas en la mampostería mejor ajustada. También en mi cavernosa celda había una, pues finalmente vi o me pareció ver un rayo, pálido, es cierto, y frío y vacilante, pero rayo al fin, pues mostraba aquel angosto camino que había prometido la Conciencia. Después de dos o tres horas de atormentarme rebuscando en el cerebro y en la memoria, desenterré ciertos restos de circunstancias y concebí la esperanza de que, uniéndolos todos, formaría un recurso y hallaría el remedio. Las circunstancias eran éstas, brevemente:

Unos tres meses antes y con ocasión de su onomástica, monsieur Pelet había invitado a los alumnos a hacer una excursión a cierto balneario en las afueras de Bruselas, del que no recuerdo el nombre en este momento, pero había en los alrededores varios lagos pequeños, de esos a los que aquí llaman *étangs*. Y en uno de esos *étangs*, más grande que los demás, solía reunirse la gente que estaba de vacaciones para divertirse remando en pequeños botes. Después de engullir una cantidad ilimitada de *gaufres* y beber varias botellas de cerveza de Lovaina entre las sombras de un jardín preparado para tales aglomeraciones, los chicos pidieron permiso al director para pasear en bote. Media docena de los mayores recibieron el permiso solicitado, y a mí se me designó como acompañante para vigilarlos. Entre la media docena de alumnos se encontraba casualmente un tal Jean Baptiste Vandenhuten, un joven flamenco sumamente torpe que no era alto, pero que ya a la edad de dieciséis años tenía la anchura y la corpulencia de un auténtico hijo del país. Acaeció que Jean fue el primero en subir al bote; tropezó, cayó hacia un lado, el bote zozobró a causa de su peso y volcó. Vandenhuten se hundió como el plomo, emergió, volvió a hundirse. En un instante me quité la chaqueta y el chaleco; no en vano había sido educado en Eton, donde había remado y nadado durante diez largos años. En mí, el acto de zambullirme para salvarlo fue natural y reflejo. Los muchachos y el barquero chillaron, pensando que habría dos ahogados en lugar de uno. Pero cuando Jean emergió por tercera vez, lo agarré de una pierna y del cuello de la camisa, y al cabo de otros tres minutos tanto él como yo estábamos a salvo en la orilla. A fuer de sincero debo confesar que el mérito de esta acción fue realmente pequeño, porque no había corrido ningún riesgo y después ni siquiera me resfrié. Pero cuando monsieur y madame Vandenhuten, de quienes Jean Baptiste era la única progenie, se enteraron de la hazaña, consideraron que había demostrado un valor y una devoción que nunca me agradecerían lo bastante. Madame, en particular, estaba «segura de que debía de querer mucho a su adorado hijo, de lo contrario no habría arriesgado mi vida para salvar la suya». Monsieur, un hombre de aspecto honrado, pero flemático, dijo muy poco, pero no consintió en que abandonara la habitación hasta haberle prometido que, en caso de que necesitara ayuda, acudiría a él para darle la oportunidad de pagar la deuda que, según afirmó, había contraído conmigo. Estas palabras fueron mi rayo de luz, en ellas encontré mi única salida, pero lo cierto es que, aunque aquella fría luz me animó, no me sentí alegre. Tampoco me atrajo la salida que me ofrecían. No tenía derecho a los buenos oficios de monsieur Vandenhuten, no podía recurrir a él por mis méritos. No, tendría que ser por necesidad: estaba desempleado; quería trabajar; la mejor oportunidad de conseguir empleo dependía de asegurarme su recomendación. Sabía que para ello tendría que pedírselo. Pensé que, si renunciaba a hacerlo porque repugnaba a mi orgullo e iba en contra de mis costumbres, me estaría sometiendo a unos escrúpulos falsos, fastidiosos e indolentes. Tal vez me arrepentiría durante toda la vida. No quise cargar con esa culpa.

Esa misma noche fui a casa de monsieur Vandenhuten, pero había tensado el arco y ajustado la flecha en vano: la cuerda se rompió. Toqué la campanilla de la gran puerta (la suya era una hermosa mansión en una zona elegante de la ciudad). Un sirviente me abrió; pregunté por monsieur Vandenhuten; monsieur Vandenhuten y familia estaban fuera de la ciudad, se habían ido a Ostende y no sabía cuándo iban a volver. Dejé mi tarjeta y volví sobre mis pasos.

CAPÍTULO XXII

Una semana pasa pronto; llegó *le jour des noces*.* El matrimonio se celebró en St. Jacques; mademoiselle Zoraïde se convirtió en madame Pelet, de soltera Reuter, y una hora después de esta transformación «la feliz pareja», como suelen decir en los periódicos, había emprendido viaje a París, donde, según se había dispuesto previamente, pasarían la luna de miel. Al día siguiente dejé el internado. Yo y mis pertenencias (unos cuantos libros y ropa) nos mudamos a un modesto alojamiento que había alquilado en una calle cercana. En media hora había ordenado mi ropa en una cómoda y mis libros en una estantería; una mudanza sencilla. No me habría sentido desdichado aquel día de no haber sido por una punzada que me torturaba: el anhelo de ir a la Rue Notre-Dame-aux-Neiges, reprimido, pero también apremiado, por la resolución de evitar aquella calle hasta que la neblina de la incertidumbre se disipara de mi futuro.

Era un apacible día de septiembre, hacia el final de la tarde. La temperatura era suave y no soplaba viento. No tenía nada que hacer. Sabía que a esa hora también Frances estaría libre de ocupaciones; pensé que tal vez ella desearía ver a su maestro

* El día de la boda.

igual que yo deseaba ver a mi alumna. La Imaginación empezó a hablar en susurros, infundiendo en mi alma una dulce esperanza de placeres que podrían ser:

«La encontrarás leyendo o escribiendo —me decía—. Podrás sentarte a su lado. No debes turbar su paz con una excitación excesiva; no debes azorarla con ningún gesto o palabra insólitos. Sé como eres siempre. Repasa lo que ha escrito; escucha mientras lee; corrígela o muestra tu aprobación con tranquilidad. Ya conoces el efecto de cada método; conoces su sonrisa de satisfacción; conoces el juego de sus miradas cuando se enardece. Sabes el secreto para arrancar la expresión que desees y puedes elegir entre tanta y tan placentera variedad. Contigo guardará silencio mientras a ti te convenga hablar solo; puedes controlarla con un poderoso hechizo. A pesar de su inteligencia, de lo elocuente que puede ser, tú puedes sellar sus labios y velar con retraimiento su animado semblante. Sin embargo, sabes que no es de una docilidad monótona; con un extraño placer has visto la rebeldía, el desprecio, la austeridad y la amargura reclamar con vigor un lugar en sus sentimientos y en su fisonomía. Sabes que pocas personas podrían manejarla como tú; sabes que podría desmoronarse bajo la mano de la Tiranía y la Injusticia, pero nunca someterse; la Razón y el Afecto pueden guiarla cuando tú se lo indiques. Prueba su influencia ahora. Ve; no son pasiones, puedes controlarlas perfectamente.»

«No iré —fue mi respuesta a la zalamera tentadora—. Un hombre es dueño de sí mismo hasta un cierto punto, pero no más allá. ¿Podría ir a ver a Frances esta noche, podría sentarme a solas con ella en una tranquila habitación y dirigirme a ella únicamente con el lenguaje de la Razón y el Afecto?»

«No», fue la réplica breve y vehemente de ese Amor que me había vencido y me dominaba ya.

El tiempo parecía estancado; el sol no acababa de ponerse; mi reloj hacía tictac, pero tenía las manos como paralizadas.

—¡Qué noche tan calurosa! —exclamé, abriendo la celosía; eran contadas las ocasiones en que me había sentido tan febril. Oí pasos que subían por la escalera común y me pregunté si el *locataire** que subía a su piso sentiría un desasosiego de cuerpo y alma tan grande como el mío, o bien vivía con la tranquilidad de ciertos recursos y la libertad de unos sentimientos sin trabas. ¡Cómo! ¿Venía en persona a resolver el dilema expresado en un pensamiento inaudible? Realmente llamaba a mi puerta... a mi puerta, con golpes rápidos y secos. Casi antes de que pudiera invitarle a pasar, había traspasado el umbral y había cerrado la puerta.

—¿Qué tal? —preguntó en inglés mi visitante, baja la voz y el tono displicente, mientras dejaba el sombrero sobre la mesa y los guantes en el sombrero, sin bullicio ni preámbulos; y, acercando la única butaca de la habitación, se sentó en ella tranquilamente—. ¿No puedes hablar? —preguntó al cabo de un rato en un tono cuya despreocupación parecía indicar que le daba exactamente igual si le respondía o no. Lo cierto es que me pareció deseable recurrir a mis buenos amigos *les bisicles* no para averiguar la identidad de mi visitante, pues ya lo había reconocido, ¡maldita insolencia la suya!, sino para ver su aspecto, para hacerme una idea clara de su expresión y su semblante. Limpié los cristales muy despacio y me los puse con la misma lentitud, ajustándolos para que no me hicieran daño en el caballete de la nariz y para evitar que se enredaran con mis cortos mechones de cabellos oscuros. Me había acomodado en el asiento de la ventana, de espaldas a la luz, y le podía mirar a la cara, situación que él habría invertido de buen grado, pues prefería siempre examinar a ser examinado. Sí, no había error posible: era él. Allí sentado, con su metro ochenta de estatura, su oscuro *surtout*** de viaje con cuello de terciopelo, sus pantalones gri-

* Inquilino.
** Sobretodo.

ses, su corbatín negro y su rostro, el más original que la Naturaleza haya moldeado, aunque también el más discreto: no había en él facción alguna que pudiera considerarse característica o singular. Sin embargo, el efecto del conjunto era único. De nada sirve intentar describir lo que es indescriptible. Como no tenía prisa por hablarle, me quedé contemplándolo a placer.

—Ah, así que ése es tu juego, ¿eh? —dijo por fin—. Bueno, veamos quién se cansa antes. —Y lentamente sacó una elegante tabaquera, eligió un cigarro de su gusto, lo encendió, cogió un libro del estante que tenía al alcance de la mano, se recostó y empezó a fumar y a leer con la misma calma que si hubiera estado en su gabinete de la calle Grove en X, ... shire, Inglaterra. Yo sabía que era capaz de seguir tal cual hasta la medianoche si le entraba el capricho, de modo que me levanté, le quité el libro de las manos y dije:

—No me lo ha pedido y no se lo dejo.

—Es tonto y aburrido —comentó—, así que no me he perdido gran cosa. —Roto el hielo, prosiguió—: Pensaba que vivías en casa de Pelet. He ido allí esta tarde, esperando que me dejaran morir de inanición, sentado en el salón de un internado, y me han dicho que te habías ido esta mañana. Sin embargo, habías dejado tu nueva dirección, cosa extraña. Es la precaución más práctica y sensata que te imagino capaz de tomar. ¿Por qué te has marchado?

—Porque monsieur Pelet acaba de casarse con la señora que usted y el señor Brown me habían designado como esposa.

—¡Vaya! —exclamó Hunsden, y soltó una breve carcajada—. De modo que has perdido esposa y empleo al mismo tiempo.

—Exactamente.

Le vi pasear la mirada breve y furtivamente por la habitación; observó sus estrechos límites, su escaso mobiliario; en un instante había captado la situación y me había absuelto del delito de prosperidad. Este descubrimiento obró un curioso efecto sobre su extraño entendimiento. Estoy moralmente convencido de que, si me hubiera encontrado instalado en un precioso gabinete, tumbado en un mullido sofá junto a una esposa guapa y rica, me habría odiado. En tal caso, una visita breve, desapegada y altiva habría sido el límite extremo de su cortesía, y no habría vuelto a acercarse a mí mientras la marea de la fortuna me llevara apaciblemente sobre su superficie. Pero los muebles pintados, las paredes desnudas, la triste soledad de mi habitación, relajaron su estricto orgullo, y no sé qué cambio se operó en su voz y en su expresión, suavizándolas, antes de volver a hablar.

—¿No tienes otro trabajo?

—No.

—¿Estás en camino de conseguir uno nuevo?

—No.

—Mala cosa. ¿Has recurrido a Brown?

—Desde luego que no.

—Sería lo mejor. A menudo tiene en sus manos información útil en tales cuestiones.

—Me ayudó mucho en una ocasión. No tengo derecho a reclamarle nada y no me apetece volver a molestarle.

—Oh, si eres tímido y temes ser impertinente, no tienes más que encargármelo a mí. Iré a verle esta noche. Puedo abogar por ti.

—Le ruego que no lo haga, señor Hunsden; ya tengo una deuda con usted. Me hizo un gran favor cuando estaba en X; me sacó del agujero en el que me estaba muriendo. Todavía no le he pagado ese favor y por el momento me niego tajantemente a añadir una nueva cifra a la cuenta.

—Si el viento sopla de ese lado, me callo. Pensaba que mi generosidad sin parangón cuando hice que te echaran de aquella maldita oficina acabaría siendo apreciada algún día. «Echa tu pan al agua, y lo hallarás al cabo del tiempo», dicen las Escrituras[*]. Sí, es cierto, muchacho. Concédeme la importancia que merezco. No hay otro igual en el mundo. Mientras tanto, dejando a un lado todas esas paparruchas, hablemos con sensatez un momento: tu situación mejoraría grandemente y, lo que es más, estás loco si rechazas lo que se te ofrece.

—Muy bien, señor Hunsden. Ahora que ya ha dejado claro ese punto, hablemos de otra cosa. ¿Qué noticias trae de X?

—No he dejado claro ese punto, o al menos hay otro que aclarar antes de que hablemos de X. Esa tal señorita Zénobie («Zoraïde», le corregí)... bueno, pues Zoraïde, ¿se ha casado de verdad con Pelet?

—Le digo que sí. Y si no me cree, vaya y pregúnteselo al párroco de St. Jacques.

—¿Y a ti se te ha partido el corazón?

—No, que yo sepa. Está estupendamente; late como de costumbre.

—Entonces tus sentimientos son menos refinados de lo que yo creía. Debes de ser un hombre grosero e insensible cuando soportas semejante golpe sin tambalearte.

—¿Tambalearme yo? ¿Qué demonios hay que pueda hacerme tambalear en el hecho de que una maestra belga se case con un maestro francés? Sin duda su descendencia será un extraño híbrido, pero eso es cosa suya, no mía.

—¡Se lo toma a broma, cuando la novia era su prometida!

—¿Quién ha dicho eso?

—Brown.

—Le diré una cosa, Hunsden: Brown es un viejo chismoso.

—Lo es, pero entre tanto, si sus chismes no se basaban en hechos, si no tenías un interés especial por la señorita Zoraïde,

---

[*] Véase Eclesiastés 11, 1.

¿por qué, ¡oh, joven pedagogo!, por qué has dejado tu puesto cuando ella se ha convertido en madame Pelet?

—Porque... —noté que tenía la cara encendida—, porque... En resumen, señor Hunsden, me niego a contestar a ninguna otra pregunta. —Y hundí las manos en los bolsillos de los pantalones.

Hunsden había triunfado; lo anunciaban sus ojos y su sonrisa.

—¿De qué demonios se ríe usted, señor Hunsden?

—De tu ejemplar recato. Bueno, muchacho, no te molestaré más. Ya comprendo lo que ha ocurrido. Zoraïde te ha dejado plantado para casarse con alguien más rico, como habría hecho cualquier mujer con un poco de cordura.

No contesté. Dejé que pensara lo que quisiera. No tenía ganas de explicar la verdad y menos aún de inventar una mentira; pero no era fácil engañar a Hunsden, porque incluso el silencio parecía volverlo suspicaz en lugar de convencerlo de que había dado con la verdad. Añadió:

—Supongo que el asunto se ha llevado como se llevan siempre tales asuntos entre personas racionales: tú le has ofrecido tu juventud y tu talento, sea cual sea, a cambio de su posición y su dinero. No creo que hayas tenido en cuenta el físico, o lo que se llama amor, porque tengo entendido que es mayor que tú y, a decir de Brown, más que hermosa, sensata. Así pues, ella, que no tenía mejores oportunidades, se sintió inclinada en un principio a aceptar tu propuesta, pero se interpuso Pelet, director de una floreciente escuela, con una puja mayor. Ella aceptó y él se llevó el gato al agua en una transacción absolutamente limpia, profesional y legítima. Y ahora hablemos de otra cosa.

—Bien —dije, muy contento de cambiar de tema y, sobre todo, de haber despistado a mi sagaz interrogador, si realmente así era porque, aunque sus palabras se desviaron de aquel espinoso punto, sus ojos, atentos y penetrantes, parecían preocupados aún por aquella idea.

—¿Quieres oír noticias de X? ¿Y qué interés tienes tú en X? No dejaste allí ningún amigo; no habías hecho ninguno. Nadie pregunta nunca por ti, ni hombre ni mujer. Si menciono tu nombre en sociedad, los hombres me miran como si hablara del Preste Juan y las mujeres adoptan un aire despectivo. No debías de gustar a nuestras beldades de X. ¿Qué hiciste para ganarte su antipatía?

—No lo sé. Apenas hablé con ellas. No significaban nada para mí. Las consideraba tan sólo un objeto que se contemplaba desde lejos. Con frecuencia sus rostros y sus vestidos eran agradables a la vista, pero yo no entendía su conversación ni sabía interpretar su actitud. Cuando me llegaban retazos de lo que hablaban, nunca comprendía gran cosa, y ni el movimiento de sus labios ni sus ojos no me ayudaban en absoluto.

—Eso era culpa tuya, no de ellas. En X hay mujeres sensatas, además de hermosas, mujeres con las que a cualquier hombre le merece la pena hablar y con las que yo hablo muy a gusto. Pero tú no tenías ni tienes una conversación agradable, no hay nada en ti que induzca a una mujer a mostrarse amable. Te he visto sentado cerca de la puerta en un salón lleno de personas, dispuesto a escuchar, pero no a hablar, a observar, pero no a entretener; fríamente cohibido al comienzo de una fiesta, desconcertantemente atento hacia la mitad, e insultantemente cansado al final. ¿Te parece a ti que ésa es manera de resultar simpático o de despertar interés? No, si eres impopular es porque te lo mereces.

—¡Conforme! —exclamé.

—No, no estás conforme. Ves cómo la Belleza te da siempre la espalda, te sientes humillado y entonces la miras con desdén. Estoy convencido de que todo lo que es deseable en este mundo, Riqueza, Amor, Reputación, será siempre para ti como las uvas maduras del emparrado*: las mirarás desde abajo, atormenta-

---

* Alusión a la fábula de Esopo de la zorra y las uvas.

rán la lujuria de tus ojos, pero estarán siempre fuera de tu alcance. No se te ocurrirá ir en busca de una escalera y te alejarás, afirmando que están verdes.

Por mordaces que hubieran podido ser estas afirmaciones en otras circunstancias, no llegaron a herirme entonces. Mi vida había cambiado; había tenido experiencias diversas desde mi partida de X, pero Hunsden no podía saberlo; él sólo me había visto en el papel de empleado del señor Crimsworth, como un subordinado entre desconocidos acaudalados, que recibía el desdén con una fachada de dureza, y que era consciente de su apariencia huraña y carente de atractivo; que se negaba a reclamar una atención que sabía que le duraría poco, y no quería demostrar una admiración que sabía que sería menospreciada como cosa de poco valor. Él no podía saber que desde entonces la juventud y la belleza habían sido para mí objetos diarios de observación, que los había estudiado a placer y con detenimiento, ni que había visto la fea textura de la verdad bajo los bordados de las apariencias. Tampoco podía, pese a su sagacidad, penetrar en mi corazón y rebuscar en mi cerebro para hallar mis simpatías y mis peculiares aversiones. No me había tratado el tiempo suficiente o lo suficientemente bien como para percibir hasta qué punto decaerían mis sentimientos bajo ciertas influencias, poderosas sobre otras personas, ni hasta qué punto se exaltarían o con cuánta rapidez bajo otras que tal vez ejercieran una fuerza mayor sobre mí, precisamente porque sólo sobre mí la ejercían. Como tampoco podía sospechar ni por un instante que la historia de mi trato con mademoiselle Reuter, secreta para él y para todos los demás, era la historia de su extraño enamoramiento. Sólo yo había oído sus lisonjas y había sido testigo de sus tretas, y sólo yo las conocía; pero me habían cambiado, puesto que me demostraban que podía impresionar a alguien. En el fondo de mi corazón anidaba un secreto aún más dulce, tan lleno de ternura como de fuerza, que restaba mordiente al sarcasmo de Hunsden, impidiendo que me doblegara la vergüenza o me alterara la ira. Pero de todo esto nada podía decir, nada decisivo al menos. La incertidumbre selló mis labios y, durante la silenciosa pausa con que me limité a responder al señor Hunsden, decidí permitir por el momento que me juzgara mal, tal como hizo. Pensó que había sido demasiado duro conmigo y que me había aplastado con el peso de sus reconvenciones, y así, para tranquilizarme me dijo que, sin duda, algún día enmendaría mis pasos, que me hallaba aún en la flor de la vida y que, no careciendo por suerte de sentido común, cualquier paso en falso que diera sería para mí una buena lección.

Justo entonces volví un poco el rostro hacia la luz. La cercanía del crepúsculo y mi posición en el asiento de la ventana habían impedido a Hunsden estudiar mi semblante en los últimos diez minutos. Sin embargo, al moverme, captó una expresión que interpretó de la siguiente manera:

—¡Maldita sea! ¡Con qué terquedad se obstina este muchacho en parecer satisfecho! Pensaba que estaba a punto de morirse de vergüenza, y ahí lo tienes, todo sonrisas, como si dijera: «Que se mueva el mundo como quiera; tengo la piedra filosofal en el bolsillo y el elixir de la vida en el armario. ¡No dependo ni del Destino ni de la Fortuna!».

—Hunsden, ha hablado usted de uvas; estaba pensando en una fruta que me gusta mucho más que sus uvas de invernadero de X, una fruta única, silvestre, que me he adjudicado y que espero algún día poder recoger y paladear. Es inútil que me ofrezca apurar una copa de hiel o que me amenace con morir de sed, porque mi paladar saborea ya la dulzura y tengo en los labios la esperanza del frescor. Puedo rechazar lo desagradable y soportar el agotamiento.

—¿Por cuánto tiempo?

—Hasta que se presente una nueva oportunidad para el esfuerzo, y cuando el premio del éxito sea un tesoro de mi gusto. Entonces presentaré batalla con la fuerza de un toro.

—La mala suerte aplasta a los toros con tanta facilidad como a las ciruelas silvestres, y creo que la ira te persigue; naciste con una cuchara de madera en la boca, puedes estar seguro.

—Le creo y tengo intención de usar mi cuchara de madera para hacer el trabajo que otros hacen con cucharones de plata. Si se agarra con firmeza y se maneja con agilidad, incluso una cuchara de madera es capaz de extraer el caldo.

—Ya veo —dijo Hunsden, poniéndose en pie—. Supongo que eres una de esas personas que maduran mejor a su aire y que actúan mejor sin ayuda de nadie. Haz lo que quieras, ahora debo marcharme. —Y sin añadir nada más se encaminó hacia la puerta; allí se dio la vuelta—: Crimsworth Hall se ha vendido —dijo.

—¡Se ha vendido! —repetí.

—Sí. Sin duda sabes ya que tu hermano quebró hace tres meses.

—¡Qué! ¿Edward Crimsworth?

—Exactamente. Y su mujer volvió a casa de su padre. Cuando sus asuntos empezaron a torcerse, el genio de tu hermano se torció con ellos; la maltrataba. Ya te dije que algún día sería un tirano con ella. En cuanto a él...

—Sí, ¿qué se ha hecho de él?

—Nada extraordinario, no te alarmes. Se acogió a la protección del tribunal, llegó a un acuerdo con sus acreedores y pasó diez días en la jaula. Al cabo de seis semanas volvió a establecerse, engatusó a su mujer para que volviera y ahora florece como un retoño de laurel.

—¿Y también se vendió el mobiliario de Crimsworth Hall?

—Todo, desde el piano hasta el rodillo de amasar.

—Y el contenido del comedor revestido de roble... ¿También se vendió?

—Por supuesto. ¿Por qué habían de considerarse los sofás y las sillas de esa habitación más sagrados que los de cualquier otra?

—¿Y los cuadros?

—¿Qué cuadros? Que yo sepa, Crimsworth no poseía ninguna colección, ni se había declarado aficionado a la pintura.

—Había dos retratos, uno a cada lado de la repisa de la chimenea; no puede haberlos olvidado, señor Hunsden; en una ocasión se fijó en el de la dama.

—¡Ah, ya sé! La dama de rostro delgado vestida con un chal. Pues, naturalmente, lo venderían con las demás cosas. Si hubieras sido rico, podrías haberlo comprado, porque, ahora que recuerdo, me dijiste que era el retrato de tu madre. Ya ves lo que significa no tener ni un *sou**.

En efecto, lo veía. «Pero no seré siempre tan pobre —pensé—. Tal vez algún día pueda recuperarlo.»

—¿Quién lo compró? ¿Lo sabe? —pregunté.

—¿Cómo iba a saberlo? No pregunté quién había comprado nada. Ahí ha hablado el hombre poco práctico. ¡Imagina que el mundo entero se interesa por lo que le interesa a él! Buenas noches. Mañana por la mañana salgo para Alemania; volveré dentro de seis semanas y es posible que vuelva a visitarte. ¡Me gustaría saber si para entonces seguirás sin trabajo! —se rió, tan burlón y cruel como Mefistófeles, y así, riendo, desapareció.

Ciertas personas, por indiferentes que puedan acabar dejándonos tras una ausencia prolongada, se las apañan siempre para causar una impresión agradable al despedirse; eso no ocurría con Hunsden: una conversación con él tenía sobre uno el mismo efecto que una pócima de corteza peruana**; parecía un concentrado de los sabores más fuertes, astringen-

---

* Perra chica, moneda de cinco céntimos.
** Corteza del quino, árbol del que se obtenía la quinina.

tes y amargos. Lo que no sabía era si, igual que la corteza, tonificaba.

Una mente alterada acaba en una almohada inquieta. Dormí poco la noche de esta entrevista; empecé a dormitar hacia la mañana, pero apenas comenzaba a dormirme de verdad cuando me despertó un ruido en la salita contigua al dormitorio. Eran pasos y muebles que se movían. El ruido duró apenas dos minutos y cesó al cerrarse la puerta. Escuché; ni un ratón se movía. Tal vez lo había soñado; tal vez algún inquilino se había equivocado de piso. No eran más que las cinco.

Yo estaba tan poco despierto como el día, me di la vuelta y pronto caí en la inconsciencia. Cuando por fin me levanté, unas dos horas más tarde, había olvidado el incidente. Sin embargo, lo primero que vi al salir del dormitorio me lo recordó: junto a la puerta de la salita, introducida apenas en la habitación, había una caja de madera de tosca factura, ancha pero de escasa profundidad. Sin duda el portero la había empujado hacia dentro, pero al no ver a nadie, la había dejado justo en la entrada.

«Esto no es mío —pensé acercándome—. Debe de ser de otra persona.» Me agaché para leer la dirección: «Señor Wm. Crimsworth, —, Bruselas». Me quedé desconcertado, pero decidí que el mejor modo de obtener información era cortando las cuerdas y abriendo la caja. Un paño verde, con los lados cuidadosamente cosidos, envolvía su contenido. Rompí los hilos con mi cortaplumas y, cuando se abrieron las costuras, vislumbré un marco dorado por los intersticios. Después de quitar finalmente maderas y paño, saqué un gran cuadro de la caja en un marco magnífico; lo apoyé contra una silla para que le diera la luz de la ventana del modo más favorable y retrocedí, con los anteojos ya puestos. Un cielo de pintor de retratos (la más sombría y amenazadora de las bóvedas celestes) y unos árboles lejanos de una tonalidad convencional realzaban en toda su plenitud el rostro pálido y pensativo de una mujer, enmarcado por suaves cabellos oscuros, que casi se mezclaban con las nubes. Unos ojos grandes y solemnes me miraban pensativos; una fina mejilla descansaba sobre una mano menuda y delicada; un chal, artísticamente dispuesto en pliegues, dejaba entrever una figura esbelta. De haber tenido algún oyente, tal vez me hubiera oído pronunciar la palabra tras diez minutos de contemplación silenciosa. Podría haber dicho más, pero en mi opinión, la primera palabra que se pronuncia en voz alta en soledad es una llamada de alerta; me recuerda que sólo los locos hablan solos, y entonces pienso mi monólogo en lugar de expresarlo. Mucho había pensado, y contemplé durante largo rato la inteligencia, la dulzura y, ¡ay!, también la tristeza de aquellos hermosos ojos grises, la capacidad intelectual de aquella frente y la rara sensibilidad de aquella boca seria, cuando, al bajar la mirada, topé con una estrecha nota, entremetida en una esquina del cuadro, entre el marco y la tela. Entonces me pregunté por primera vez: «¿Quién ha mandado el cuadro? ¿Quién pensó en mí, lo salvó de la ruina de Crimsworth Hall, y lo entrega ahora al cuidado de su propietario natural». Saqué la nota; rezaba así:

Se obtiene una especie de estúpido placer al darle a un niño golosinas, cascabeles a un tonto, y huesos a un perro. El premio consiste en ver al niño manchándose la cara de azúcar, en ser testigo de cómo en su éxtasis el tonto comete aún mayores tonterías, y en contemplar cómo el hueso hace aflorar la auténtica naturaleza del perro. Al entregar a William Crimsworth el retrato de su madre, no hago sino darle golosinas, cascabeles y huesos, todo en uno. Lo que me pesa es no poder contemplar el resultado. Habría pagado cinco chelines más al subastador de haber podido prometerme ese placer.

H. Y. H.

P.D. Me dijiste anoche que te negabas rotundamente a añadir una nueva cifra a la deuda que tienes conmigo. ¿No te parece que te he ahorrado la molestia?

Volví a cubrir el retrato con el paño verde, lo metí de nuevo en la caja, lo llevé a mi dormitorio y lo guardé bajo la cama. Un punzante dolor había envenenado el placer que sentía. Resolví no volver a mirarlo hasta que pudiera hacerlo sintiéndome a gusto. Si Hunsden hubiera entrado en aquel momento, le habría dicho: «No le debo nada, Hunsden, ni siquiera una fracción de un cuarto de penique. Se ha pagado usted mismo con sus pullas».

Demasiado angustiado para seguir inactivo por más tiempo, salí inmediatamente después del desayuno para volver a visitar a monsieur Vandenhuten, con la leve esperanza de encontrarlo en casa, ya que apenas había pasado una semana desde mi primera visita, pero imaginé que tal vez pudiera enterarme de la fecha en que se esperaba su llegada. Me aguardaba un resultado mejor de lo que había supuesto, ya que, si bien la familia seguía en Ostende, monsieur Vandenhuten había vuelto a Bruselas aquel día por cuestiones de negocios. Me recibió con la serena amabilidad de un hombre sincero, pero no excitable. No llevaba más de cinco minutos a solas con él en su despacho cuando me di cuenta de que me sentía cómodo en su presencia, cosa que raras veces me ocurría con desconocidos. Me sorprendió mi propia desenvoltura, pues al fin y al cabo el asunto que me ocupaba era extraordinariamente doloroso, pues se trataba de solicitar un favor. Me pregunté en qué se basaría aquella calma, temiendo que fuera engañosa, y no tardé mucho en vislumbrar sus fundamentos al tiempo que me convencía de su solidez; sabía el terreno que pisaba. Monsieur Vandenhuten era un hombre rico, influyente y respetado; yo era pobre, carecía de influencias y me habían despreciado. Ésa era nuestra posición para el mundo, como miembros de su sociedad, pero en lo que a nosotros concernía, como seres humanos, se invertían los papeles. El holandés (no era flamenco, sino natural de Holanda) era lento, frío y de una inteligencia bastante obtusa, pero también era un hombre sensato y con criterio; el inglés era mucho más nervioso, activo y despierto, tanto para proyectar como para llevar sus proyectos a la práctica, tanto para concebir como para realizar. El holandés era benévolo; el inglés, susceptible. En resumen, nuestros caracteres se complementaban, pero mi intelecto, más agudo y despierto que el suyo, asumió instintivamente y mantuvo el papel predominante. Sentado este punto y delimitada mi posición, le expuse mis asuntos con esa franqueza genuina que sólo una plena confianza puede inspirar. Para él fue un placer recibir mi petición; me dio las gracias por darle la oportunidad de hacer un pequeño esfuerzo en mi favor. Yo añadí que mi deseo no era tanto ser ayudado como recibir los medios para ayudarme a mí mismo. No exigía esfuerzo de él, eso corría de mi cuenta, sino tan sólo que me diera información y me recomendara. Al poco rato me levanté para marcharme; al despedirnos me ofreció su mano, gesto de un significado mucho más grande para los extranjeros que para los ingleses. Al intercambiar con él una sonrisa, pensé que la benevolencia de su rostro franco era mejor que la inteligencia del mío: los que son como yo experimentan un balsámico consuelo en compañía de almas como la que albergaba el honrado pecho de Victor Vandenhuten.

Las dos semanas siguientes constituyeron un periodo de grandes alternancias. Mi existencia durante ese espacio de tiempo fue similar al firmamento de una de esas noches otoñales que son especialmente abundantes en estrellas fugaces y meteoros; esperanzas y miedos, expectativas y desengaños descendieron en repentinos aguaceros desde el cenit hasta el horizonte, pero todos fueron fugaces, y la oscuridad siguió rápidamente a cada una de estas apariciones. Monsieur Vandenhuten cumplió religiosamente; me informó sobre diversos empleos en otros tantos lugares y él personalmente hizo todo lo posible para que los obtuviera, pero durante mucho tiempo mis solicitudes y sus recomendaciones fueron infructuosas; a veces la puerta se cerraba en mis narices cuando estaba a punto de entrar, a veces un candidato que entraba antes que yo hacía inútil que lo intentara. Enardecido y febril, no hubo decepción que consiguiera detenerme; las derrotas se sucedían con rapidez, pero servían para espolear la voluntad. Olvidé manías, vencí mi reserva, arrojé al orgullo lejos de mí. Pregunté, insistí, protesté, acosé. Es así como se consigue entrar a viva fuerza en el protegido círculo en el que la Fortuna otorga sus favores. Mi perseverancia me hizo conocido; mi impertinencia hizo que se fijaran en mí. Se hicieron averiguaciones; los padres de mis antiguos alumnos recabaron la opinión de sus hijos, les oyeron hablar de mi talento y se hicieron eco de la información. Este sonido, dispersado al azar, llegó por fin a oídos que, de no haberse propagado por todas partes, jamás habrían alcanzado. Y en el preciso momento de crisis en que, después de un último esfuerzo, no sabía ya qué hacer, la Fortuna me sonrió una mañana, estando yo sentado en la cama, sumido en deliberaciones angustiosas y casi desesperadas; inclinó la cabeza con la familiaridad de una vieja conocida, aunque sabe Dios que nunca me la había encontrado antes, y arrojó un premio sobre mi regazo.

En la segunda semana de octubre de 18... logré el puesto de profesor de inglés de todas las clases del ...College, en Bruselas, con un salario de tres mil francos anuales y la certeza de la posibilidad, gracias a mi reputación y a la publicidad que acompañaba tal puesto, de ganar otros tantos dando clases particulares. La nota oficial con la que se comunicó esta información mencionaba también que había sido la entusiasta recomendación de monsieur Vandenhuten, *négociant*, la que había decantado la balanza a mi favor. En cuanto leí el anuncio, corrí al despacho de monsieur Vandenhuten, le puse el documento delante de las narices y, cuando lo hubo leído, le cogí ambas manos y le di las gracias profusa y efusivamente. Mis efusivas palabras y enfáticos gestos alteraron su placidez holandesa, originando sensaciones insólitas; dijo que se sentía feliz, contento de haberme ayudado, pero que no había hecho nada para merecer tanto agradecimiento; no había puesto un solo céntimo, tan sólo había garabateado unas líneas en una hoja de papel. Una vez más le repetí:

—Me ha hecho usted completamente dichoso, y del modo que más me conviene. El favor que me ha otorgado su mano benévola no es para mí una deuda fastidiosa. No tengo intención de rehuirle porque me haya hecho usted un favor; a partir de hoy debe consentir en admitirme como uno de sus amigos íntimos, pues recurriré una y otra vez al placer de su compañía.

—*Ainsi soit-il*[*] fue la respuesta, acompañada por una sonrisa de beatífica satisfacción. Me fui con su calor en el corazón.

[*] Que así sea.

CAPÍTULO XXIII

Eran las dos cuando regresé a mi alojamiento. Sobre la mesa humeaba la comida, que acababan de traerme de un hotel de la vecindad. Me senté pensando en comer, pero no habría fracasado más estrepitosamente aunque en la bandeja me hubieran servido trozos de cerámica y cristales rotos en lugar de judías y buey hervido: había perdido el apetito. No toleraba la visión de una comida que no podía saborear, de modo que la guardé en la alacena y luego me pregunté: «¿Qué voy a hacer hasta la noche?»; sería inútil presentarme en la Rue Notre-Dame-aux-Neiges antes de las seis, pues su habitante (para mí sólo ella existía) estaría trabajando en otro lugar. Paseé por las calles de Bruselas y me paseé por la habitación desde las dos hasta las seis, sin sentarme ni una sola vez en todo ese tiempo. Estaba en la habitación cuando por fin dieron las seis. Acababa de lavarme la cara y las manos febriles, y me miraba al espejo: tenía las mejillas rojas y mis ojos despedían llamas. Aun así, mis facciones parecían sumidas en sereno reposo. Bajé velozmente las escaleras y, al salir a la calle, me alegré de ver que el crepúsculo llegaba envuelto en nubes. Aquellas sombras eran para mí como una grata pantalla, y el frío de finales del otoño que llegaba a ráfagas desde el noroeste me pareció reconfortante. Sin embargo, vi que no lo era para otros, pues por mi lado pasaron mujeres arrebujadas en sus chales y hombres con las chaquetas abrochadas.

¿Cuándo somos completamente felices? ¿Lo era yo entonces? No; un temor creciente y apremiante soliviantaba mis nervios desde que recibí la buena noticia. ¿Cómo estaba Frances? Hacía diez semanas que no la había visto y seis que no tenía noticias de ella. Había respondido a su carta con una breve nota, cordial, pero tranquila, en la que no mencionaba la posibilidad de una correspondencia continuada ni de nuevas visitas. En aquel momento, mi balsa estaba suspendida sobre la cresta más alta de la ola de la Fortuna, y no sabía a qué banco de arena podría arrojarme la resaca. No quise entonces vincular su destino al mío ni siquiera con el hilo más sutil. Estuviera condenado a estrellarme contra las rocas o a correr sobre la arena, había decidido que ninguna otra nave compartiría el desastre. Pero seis semanas eran mucho tiempo. ¿Seguiría bien de salud y le irían bien las cosas? ¿No estaban de acuerdo todos los sabios en afirmar que la felicidad no encuentra su punto culminante en la tierra? ¿Me atrevería a pensar que tan sólo media calle me separaba de la copa rebosante de la Satisfacción, del brebaje extraído de las aguas de las que se dice que sólo discurren en el Cielo?

Llegué a su puerta. Entré en la casa silenciosa. Subí las escaleras, el rellano estaba desierto y todas las puertas cerradas. Busqué el pulcro felpudo verde: estaba en su sitio.

«¡Señal de esperanza! —me dije, y avancé hacia él—. Pero será mejor que me calme. Voy a irrumpir en su casa y a organizar directamente una escena.» Refrené mis pasos precipitados y me planté sobre el felpudo.

«¡Qué silencio! ¿Estará en casa? ¿Habrá alguien en el edificio?», me pregunté. Me contestó un leve tintineo como de carbonilla al caer del hogar de la chimenea; un movimiento, el del fuego al ser atizado, y se reanudó el ligero frufrú de la vida. Unos pasos serenos se movían de un lado a otro del piso. Fascinado, me quedé inmóvil, y mayor fue mi fascinación cuando una voz recompensó la atención que le dedicaban mis oídos, una voz, muy baja y contenida, para ella sola, pues no concebía compañía de nadie quien hablaba. Así clamaba tal vez la soledad en el desierto, o en el vestíbulo de una casa abandonada.

«And ne'er but once, muy son», he said,
«Was yon dark cavern trod;
In persecution's ¡ron days,
When the land roas left by God.
From Bewley's bog, with slaughter red,
A wanderer hither drew;
And oft he stopped and turned his head,
As if by fits the night-winds blew.
For trampling round by Cheviot-edge,
Were heard the troopers keen;
And frequent from the Whitelaw ridge
The death-shot flashed between».*

Etcétera, etcétera.

---

* Y sólo una vez, hijo mío—dijo él—,
se pisó esa oscura caverna
en los terribles días de la persecución,
cuando Dios abandonó esta tierra.
De la ciénaga de Bewley, con el rojo de la sangre,
un trotamundos se llegó hasta aquí
y a menudo se detuvo y volvió la cabeza,
en medio de las ráfagas de los vientos nocturnos.
Pues junto a las colinas Cheviot se oía el ruido de cascos de la caballería;
y con frecuencia, desde las colinas Whitelaw,
llegaban los disparos mortales como centellas.

La antigua balada escocesa se interrumpió antes de que la recitara del todo. Siguió una pausa, luego otro melancólico son, en francés, cuyo significado, a grandes rasgos, era como sigue:

Fijé al principio mi Atención;
a ella siguió un cálido interés;
del interés, con la mejoría,
surgió la gratitud.

Pronto la obediencia llegó sin esfuerzo,
y el duro trabajo no causó dolor;
si estaba cansada, sólo una palabra, una mirada
me hacían recobrar las fuerzas.

De entre las estudiosas al poco
me distinguió a mí;
pero sólo con mayores exigencias
y más grave apremio.

De otras aceptó las tareas,
a mí me las rechazaba;
no admitía la más ligera omisión,
ni toleraraba defecto alguno.

Si mis compañeras se desviaban,
apenas les reprochaba sus desvaríos;
pero si tropezaba yo en el camino,
su ira estallaba en llamas.

Algo se movió en un piso contiguo; no habría estado bien que me sorprendieran escuchando tras la puerta. Me apresuré a llamar y entré con igual premura. Frances estaba ante mí; paseaba lentamente por la habitación y la había interrumpido con mi llegada: sólo la acompañaban la Penumbra y la serena luz rojiza del Fuego de la chimenea; con estas Hermanas, el Resplandor y la Oscuridad, había estado hablando en verso antes de que yo entrara. La voz de sir Walter Scott, para ella un sonido extranjero y lejano como un eco de las montañas, había hablado en las primeras estrofas; creo que las segundas, por estilo y contenido, eran el lenguaje de su propio corazón. Tenía el rostro grave y la expresión concentrada; me miró con ojos que no sonreían, que acababan de salir de su ensimismamiento, recién despertados del mundo de los sueños. Su atuendo era sencillo, pero atildado, y llevaba los oscuros cabellos bien arreglados; en la tranquila habitación reinaba el orden. Con aquella mirada pensativa, con aquella serena confianza en sí misma, con aquel gusto por la meditación y la inspiración improvisada, ¿qué tenía ella que ver con el amor? «Nada», fue la respuesta de su propio semblante triste pero gentil, que parecía decirme: «Debo cultivar la fortaleza y aferrarme a la poesía; la primera ha de ser mi apoyo, y la segunda, mi consuelo en esta vida. Ni los sentimientos florecen, ni las pasiones se encienden en mí». Otras tienen pensamientos parecidos; de haber estado tan sola como creía, Frances no habría sido peor por ello que cientos de mujeres. No hay más que pensar en la raza formal y estricta de las solteronas, esa raza que todos desprecian: se alimentan desde la juventud con máximas que las exhortan a la resignación y al sacrificio; muchas se anquilosan con una dieta tan estricta, sus pensamientos están siempre tan pendientes de la Disciplina, que es su único objetivo y acaba por absorber las cualidades más indulgentes y agradables de su naturaleza, y cuando mueren son meros ejemplos de austeridad moldeados con un poco de piel arrugada y mucho hueso. Los anatomistas dirán que hay un corazón en el viejo y marchito armazón de la solterona, el mismo que posee cualquier esposa bien amada o madre orgullosa de la tierra. ¿Es esto posible? Realmente, no lo sé, pero me siento inclinado a dudarlo.

Di unos cuantos pasos, deseé buenas noches a Frances y tomé asiento. La silla que elegí era seguramente la que ella acababa de dejar; estaba junto a una pequeña mesa donde tenía papel y útiles para escribir. No sé si me había reconocido al principio, pero me reconoció entonces y me devolvió el saludo en voz baja. Yo no había delatado mi impaciencia, ella siguió mi ejemplo y no demostró sorpresa. Éramos, como siempre, maestro y alumna, nada más. Procedí a revisar los papeles; Frances, observadora y atenta, se metió en una habitación interior, volvió con una vela, la encendió, la colocó junto a mí, luego corrió la cortina y, tras haber añadido combustible al bien alimentado fuego, acercó una segunda silla a la mesa y se sentó a mi derecha, algo apartada. La hoja superior contenía una traducción de un solemne autor francés, pero debajo había otra con estrofas, de la cual me apoderé. Frances hizo ademán de levantarse y recuperar mi botín, afirmando que no eran más que unos versos copiados. Sometí con decisión la resistencia que nunca había podido oponerme mucho tiempo, pero esta vez sus dedos se aferraban con fuerza al papel, y yo tuve que soltarlos sin perder la calma. La resistencia cedió cuando los toqué. Frances hurtó la mano; la mía la habría seguido con placer, pero reprimí ese impulso por el momento. La primera página la ocupaban los versos que había oído tras la puerta; su continuación no era exactamente una experiencia vivida por la autora, sino una redacción inspirada en partes de esa experiencia. Así pues, se evitaba el egotismo, pero se ejercitaba la fantasía y se complacía al corazón. Mi traducción será prácticamente literal, igual que antes. La continuación era ésta:

Cuando la enfermedad era mi compañera,
él parecía impacientarse

*porque la fuerza flaqueaba en su alumna
y no podía obedecer a su voluntad.*

*Un día, llamado al lecho
donde conmigo el Dolor contendía,
le oí decir, al inclinar la cabeza:
«¡Dios, haz que reviva!».*

*Noté la suave presión de su mano
posada un momento sobre la mía,
y deseé manifestar que la sentía
con alguna señal de respuesta.*

*Pero impotente entonces para hablar o moverme,
sólo sentía en mi interior
la emoción de la Esperanza, la fuerza del Amor
iniciar la curación.*

*Cuando él se retiró
siguió sus pasos mi corazón;
anhelaba demostrarle con nuevo empeño
mi muda gratitud.*

*Cuando una vez más ocupé mi lugar
en el aula, tanto tiempo vacío,
esa rara sonrisa a su cara
por un momento vi asomar.*

*Concluidas las clases, oída la señal
de la alegre liberación y los juegos,
él se demoró un instante al pasar
para decir una palabra amable.*

*«Jane, hasta mañana te libero
de las tediosas normas y tareas;
esta tarde no he de ver
ese pálido rostro en la escuela.*

*Busca un asiento del jardín entre las sombras
lejos de la zona de juegos;
el sol es cálido, el aire dulce;
quédate allí hasta que yo te llame».*

*Larga y placentera tarde
pasé entre los verdes emparrados;
silenciosa, tranquila y sola
con los pájaros, las abejas y las flores.*

*Mas, cuando la voz de mi maestro
llamó desde la ventana: «¡Jane!»,
entré jubilosa al oírla
en la bulliciosa casa.*

*Él, en el pasillo, andaba de un lado a otro;
se detuvo al pasar yo,
relajando el entrecejo de su severa frente
y alzando sus ojos hundidos.*

*«No tan pálida», murmuró.
«Ahora, Jane, ve a descansar un rato.»
Y al sonreír yo, su lisa frente
me devolvió una sonrisa igual de radiante.*

*Recobrada la salud, volvió
su rostro a ser austero,*

*y como antes, no toleró
a Jane el menor fallo.*

*La tarea más larga, el más arduo tema
primero sobre mí recaían;
aun así me esforcé por colocar mi nombre
en todo ejercicio el primero.*

*Él se contenía y escatimaba el elogio,
pero yo había aprendido a interpretar
el secreto significado de su rostro
y ésa era mi mayor recompensa.*

*Incluso cuando su vivo genio hablaba
en un tono que causaba pesadumbre,
se calmaba mi pena no bien despertada
con alguna expresión de transigencia.*

*Y cuando me prestaba algún valioso libro
o alguna fragante flor me daba,
no me atemorizaba ninguna mirada de Envidia,
porque el poder del Placer me sostenía.*

*Al fin llegó el día de las distinciones;
el campo de batalla duramente conquisté;
la recompensa, una corona de laurel ceñida
a mis sienes palpitantes.*

*Agaché la cabeza ante mi maestro,
para aceptar la corona;
sus verdes hojas traspasaron mi frente
con una emoción tan dulce como intensa.*

*Noté el fuerte latido de la Ambición
en cada una de mis venas;
la sangre manó a la vez
de una secreta herida interna.*

*La hora de la victoria fue para mí
de amargo pesar la hora;
un día más y habré de cruzar el mar
para no volver a cruzarlo.*

*Una hora más: en la habitación de mi maestro
con él me senté a solas,
y le conté la terrible melancolía
que la separación arrojaba sobre la dicha.*

*Él poco dijo; el tiempo era breve,
la nave pronto habría de zarpar,
y mientras yo sollozaba con amargura,
mi maestro, pálido, callaba.*

*Lo llamaron con apremio; me pidió que me marchara,
luego volvió a sujetarme;
me retuvo con fuerza y musitó por lo bajo:
«¿Por qué nos separan, Jane?*

*¿No eras feliz a mi cuidado?
¿No he demostrado mi lealtad?
¿Acaso otros podrán a mi amada
dar amor tan profundo y sincero?*

*¡Oh, Dios, cuida de mi pupila!
¡Oh, guarda su gentil cabeza!*

¡Cuando sople el viento y arrecie la tempestad
Extiende tu manto protector en torno a ella!

Vuelven a llamar; abandona, pues, mi pecho,
tu auténtico refugio, Jane,
¡pero cuando te engañen, te rechacen o te opriman,
vuelve a tu hogar conmigo!».

Leí; luego con el lápiz anoté al margen mis comentarios como en un sueño, pensando todo el tiempo en otras cosas; pensando que estaba ahora a mi lado y que no era una niña, sino una joven de diecinueve años, y que podía ser mía; mi corazón así lo afirmaba. La maldición de la Pobreza se había alejado de mí; lejos quedaban la Envidia y los Celos, y nada sabían de nuestro callado encuentro. El hielo del maestro podía derretirse; notaba que el deshielo llegaba rápidamente tanto si quería como si no; no era ya necesario que mis ojos practicaran su dura mirada, ni que la frente se contrajera en un severo pliegue. Se le permitía ahora experimentar la revelación de la llama interior, podía buscar, exigir, arrancar una pasión semejante como respuesta. Mientras meditaba, pensé que la hierba de Hermón[*] jamás había embebido el fresco rocío del Ocaso con mayor gratitud que la que sentía yo al apurar la dicha de aquel instante.

Frances se levantó como inquieta; pasó por delante de mí para atizar el fuego, que no necesitaba ser atizado; cogió los pequeños adornos que había sobre la repisa y luego volvió a colocarlos; su vestido ondeaba a un metro de distancia, esbelta, erguida y elegante frente a la chimenea.

Hay impulsos que podemos dominar, pero hay otros que nos dominan porque nos alcanzan con un salto de tigre y se convier-

---

[*] Véase Salmos, 133. Actualmente el monte Hermón se halla en Siria.

ten en nuestros amos antes de que podamos verlos. Sin embargo, tal vez esos impulsos no sean siempre completamente malos; tal vez la Razón, mediante un proceso tan breve como silencioso, un proceso que termina antes de ser notado, haya decidido que el acto que medita el instinto es cuerdo y crea justificada su pasividad mientras éste se lleva a cabo. Sé que yo no razoné, que no planeé ni pretendía nada; sin embargo, un momento antes estaba solo, en la silla junto a la mesa, y al siguiente había colocado a Frances sobre mis rodillas con viveza y decisión, y allí la retuve con extremada tenacidad.

—¡Monsieur! —exclamó Frances, quedándose inmóvil. Ni una palabra más escapó de sus labios; muy confusa me pareció en los primeros instantes, pero pronto se mitigó el Asombro; el Terror no triunfó, ni tampoco la Ira. Al fin y al cabo, sólo estaba un poco más cerca de lo que había estado hasta entonces de alguien a quien solía respetar y en quien confiaba. El azoramiento podría haberla impulsado a forcejear, pero la Dignidad frenaba la resistencia cuando ésta era inútil.

—Frances, ¿cuánto aprecio me tienes? —pregunté. No hubo respuesta; la situación era aún demasiado nueva y sorprendente para permitirle hablar. Teniendo esto en cuenta, me obligué a tolerar su silencio durante algunos segundos, pese a mi impaciencia. Al cabo de un rato repetí la pregunta, seguramente en un tono menos calmado. Ella me miró; sin duda mi rostro no era un modelo de compostura, ni mis ojos, apacibles manantiales de serenidad.

—Habla —la apremié, y una voz muy baja, apresurada, pero no sin picardía, contestó:

—*Monsieur, vous me faites mal; de grâce lâchais un peu ma main droite.**

---

* —Señor, me hace daño. Haga el favor de soltarme la mano derecha.

Realmente me di cuenta de que sujetaba la susodicha *main droite* con cierta rudeza. Obedecí a su deseo y por tercera vez pregunté con mayor amabilidad:

—Frances, ¿cuánto aprecio me tienes?

—*Mon maître, j'en ai beaucoup** —fue la sincera respuesta.

—Frances, ¿el suficiente para entregarte a mí como esposa? ¿Para aceptarme como marido?

Noté cómo su corazón se agitaba, vi «la luz púrpura del amor»** reflejarse en sus sienes, su cuello y sus mejillas. Sentí deseos de consultar los ojos, pero me lo impidieron sus párpados.

—Monsieur —dijo al fin con voz queda—. *Monsieur désire savoir si je consens... si... enfin, si je veux me marier avec lui?*

—*Justement.*

—*Monsieur sera-t-il aussi bon man qu'il a été bon maître?****

—Lo intentaré, Frances.

Una pausa. Luego, con una nueva inflexión de la voz, aunque siempre atenuada, una inflexión que me irritaba al tiempo que me complacía, acompañada además por *un sourire à la fois fin et timide***** en perfecta armonía con el tono, dijo:

—*C'est à dire, monsieur sera toujours un peu entêté, exigeant, volontaire...?******

—¿Todo eso he sido, Frances?

—*Mais, oui; vous le savez bien.*******

—¿No he sido nada más?

---

* —Maestro mío, le tengo mucho.
** Cita literal extraída de *El viaje de la poesía*, del poeta inglés Thomas Gray (1716-1771).
*** —¿El señor desea saber si acepto... si... en fin, si deseo casarme con él?
—Exactamente.
—¿El señor será tan buen marido como ha sido buen maestro?
**** una sonrisa a la vez tímida y taimada.
***** —Es decir, ¿el señor será siempre un poco obstinado, voluntarioso y difícil de complacer?
****** —Pues claro, usted lo sabe muy bien.

—*Mais, oui; vous avez été mon meilleur ami.**

—Y tú, Frances, ¿qué eres para mí?

—*Votre dévouée élève, qui vous aime de tout son coeur.***

—¿Consiente mi alumna en pasar su vida a mi lado? Háblame en inglés ahora, Frances.

Transcurrieron unos instantes de reflexión. La respuesta, lentamente pronunciada, decía así:

—Siempre me has hecho feliz, me gusta oírte hablar, me gusta verte, me gusta estar cerca de ti. Creo que eres muy buena persona y un ser superior. Sé que eres severo con los perezosos y apáticos, pero también eres muy bueno con los atentos y estudiosos, aunque no sean inteligentes. Maestro, me alegraría poder vivir contigo para siempre —hizo entonces una especie de ademán, como si fuera a abrazarme, pero se contuvo y añadió tan sólo, con grave énfasis—: Maestro, acepto pasar mi vida junto a ti.

—Muy bien, Frances. —La estreché contra mi corazón; tomé un primer beso de sus labios, sellando así nuestro pacto. Después guardamos silencio, y no fue breve. No sé qué pensó Frances durante este intervalo ni intenté adivinarlo; no quise estudiar su semblante, ni turbar en modo alguno su compostura, ni la paz que sentía y que deseaba que ella sintiera. Cierto, mis brazos aún la retenían, pero con suavidad, en tanto que no se resistía. No dejaba de mirar las rojas llamas; mi corazón ponderaba su propio contento; sonaba y sonaba hasta profundidades insondables.

—*Monsieur* —dijo por fin mi muda compañera, tan inmóvil en su felicidad como un ratón atemorizado; incluso ahora, al hablar, apenas levantó la cabeza.

—¿Sí, Frances? —No me gustan los cortejos exagerados; soy tan incapaz de abrumar con epítetos amorosos como de inquietar con caricias egoístas e inoportunas.

* —Pues claro, usted ha sido mi mejor amigo.
** —Su alumna, que le ama con todo su corazón.

—*Monsieur est raisonnable, n'est-ce pas?**

—Sí, sobre todo cuando me lo piden en inglés, pero ¿por qué me lo preguntas? No verás vehemencia ni exageración en mis modales. ¿No te parezco suficientemente tranquilo?

—*C'est n'est pas cela...*** —empezó a decir Frances.

—¡En inglés! —le recordé.

—Bueno..., monsieur, sólo deseaba decir que me gustaría, claro está, conservar mi empleo como profesora. Supongo que usted seguirá enseñando, monsieur.

—Trazas tus planes para ser independiente —dije yo.

—Sí, monsieur, no debo ser una molestia para usted ni una carga.

—Pero, Frances, aún no te he contado cuáles son mis perspectivas. He dejado a monsieur Pelet y, tras casi un mes de búsqueda, he conseguido otro empleo con un salario de tres mil francos al año, que puedo doblar fácilmente con un pequeño esfuerzo adicional. Así pues, como ves, no es necesario que te agotes dando clases; con seis mil francos, tú y yo podemos vivir, y vivir bien.

Frances pareció reflexionar. Hay algo halagador para la fortaleza de un hombre, algo que está en consonancia con el honorable orgullo que siente ante la idea de convertirse en la Providencia de la persona amada, alimentarla y vestirla como hace Dios con los lirios del campo***; de modo que para que se decidiera, añadí:

—Tu vida ya ha sido suficientemente dura y dolorosa, Frances. Necesitas un absoluto descanso. Tus mil doscientos francos no serían un complemento demasiado importante para nuestros ingresos, ¡y hasta qué punto tendrías que sacrificar tu como-

* —El señor es razonable, ¿verdad?
** —No es eso...
*** Véase Mateo 6, 28.

didad para ganarlos! Renuncia a trabajar; debes de estar cansada; permíteme la dicha de darte descanso.

No estoy seguro de que Frances prestara la debida atención a mi discurso, porque en lugar de responderme con su respetuosa rapidez habitual, se limitó a suspirar y dijo:

—¡Qué rico es usted, monsieur! —Y se agitó con inquietud entre mis brazos—. ¡Tres mil francos! —musitó—. ¡Y yo sólo gano mil doscientos! —a esto añadió rápidamente—: Sin embargo, así debe ser por el momento. Monsieur, ¿decía usted algo sobre renunciar a mi empleo? ¡Oh, no! ¡Lo conservaré con todas mis fuerzas! —sus pequeños dedos apretaron los míos recalcando sus palabras—. ¡Imagine que me caso con usted para que me mantenga, monsieur! No podría hacerlo... ¡Y qué aburridos serían mis días! Usted estaría siempre fuera de casa, enseñando en aulas cerradas y ruidosas de la mañana a la noche, y yo me quedaría en casa sola y sin nada en lo que ocuparme. Me deprimiría. Me volvería irritable; y pronto se cansaría de mí.

—Frances, podrías leer y estudiar, dos cosas que te gustan mucho.

—Monsieur, no podría. Me gusta la vida contemplativa, pero aún me gusta más la actividad. Debo ocuparme en algo y hacerlo con usted. Me he dado cuenta, monsieur, de que las personas que solamente están juntas para divertirse no llegan a gustarse ni a quererse tanto como las que trabajan juntas y quizá sufren unidas.

—Lo que dices es cierto —repliqué al fin—, y se hará como quieres, pues es lo más razonable. Bien, ahora, como recompensa por tan rápido consentimiento, dame un beso.

Tras cierta vacilación, natural para una principiante en el arte de besar, sus labios establecieron un tímido y suave contacto con mi frente. Acepté este pequeño regalo como préstamo, que le devolví de inmediato y con generosos intereses.

No sé si Frances había cambiado mucho en realidad desde la primera vez que la vi, pero cuando la miré en aquel momento, la noté distinta. Aquellos primeros atributos que yo recordaba: los ojos tristes, las mejillas pálidas, el semblante abatido, habían desaparecido para trocarse en un rostro adornado de gracias: la sonrisa, el tinte rosado y los hoyuelos de sus mejillas suavizaban el perfil y animaban sus matices. Me había acostumbrado a abrigar la halagadora idea de que mi fuerte vínculo con ella se debía a cierta perspicacia particular de mi naturaleza: ella no era hermosa, no era rica, ni siquiera tenía un talento especial; sin embargo, era mi don más preciado; yo tenía que ser entonces un hombre de gran discernimiento. Aquella noche, mis ojos se abrieron a la equivocación. Empecé a sospechar que sólo mis gustos eran únicos, no mi capacidad de detección y apreciación de la superioridad moral sobre los encantos naturales. Para mí, Frances tenía encantos, y en ella no había deformidad que superar, ninguno de esos destacados defectos de ojos, cutis, dientes o figura que refrenan la admiración de los más intrépidos defensores masculinos del intelecto (pues las mujeres pueden amar a un hombre realmente feo... siempre que tenga talento). De haber sido Frances *édentée, myope, rugueuse* o *bossue*[*], tal vez mis sentimientos hacia ella habrían seguido siendo amables, pero jamás apasionados. Sentía afecto por la pobre Sylvie de cuerpo contrahecho, pero jamás podría haberla amado. Es cierto que las cualidades intelectuales de Frances habían sido lo primero en llamar mi atención y seguía prefiriéndolas, pero también me gustaban sus atributos físicos: era puramente material el placer que sentía al contemplar sus claros ojos castaños, la blancura de su fina piel y de sus dientes regulares, y la proporción de sus formas delicadas; no habría podido prescindir de ese placer. Según

---

[*] Desdentada, miope, marchita o jorobada.

parece, por tanto, también yo era un sensualista, a mi modo comedido y exigente.

Bien, lector, durante las dos últimas páginas no he hecho más que darte miel de flores, pero no debes sustentarte únicamente de alimento tan exquisito. Así pues, prueba un poco la hiel, apenas unas gotas, para variar un poco.

Regresé a mi piso a una hora algo tardía, habiendo olvidado que los seres humanos tenían necesidades vulgares como las de beber y comer, y me acosté en ayunas. Había estado nervioso e inquieto todo el día; no había probado bocado desde las ocho de la mañana; además, hacía dos semanas que ni mi cuerpo ni mi espíritu conocían el reposo. Las últimas horas habían sido un dulce delirio, que no quiso aplacarse y que me tuvo despierto hasta bastante después de la medianoche, alterando con un turbulento éxtasis el descanso que tanto necesitaba. Al final me adormilé, pero no por mucho tiempo; todavía era noche cerrada cuando me desperté. Mi despertar fue como el de Job cuando un espíritu le rozó la cara, y al igual que él: «se erizaron los pelos de mi cuerpo». Podría seguir con el paralelismo, pues en verdad, aunque yo nada vi, «Algo se llegó hasta mí en secreto, que percibió mi oído; en medio del silencio oí una voz», diciendo: «En medio de la Vida estamos en la Muerte»[*].

Muchos habrían considerado sobrenatural aquel sonido y la sensación de fría angustia que lo acompañaba, pero yo lo reconocí de inmediato como efecto de una reacción. El hombre está siempre limitado por su Mortalidad; era mi naturaleza mortal la que ahora vacilaba y protestaba, y mis nervios los que se encrespaban y desafinaban, porque el alma, que se había precipitado de cabeza a su objetivo, había sometido la debilidad, mayor en comparación, del cuerpo a una tensión excesiva. Me invadió el ho-

---

[*] Esta última frase pertenece al Oficio de Difuntos protestante.

rror de una gran oscuridad; sentí que alguien a quien había conocido en otro tiempo y creía desaparecido para siempre invadía mi dormitorio: temporalmente fui presa de la Hipocondría. Era una vieja amiga, no, una invitada de mi adolescencia; la había tenido hospedada durante un año. Durante ese espacio de tiempo, me acompañaba en secreto; se acostaba conmigo, comía conmigo, conmigo salía a pasear, me mostraba los claros del bosque y los valles de las colinas donde podíamos sentarnos juntos y donde ella podía dejar caer sobre mí su pavoroso velo, ocultando así el cielo y el sol, los árboles y la hierba, abarcándome por entero en su seno frío como la muerte, abrazándome con sus miembros huesudos. ¡Qué historias solía contarme en momentos como aquéllos! ¡Qué canciones me recitaba al oído! Qué arengas me obsequiaba sobre su propio país, La Tumba, y cómo me prometía una y otra vez conducirme allí sin tardanza; y después de arrastrarme hasta el borde mismo de un río oscuro y sombrío, me enseñaba la otra orilla, cubierta de túmulos, mausoleos y lápidas a la luz de un resplandor más antiguo que la luz de la luna. «¡Necrópolis!», me susurraba, señalando aquellos pálidos bultos, y añadía: «Hay en ella una mansión preparada para ti».

Pero había tenido la adolescencia solitaria de un huérfano, sin la alegría de un hermano o una hermana; no era extraño que en el período de tránsito a la juventud, hallándome perdido en vagas disquisiciones mentales, con muchos afectos y pocos objetivos, con grandes aspiraciones y sombrías perspectivas, alzara una hechicera a lo lejos su engañosa lámpara y me atrajera hacia su abovedada mansión de los horrores. No es extraño que sus hechizos tuvieran poder entonces, pero ahora que mi camino se ensanchaba, que tenía más brillantes perspectivas, que mis afectos habían encontrado el reposo y que mis deseos plegaban las alas, cansados del largo vuelo, y se posaban en el regazo mismo de su Realización, anidando allí, cálidos y satisfechos bajo las caricias de una suave mano, ¿por qué ahora venía a mí la Hipocondría?

La rechacé, igual que habría hecho con una temida y espectral concubina que quisiera envenenar el corazón del marido indisponiéndole con su joven esposa. Fue en vano; siguió adueñándose de mí durante toda la noche y el día siguiente, así como en los ocho días que le sucedieron. Después mi espíritu empezó lentamente a recobrarse; me volvió el apetito y, al cabo de quince días, me sentía bien. Durante todo ese tiempo había actuado como si no ocurriera nada, y nada había dicho a nadie de lo que me acuciaba, pero me alegré cuando el espíritu maligno se alejó de mí y pude volver de nuevo a Frances y sentarme a su lado, libre de la espantosa tiranía de mi demonio.

CAPÍTULO XXIV

Un apacible y frío domingo de noviembre, Frances y yo dimos un largo paseo. Recorrimos la ciudad por sus bulevares y después, como ella estaba un poco cansada, nos sentamos en uno de esos bancos que se disponen bajo los árboles de trecho en trecho, para acomodo de los fatigados. Frances me hablaba de Suiza, animada por el tema, y yo pensaba que sus ojos se expresaban con tanta elocuencia como su lengua cuando se interrumpió y dijo:

—Monsieur, allí hay un caballero que le conoce.

Alcé la cabeza; tres hombres vestidos con elegancia pasaban en ese preciso instante; por su porte y manera de andar, así como por sus facciones, supe que eran ingleses, y en el más alto de los tres reconocí al punto al señor Hunsden, que alzó el sombrero para saludar a Frances; luego me hizo una mueca y siguió caminando.

—¿Quién es?

—Una persona que conocí en Inglaterra.

—¿Por qué me ha saludado? No me conoce.

—Sí, a su manera te conoce.

—¿Cómo, monsieur? (Seguía llamándome monsieur; no había logrado convencerla de que utilizara algún otro apelativo más familiar.)

—¿No has leído la expresión de sus ojos?

—¿De sus ojos? No. ¿Qué decían?

—A ti te decían: «¿Qué tal está Wilhemina Crimsworth?». A mí: «¡Así que has encontrado al fin tu media naranja; ahí está, es tu tipo!».

—Monsieur, no ha podido leer eso en sus ojos, se ha ido enseguida.

—He leído eso y más, Frances, he leído que seguramente me visitará esta tarde o muy pronto, y no me cabe la menor duda de que insistirá en que te lo presente. ¿Puedo llevarlo a tu casa?

—Como guste, monsieur, no tengo ninguna objeción. De hecho, creo que me gustaría verlo más de cerca; parece una persona muy original.

El señor Hunsden apareció aquella noche, tal como había previsto. Lo primero que dijo fue:

—No es necesario que alardees, *monsieur le professeur*, ya sé lo de tu empleo en el ...College y todo lo demás; me lo ha contado Brown. —Me informó luego de que había regresado de Alemania apenas hacía dos días y me preguntó bruscamente si era madame Pelet-Reuter la mujer con la que me había visto en el bulevar. Estaba a punto de responderle con una tajante negativa, pero, pensándolo mejor, me contuve. Y dando la impresión de asentir, le pregunté qué pensaba de ella.

—A eso vamos ahora mismo, pero primero tengo una cosa que decirte. Eres un granuja; no tienes derecho a pasearte con la esposa de otro hombre; pensaba que tenías la sensatez suficiente para no mezclarte en un lío de esa clase en el extranjero.

—Pero ¿y la dama...?

—Es demasiado buena para ti, evidentemente. Es igual que tú, pero mejor. No es que sea una belleza, pero cuando se levantó (porque volví la cabeza para ver cómo os alejabais), me pareció que tenía buena figura y buen porte; estas extranjeras saben lo que es el garbo. ¿Qué demonios ha hecho con Pelet? No hace ni tres meses que se casó con él. ¡Ha de ser un auténtico pardillo!

No permití que el equívoco siguiera adelante; no me gustaba demasiado.

—¿Pelet? ¡Qué manía con monsieur y madame Pelet! No hace más que hablar de ellos. ¡Tendría que haberse casado usted con mademoiselle Zoraïde!

—¿Esa señorita no era mademoiselle Zoraïde?

—No, ni tampoco madame Zoraïde.

—¿Por qué me has contado esa mentira entonces?

—No le he contado ninguna mentira, es culpa suya, por ir tan deprisa. Es una alumna mía, una joven suiza.

—Y claro está, te vas a casar con ella, no lo niegues.

—¿Que si me caso? Ya lo creo, si el Destino nos concede diez semanas más. Ella es mi pequeña fresa silvestre, Hunsden, cuya dulzura me hace indiferente a sus uvas de invernadero.

—¡Basta! Nada de presumir ni de melodramas, no lo soporto. ¿Qué es? ¿A qué *casta* pertenece?

Sonreí. Hunsden había recalcado inconscientemente la palabra «casta»; en realidad, pese a ser republicano y odiar la aristocracia, Hunsden estaba tan orgulloso de su antiguo linaje de ...shire, de sus antepasados y de la posición de su familia, respetable y respetada durante varias generaciones, como cualquier par del reino se enorgullecería de su raza normanda y de su título de la época de la Conquista. A Hunsden le había parecido tan peregrina la idea de casarse con una mujer de una casta inferior como a Stanley la de emparejarse con Cobden[*]. Disfruté con la sorpresa que iba a darle, con el triunfo de mi Práctica sobre su Teoría. Apoyándome en la mesa y pronunciando las palabras despacio y con júbilo contenido, dije de forma concisa:

[*] Lord Stanley, conde de Derby, y Richard Cobden eran oponentes en el Parlamento.

—Es zurcidora de encajes.

Hunsden me observó. No dijo estar sorprendido. Pero lo estaba. Tenía sus propias ideas sobre la buena cuna. Adiviné que sospechaba que iba a cometer una locura, pero reprimió toda declaración o protesta, y se limitó a replicar:

—Bien..., tú eres el mejor juez de tus propios asuntos; una zurcidora de encajes puede ser tan buena esposa como una dama y, claro está, dado que carece de educación, fortuna o posición social, te habrás preocupado de averiguar si está bien dotada de las cualidades naturales que consideres más apropiadas para darte la felicidad. ¿Tiene muchos parientes o conocidos?

—En Bruselas ninguno.

—Mejor; en estos casos a menudo los parientes son el auténtico mal. En mi opinión una retahíla de parientes de clase inferior habría sido una plaga durante toda tu vida.

Después de guardar silencio durante un rato, Hunsden se levantó y me deseó buenas noches; la manera cortés y considerada con que me ofreció su mano (cosa que jamás había hecho hasta entonces) me convenció de que pensaba que había cometido una terrible estupidez y que, habiendo arruinado mi vida, no era momento para comentarios sarcásticos o cínicos, ni para cualquier otra cosa que no fueran la indulgencia y la tolerancia.

—Buenas noches, William —dijo en voz realmente baja, con una expresión de bondadosa piedad—. Buenas noches, muchacho. Os deseo a ti y a tu futura esposa mucha prosperidad y espero que sabrá complacer tu alma quisquillosa.

Mucho me costó contener la risa al ver la magnánima compasión de su semblante; sin embargo, sin perder mi aire grave, le dije:

—Creía que querría conocer a mademoiselle Henri.

—¡Ah, así que ése es su nombre! Sí, si no hay inconveniente me gustaría conocerla, pero... —vaciló.

—¿Y bien?

—Por nada del mundo querría parecer entrometido.

—Entonces, venga conmigo —dije. Salimos. Sin duda, Hunsden me consideraba atolondrado e imprudente por ofrecerme a exhibir a mi pobre *grisette* en su humilde y desnudo *grenier*[*], pero se preparó para comportarse como un auténtico caballero, pues de hecho, la dura cáscara que le complacía llevar a modo de impermeable mental contenía esa semilla. Charló conmigo en tono afable e incluso cordial mientras caminábamos; no había sido tan cortés conmigo en toda su vida. Llegamos a la casa, entramos, subimos las escaleras; al llegar al rellano, Hunsden giró para seguir subiendo por una escalera más estrecha que conducía a un piso superior; comprendí que tenía la mente puesta en las buhardillas.

—Aquí, Hunsden —dije en voz baja, dando unos golpecitos en la puerta de Frances. Se dio la vuelta, un tanto desconcertada su sincera cortesía por haber cometido tal error. Sus ojos se posaron sobre el felpudo verde, pero no dijo nada.

Entramos. Frances se levantó de su asiento junto a la mesa para recibirnos. Su vestido matinal le daba un aire de reclusa, casi monjil, pero a la vez muy distinguido; su grave sencillez no añadía nada a su belleza, pero sí a su dignidad. La blancura del cuello y los puños bastaba para aliviar el negro solemne del vestido de lana; había renunciado a todo adorno. Frances hizo una reverencia con gracia reposada y, como siempre que una persona se acercaba por primera vez a ella, parecía una mujer a la que había que respetar más que amar. Le presenté al señor Hunsden, y ella dijo en francés que estaba encantada de conocerlo. El acento puro y refinado, la voz baja pero dulce y vibrante, produjeron un efecto inmediato. Hunsden respondió en francés; era la primera vez que le oía hablar en esa lengua, y lo hacía muy bien. Me reti-

---

* Buhardilla.

ré al asiento de la ventana. A petición de su anfitriona, el señor Hunsden ocupó una silla junto a la chimenea. Desde mi posición podía verlos a ambos, y también la habitación, de una sola ojeada. La habitación estaba limpia y resplandeciente, parecía un pequeño y pulcro gabinete. Un jarrón de cristal con flores en el centro de la mesa y una rosa fresca en cada jarrito de porcelana, sobre la repisa de la chimenea, le daban un aire festivo. Frances estaba seria y el señor Hunsden poco animado, pero ambos conversaban cortésmente. Se entendían en francés a las mil maravillas, hablando de cosas corrientes con gran formalidad y decoro; no había visto nunca tal modelo de corrección, pues Hunsden (gracias a las limitaciones de la lengua extranjera) se vio obligado a madurar y a medir sus frases con un cuidado que excluía toda excentricidad. Finalmente, se mencionó Inglaterra, y Frances empezó a hacer preguntas. Animándose por momentos, empezó a cambiar, igual que el grave cielo nocturno cambia con la llegada de la aurora: primero pareció que su frente se despejaba, luego brillaron sus ojos, sus facciones se relajaron y se volvieron más activas, su tez pálida se hizo cálida y transparente. A mis ojos era guapa ahora; antes sólo me parecía distinguida.

Tenía muchas cosas que decir al inglés que acababa de llegar de las islas, y le atosigó con una curiosidad entusiasta que no tardó en fundir la reserva de Hunsden, igual que el fuego deshiela a una víbora en hibernación. Utilizo este símil, no demasiado halagüeño, porque Hunsden me recordaba a una serpiente despertando de su sopor cuando erguía su alta figura, echaba hacia atrás la cabeza, antes un poco agachada, y despejaba de cabellos su ancha frente sajona, mostrando sin cortapisas el brillo casi salvaje de un sátiro que el tono vehemente y la expresión de fervor de su interlocutora había bastado para encender en su alma y en sus ojos. Así era él, y así era Frances, y ya no pudo dirigirse a ella más que en su propia lengua.

—¿Entiende usted el inglés? —fue la pregunta preliminar.

—Un poco.

—Bien, entonces en inglés hablaremos. Y en primer lugar, veo que no tiene usted más sentido común que algún otro que yo conozco —me señaló con el pulgar—, de lo contrario no se habría vuelto jamás una fanática de ese pequeño y sucio país llamado Inglaterra..., porque veo que es usted una fanática. Veo la anglofilia en su expresión y la oigo en sus palabras. ¿Cómo es posible, mademoiselle, que nadie con un mínimo de raciocinio pueda sentir entusiasmo por un simple nombre y que ese nombre sea Inglaterra? Hace cinco minutos me parecía usted una abadesa y la respetaba por ello, ¡y ahora veo que es usted una especie de Sybil suiza* con principios ultramontanos!

—¿Inglaterra es su país? —preguntó Frances.

—Sí.

—¿Y no le gusta?

—¡Lamentaría que me gustara! ¡Una pequeña nación corrupta, venal, maldita por sus reyes y sus lores, rebosante de cochino orgullo (como dicen en ...shire) y pobre sin remedio, podrida por los abusos, carcomida por los prejuicios!

—Podría decirse lo mismo de casi todas las naciones. En todas partes hay abusos y prejuicios, pero creo que en Inglaterra son menores que en otros países.

—Venga a Inglaterra y lo verá. Venga a Birmingham y a Manchester; venga a St. Giles**, en Londres, y se hará una idea práctica de cómo funciona nuestro sistema. Examine las huellas de nuestra augusta aristocracia; vea cómo caminan sobre la sangre de los corazones que aplastan. Asome su cabeza a la puerta de las granjas inglesas y verá el Hambre agazapada en estado le-

---

* Heroína de la novela de Disraeli del mismo nombre (1845).

** La parroquia de St. Giles tenía una reputación infame por sus suburbios, por su pobreza y por sus muchos establecimientos de bebidas.

tárgico junto a negras chimeneas, la Enfermedad desnuda sobre camas sin cubrir, y la Infamia en vicioso y lascivo contubernio con la Ignorancia, aunque en realidad es el Lujo su amante preferido y le gustan más los salones principescos que las cabañas con techo de paja...

—No estaba pensando en las miserias y los vicios de Inglaterra, sino en el lado bueno, en lo que hay de elevado en su carácter nacional.

—No hay lado bueno, al menos del que yo haya tenido noticia, pues usted no puede apreciar los esfuerzos de la Industria, los logros de la Iniciativa, ni los descubrimientos de la Ciencia, ya que su limitada educación y su extracción social la incapacitan completamente para comprender tales cuestiones. Y en cuanto a las asociaciones históricas y poéticas, no la insultaré, mademoiselle, con la suposición de que se refería usted a semejantes paparruchas.

—Pues es a eso a lo que me refería... en parte.

Hunsden soltó su carcajada de puro desprecio.

—Sí, señor Hunsden. ¿Se cuenta usted entre las personas que no encuentran placer en tales asociaciones?

—Mademoiselle, ¿qué es una asociación? Jamás he visto ninguna. ¿Qué longitud, anchura, peso, valor tiene? Sí, valor. ¿Qué precio tendría en el mercado?

—Su retrato, para cualquier persona que lo amara, gracias a esa asociación, tendría un precio incalculable.

El inescrutable Hunsden oyó este comentario y también le afectó de alguna manera, porque se puso como la grana, lo que no era insólito en él cuando estaba desprevenido y le tocaban la fibra sensible. Una extraña turbación nubló momentáneamente sus ojos, y creo que llenó la pausa que siguió al certero ataque de su antagonista con el deseo de que alguien le amara tanto como a él le gustaría ser amado, alguien a cuyo amor pudiera corresponder sin reservas.

La dama aprovechó esta ventaja transitoria.

—Si en su mundo no existen las asociaciones, señor Hunsden, ya no me extraña que deteste usted tanto Inglaterra. No sé con exactitud qué es el Paraíso, ni tampoco sus ángeles; sin embargo, suponiendo que sea el reino más glorioso que pueda imaginar y que los ángeles representen el grado más elevado de la existencia, si uno de ellos, si Abdiel el leal en persona —estaba pensando en Milton— fuera súbitamente despojado de la capacidad de asociación, creo que pronto correría hacia las «puertas eternas», abandonaría el Cielo y buscaría lo que había perdido en el Infierno. Sí, en el mismísimo Infierno al que había dado la espalda «con amargo desprecio».

El tono de Frances al decir esto fue tan extraordinario como su lenguaje, y cuando la palabra vibró entre sus labios, con un énfasis algo sorprendente, Hunsden se dignó a dirigirle una sutil mirada de admiración. Le gustaba la fuerza, fuera en un hombre o en una mujer; le gustaba todo aquello que se atrevía a traspasar los límites convencionales. Jamás hasta entonces había oído a una dama hablar de un modo tan categórico, y le satisfizo sobremanera. De buena gana habría pedido a Frances que volviera a usar el mismo tono, pero a ella no le gustaba aquel tipo de cosas; la exhibición de una vitalidad excéntrica no le proporcionaba placer alguno y sólo se dejaba oír en su voz o ver fugazmente en su cara cuando circunstancias extraordinarias y generalmente dolorosas la obligaban a salir de las profundidades donde ardía su fuego latente. En un par de ocasiones, conversando conmigo en la intimidad, había expresado Frances ideas atrevidas con encendido lenguaje, pero, pasado el momento de tales manifestaciones, yo las olvidaba; surgían por sí solas y por sí solas se esfumaban. Rápidamente aplacó el entusiasmo de Hunsden con una sonrisa y, volviendo al tema de la discusión, dijo:

—Si Inglaterra no es nada, ¿por qué la respetan tanto las naciones continentales?

—Creía que esa pregunta no la haría ni un niño —replicó Hunsden, que nunca daba información sin reprender por su estupidez a quienes se la solicitaban—. Si hubiera sido usted mi alumna, como supongo que ha tenido la desgracia de serlo del deplorable personaje aquí presente, la habría mandado al rincón por confesar tal ignorancia. Pero, mademoiselle, ¿acaso no se da cuenta de que es nuestro oro lo que compra la cortesía francesa, la buena voluntad alemana y el servilismo suizo? —e hizo una mueca diabólicamente despectiva.

—¡Servilismo suizo! —exclamó Frances, al oírlo—. ¿Está llamando serviles a mis compatriotas? —hizo ademán de levantarse y yo no pude contener una sorda carcajada; había ira en sus ojos y desafío en su actitud—. ¿Insulta usted a Suiza delante de mí, señor Hunsden? ¿Cree usted que yo no tengo asociaciones? ¿Imagina que estoy dispuesta a hablar tan sólo del vicio y la degradación que puedan hallarse en las aldeas de los Alpes, y apartar de mi corazón la grandeza social de mis compatriotas, la libertad ganada con nuestra sangre y el esplendor natural de nuestras montañas? Está usted muy equivocado... muy equivocado...

—¿Grandeza social? Llámelo usted como quiera. Sus compatriotas son individuos sensatos que convierten en objeto mercantil lo que para usted es una idea abstracta; y antes que eso, han vendido su grandeza social y también la libertad ganada con su sangre para convertirse en siervos de reyes extranjeros.

—¿No ha estado nunca en Suiza?

—Sí, dos veces.

—No sabe usted nada de ella.

—Lo sé todo.

—Y dice usted que los suizos son mercenarios como un loro dice «pobre Poll», o como los belgas dicen aquí que los ingleses no son valientes, o como los franceses los acusan a ellos de pérfidos. No hay justicia en sus máximas.

—Hay verdad.

—Le digo, señor Hunsden, que es usted un hombre menos práctico que yo, puesto que no reconoce la realidad. Quiere usted aniquilar el patriotismo individual y la grandeza nacional como un ateo aniquilaría a Dios y su propia alma negando su existencia.

—¿Adónde quiere ir a parar? Se ha salido usted por la tangente. Creía que estábamos hablando sobre la naturaleza mercenaria de los suizos.

—En efecto, y si mañana me demostrara usted que los suizos son mercenarios (cosa que no puede hacer), seguiría amando a Suiza.

—Pues entonces estaría usted loca, loca como una cabra, apasionándose de esa manera por toneladas de turba, madera, hielo y nieve.

—No tan loca como usted, que no ama nada.

—Hay método en mi locura, cosa que no existe en la suya.

—Su método consiste en extraer la savia a la Creación y hacer estiércol con los desperdicios, en aras de lo que usted llama utilidad.

—Con usted no se puede razonar —dijo Hunsden—. Lo que dice no tiene lógica.

—Mejor no tener lógica que carecer de sentimientos —replicó Frances, que se paseaba ahora de un lado a otro, de la mesa a la alacena, concentrada, ya que no en pensamientos hospitalarios, sí al menos en hospitalarias acciones, puesto que estaba poniendo el mantel y encima platos, cuchillos y tenedores.

—¿Pretende herirme, mademoiselle? ¿Acaso cree que no tengo sentimientos?

—Supongo que anda usted siempre importunando a sus propios sentimientos y a los de las demás personas, dogmatizando sobre la irracionalidad de este y de aquel y de aquel otro sentimiento, y ordenándoles luego que se repriman, pues imagina que contravienen toda lógica.

Y hago bien.

Francés desapareció de la vista, metiéndose en una especie de pequeña despensa y reapareció al cabo de un instante.

—¿Que hace usted bien? ¡Desde luego que no! Está muy equivocado si es eso lo que piensa. Hágame el favor de dejarme llegar a la chimenea, señor Hunsden, tengo que cocinar. —Hizo una pausa para colocar una cacerola al fuego; luego, mientras removía el contenido, prosiguió—: ¡Bien, dice! Como si estuviera bien aplastar los buenos sentimientos que Dios ha otorgado al hombre, sobre todo un sentimiento como el Patriotismo, que expande el egoísmo en círculos más amplios —atizó el fuego y colocó un plato ante las llamas.

—¿Nació usted en Suiza?

—Desde luego, ¿por qué si no iba a llamarla mi patria?

—¿Y de dónde han salido esa figura y esas facciones tan inglesas?

—También soy inglesa; es inglesa la mitad de la sangre que corre por mis venas. De modo que tengo derecho a un doble patriotismo, dado que me intereso por dos naciones nobles, libres y afortunadas.

—¿Su madre era inglesa?

—Sí, sí, y supongo que su madre era de la Luna o de Utopía, dado que no hay nación en Europa que pueda reclamar su interés.

—Al contrario, soy un patriota universal. Si pudiera usted comprenderme, le diría que mi patria es el mundo.

—Unas simpatías tan ampliamente desperdigadas han de ser por fuerza muy superficiales. ¿Tendrá la amabilidad de sentarse a la mesa? Monsieur —dijo, dirigiéndose a mí, que estaba aparentemente absorto leyendo a la luz de la luna—. Monsieur, la cena está servida.

Esto lo dijo en un tono de voz completamente distinto al que hasta entonces había utilizado para discutir con el señor Hunsden, no tan seco, más grave y quedo.

—Frances, ¿a qué viene que prepares la cena? No teníamos intención de quedarnos.

—Ah, monsieur, pero se han quedado, y la cena está preparada. No tendrán más remedio que comérsela.

La cena, por supuesto, la hizo al estilo extranjero. Consistía en dos platos de carne modestos pero sabrosos, preparados con habilidad y servidos con delicadeza, una ensalada y *fromage français*. La comida interpuso una breve tregua entre los bandos beligerantes, pero en cuanto terminó, volvieron a enzarzarse. El nuevo tema de discusión se centró en el espíritu de la intolerancia religiosa, que, según el señor Hunsden, estaba muy arraigada en Suiza, a pesar del supuesto amor de los suizos por la libertad. Aquí Frances se llevó la peor parte, no sólo por su inexperiencia para argumentar, sino también porque sus opiniones casualmente coincidían con las del señor Hunsden, y sólo le rebatía por llevarle la contraria. Finalmente se rindió, confesando que pensaba lo mismo que él, pero pidiéndole al mismo tiempo que tomara buena nota de que no se consideraba vencida.

—Lo mismo les pasó a los franceses en Waterloo —dijo Hunsden.

—No se pueden comparar ambos casos —replicó Frances—. Nuestra batalla ha sido una farsa.

—Farsa o realidad, es usted quien ha perdido.

—No. Aunque carezca de lógica y de riqueza de vocabulario, en caso de que mi opinión difiriera realmente de la suya, la mantendría aunque no tuviera ningún otro motivo para defenderla; acabaría venciéndole con la terquedad del silencio. Habla usted de Waterloo. Según Napoleón, Wellington tendría que haber caído derrotado, pero éste perseveró a pesar de las leyes de la guerra y salió victorioso a despecho de toda estrategia militar. Yo haría lo mismo que él.

—Que me aspen si creo lo contrario. Seguramente es usted tan terca como él.

—Y, si no, lo lamentaría. Él y Tell eran hermanos, y yo despreciaría a los suizos, hombres y mujeres, que no compartieran la entereza de nuestro heroico Guillermo.

—Si Tell era igual que Wellington, era un asno.

—¿Asno no significa *baudet*? —preguntó Frances, volviéndose hacia mí.

—No, no —contesté yo—. Significa *esprit fort*[*], y ahora —añadí, viendo que se estaba gestando una nueva disputa entre aquellos dos— ya es hora de marcharse.

Hunsden se puso en pie.

—Adiós —dijo a Frances—. Mañana parto para esa gloriosa Inglaterra, y puede que tarde un año o más en regresar a Bruselas. Pero cuando venga, la visitaré, y comprobará usted si encuentro o no el medio de volverla más fiera que un dragón. No lo ha hecho nada mal esta noche, pero en la próxima entrevista me desafiará usted abiertamente. Mientras tanto, creo que está destinada a convertirse en la señora de William Crimsworth. ¡Pobre muchacha! Aunque, por otro lado, tiene usted temple. Consérvelo y deje que el profesor se beneficie.

—¿Está usted casado, señor Hunsden? —preguntó Frances inopinadamente.

—No. Creía que había adivinado ya por mi aspecto que soy un Benedick[**].

---

[*] Resuelto, decidido.
[**] Personaje de la comedia de Shakespeare *Mucho ruido y pocas nueces*, que ha renunciado a las mujeres.

—Bueno, si alguna vez se casa, no elija a una mujer suiza, porque si empieza usted a blasfemar contra Helvecia y a maldecir los Cantones, y sobre todo, si menciona esa palabra en la misma frase que el nombre de Tell (porque sé que es *baudet*, aunque monsieur prefiera traducirlo como *esprit fort*), su doncella de la montaña acabará estrangulando a su bretón, igual que el Otelo de Shakespeare estranguló a Desdémona.

—Quedo advertido —dijo Hunsden—, y también tú, muchacho —esto me lo dijo a mí, asintiendo—. Espero oír hablar de una parodia del Moro y de su gentil dama, en la que se inviertan los papeles según el plan ahora esbozado, pero con usted en mi puesto. ¡Adiós, mademoiselle! —le besó la mano, exactamente igual que sir Charles Grandison hubiera besado la de Harriet Byron*, y añadió—: Si la muerte me la dieran estos dedos, no carecería de encanto.

—*Mon dieu!* —musitó Frances, abriendo mucho sus grandes ojos y levantando las arqueadas cejas—. *C'est qu'il fait des compliments! Je ne m'y sois pas attendu.*** —Esbozó una sonrisa entre la ira y el alborozo, hizo una reverencia con gracia propia de una extranjera y así se despidieron.

En cuanto llegamos a la calle, Hunsden me agarró del cuello.

—¿Y esa era tu zurcidora de encajes? —dijo—. ¿Y acaso crees que le haces un favor ofreciéndote a casarte con ella? ¡Tú, vástago de los Seacombe, has demostrado que desprecias las distinciones sociales eligiendo a una *ouvrière!**** ¡Y yo, que te había compadecido, pensando que te habías dejado llevar por los sentimientos, perjudicándote a ti mismo con una boda impropia!

—Suélteme la ropa, Hunsden.

---

* Sir Charles Grandison es el protagonista de la novela homónima de Samuel Richardson de 1753-1754.
 ** —¡Cuántos cumplidos! No me lo esperaba.
 *** Mujer trabajadora, obrera.

En lugar de hacerme caso, me zarandeó, así que lo agarré por la cintura. Era de noche; la calle estaba vacía y sin luz. Forcejeamos, y después de caer y rodar por el pavimento, y de levantarnos con dificultad, convinimos en seguir con mayor seriedad.

—Sí, ésa es mi zurcidora de encajes —dije—, y será mía para siempre, Dios mediante.

—Dios no media en nada, ya deberías saberlo. ¿Cómo te atreves a encontrar una compañera tan adecuada? Y que además te trata con respeto y te llama «monsieur», y modula la voz al hablarte, ¡como si fueras de verdad alguien superior a ella! No habría mostrado mayor deferencia a alguien como yo aunque la Fortuna le hubiera sonreído hasta el extremo de ser mi elegida en lugar de la tuya.

—Es usted un impertinente. Pero sólo ha visto la primera página de mi felicidad; no conoce la historia que hay a continuación; no es capaz de concebir el interés, la dulce variedad y la apasionada emoción del relato.

En voz baja y grave, pues habíamos llegado a una calle más transitada, Hunsden me conminó a guardar silencio, y me amenazó con hacer algo horrible si seguía azuzando su ira con mi jactancia. Yo me eché a reír hasta que me dolieron los costados. Pronto llegamos a su hotel; antes de entrar, me dijo:

—No te vanaglories. Tu zurcidora de encajes es demasiado buena para ti, pero no lo bastante para mí: no alcanza mi ideal de mujer ni física ni moralmente. No; yo sueño con algo superior a esa pequeña helvecia de rostro pálido y carácter irritable (por cierto, tiene mucho más de la típica parisina vital y expresiva que de una robusta *Jungfrau*[*]). Mademoiselle Henri tiene un físico *chétive*[**] y un intelecto *sans caractère*, comparada con la reina de mis visiones. Sin duda tú puedes conformarte

---

[*] Doncella.
[**] Enclenque.

con ese *minois chiffonné**, pero cuando yo me case quiero unas facciones más rectas y armoniosas, por no hablar de una figura más noble y desarrollada que la de esa muchacha perversa y escuálida.

—Soborne a un serafín para que le traiga una brasa ardiente del Cielo**, si así lo desea —dije—, e insufle vida con ella en la mujer más alta, gorda y rubicunda de las que pintaba Rubens. A mí déjeme con mi *peri**** alpina, que no siento ninguna envidia.

Con un movimiento simultáneo, ambos nos dimos la espalda. Ninguno de los dos dijo «que Dios le bendiga»; sin embargo, al día siguiente todo un mar habría de separarnos.

---

* Carita graciosa.
** Véase Isaías 6, 6.
*** Según la mitología persa, uno de los descendientes de los ángeles caídos, hechos de fuego. En un principio eran criaturas maléficas, pero luego pasaron a ser hermosas y benevolentes.

CAPÍTULO XXV

Al cabo de dos meses, se cumplió el período de luto por la tía de Frances. Una mañana de enero, la primera de las vacaciones del Año Nuevo, fui a la Rue Notre-Dame-aux-Neiges en coche de alquiler, acompañado tan sólo por monsieur Vandenhuten, y tras apearme solo y subir las escaleras, encontré a Frances esperándome con un atuendo muy poco apropiado para aquel gélido día. Hasta entonces no la había visto nunca vestida de otro color que no fuera el negro o algún otro tono oscuro, y allí estaba, de pie junto a la ventana, toda de blanco, envuelta en un tejido de la más diáfana textura. El traje era sencillo, sin duda, pero resultaba impresionante y festivo, por ser tan claro, completo y vaporoso. Se cubría la cabeza con un velo que le llegaba hasta las rodillas; una pequeña corona de flores rosas lo sujetaba a su gruesa trenza griega y caía suavemente a ambos lados del rostro. Aunque parezca extraño, estaba o había estado llorando. Cuando le pregunté si estaba lista, me contestó: «Sí, monsieur», conteniendo un sollozo, y cuando cogí un chal que había sobre la mesa y se lo coloqué sobre los hombros, no sólo le rodaron libremente las lágrimas por las mejillas, sino que reaccionó a mis atenciones temblando como una hoja. Le dije que lamentaba verla tan deprimida y le pedí que me permitiera conocer el motivo. Ella se limitó a decir que le era imposible evitarlo; luego, dándome la mano voluntariamente, pero con cierta precipitación, salió de la habitación conmigo y bajó corriendo las escaleras con paso inseguro, como quien está impaciente por acabar de una vez con un asunto tremebundo. La ayudé a subir al coche; monsieur Vandenhuten la recibió y la sentó a su lado. Una vez en la capilla protestante, oficiaron uno de los servicios del devocionario, y salimos de allí convertidos en marido y mujer. Monsieur Vandenhuten entregó a la novia.

No hubo viaje de novios; nuestra modestia, protegida por nuestra pacífica y oscura condición social y la grata circunstancia de nuestra soledad, hacían innecesaria esa precaución. Nos retiramos de inmediato a una pequeña casa que había alquilado en el *faubourg** más cercano a la zona de la ciudad donde desempeñábamos nuestra vocación.

Tres o cuatro horas después de la ceremonia de boda, Frances se había despojado del níveo vestido de novia, se había puesto un bonito vestido lila de tejido más cálido, un provocativo delantal de seda negra, un cuello de encaje ribeteado de cinta de color violeta, y se había arrodillado sobre la alfombra de nuestra salita, pulcramente amueblada, aunque no muy espaciosa. Estaba colocando en los estantes de una *chiffonnière* los libros que había sobre la mesa y que yo le iba dando. Fuera nevaba con fuerza. La tarde se había vuelto desapacible; el cielo plomizo parecía cargado de ventiscas y en la calle la blanca nieve llegaba ya a la altura del tobillo. En nuestra chimenea ardía un buen fuego, nuestra nueva morada resplandecía de limpieza. Los muebles estaban todos en su sitio, y no quedaban por colocar más que unos cuantos objetos de cristal y porcelana, así como unos libros, etcétera, tarea que tuvo ocupada a Frances hasta la hora

---

* Suburbio.

del té; luego, después de que yo le explicara de manera clara cómo se hacía una taza de té al razonable estilo inglés y después de que ella superara la consternación producida por la extravagante cantidad de té que echaba en la tetera, me preparó una auténtica comida británica, para la que no faltaron las velas, ni el recipiente que mantenía caliente el té, ni el amor de la lumbre, ni las comodidades.

Nuestra semana de vacaciones terminó y nos reincorporamos al trabajo. Tanto mi mujer como yo nos empleamos a fondo, convencidos de que éramos trabajadores destinados a ganarnos el pan con el sudor de nuestra frente y de la manera más ardua. Teníamos siempre unos días muy ajetreados. Solíamos despedirnos a las ocho de la mañana para no volver a vernos hasta las cinco de la tarde, pero ¡qué dulce reposo nos aguardaba al final del bullicio diario! Al venirme ahora a la Memoria, veo las veladas que pasábamos en aquella salita como una ristra de rubíes ciñendo la oscura frente del Pasado. Eran tan inmutables como cada una de las gemas talladas, y al igual que ellas, ardían y brillaban.

Transcurrió un año y medio. Una mañana (era fiesta y teníamos el día entero para nosotros), repentinamente, como acostumbraba hacer cuando había estado meditando mucho tiempo una cosa y, finalmente, tras llegar a una conclusión, deseaba probar su validez con la piedra de toque de mi discernimiento, Frances me dijo:

—No trabajo lo suficiente.

—¿A qué viene eso? —pregunté, alzando la vista del café, que estaba removiendo despacio mientras disfrutaba por adelantado pensando en el paseo que me proponía dar con Frances aquel bonito día de verano (era junio), para llegarnos hasta cierta granja, en el campo, donde íbamos a comer—. ¿Qué pasa? —repetí, y en la seria vehemencia de su rostro, vi enseguida un proyecto de vital importancia.

—No estoy satisfecha —respondió—. Ahora gana ocho mil francos al año, monsieur —era cierto; mi empeño, mi puntualidad, la fama de los progresos de mis alumnos, la publicidad de mi puesto me habían ayudado a medrar—, mientras que yo sigo con mis miserables mil doscientos francos. Puedo ganar más y pienso conseguirlo.

—Trabajas tanto y con tanta diligencia como yo, Frances.

—Sí, monsieur, pero no trabajo en la dirección correcta, estoy convencida.

—Quieres cambiar. Tienes un plan para mejorar. Ven, ponte el sombrero y me lo cuentas mientras paseamos.

—Sí, monsieur.

Fue a ponerse el sombrero, dócil y bien educada, igual que una niña. Frances era una curiosa mezcla de ductilidad y firmeza. Yo seguí sentado, pensando en ella, preguntándome cuál sería su plan, hasta que vino a buscarme.

—Monsieur, le he dado permiso a Mimie (nuestra *bonne*) para que salga ella también, ya que hace tan buen día. Así que, ¿tendrá la amabilidad de cerrar la puerta y coger la llave?

—Déme un beso, señora Crimsworth —fue mi respuesta, no demasiado apropiada. Estaba tan seductora con su ligero vestido veraniego y su pequeño sombrero de paja, su manera de hablarme era tan natural y elegantemente respetuosa que mi corazón se expandía al verla, y me pareció necesario un beso para satisfacer su insistencia.

—Ahí lo tiene, monsieur.

—¿Por qué me llamas siempre monsieur? Llámame William.

—No sé pronunciar bien la W. Además, monsieur le sienta bien. Lo prefiero.

Mimie salió con una cofia limpia y un bonito chal, y también nos fuimos nosotros, dejando la casa solitaria y silenciosa, o al menos sólo se oía el tictac del reloj. Pronto llegamos a las afueras; nos recibieron los campos, y luego los caminos alejados de las *chaussées** donde resonaban las ruedas de los carruajes. Al poco rato dimos con un precioso rincón, tan rural, tan verde y resguardado, que parecía sacado de alguna provincia inglesa. Un terraplén cubierto de corta hierba musgosa, bajo un espino, nos ofreció un asiento demasiado tentador para rechazarlo. Nos sentamos y, después de admirar y examinar unas flores silvestres de apariencia inglesa que crecían a nuestros pies, recordé a Frances el tema que había surgido durante el desayuno.

¿Cuál era su plan? El más natural: el siguiente paso que debíamos dar o, al menos, que debía dar ella si quería ascender en su profesión. Me propuso que abriéramos una escuela. Disponíamos ya de los medios para empezar a pequeña escala, puesto que habíamos vivido por debajo del nivel de nuestros ingresos. También poseíamos una amplia y escogida selección de relaciones que podían ser provechosas para nuestra profesión, pues, si bien nuestro círculo de amistades seguía siendo tan reducido como siempre, éramos muy conocidos como profesores en escuelas y entre muchas familias. Cuando Frances me explicó su plan, expresó en las últimas frases sus esperanzas para el futuro. Si seguíamos teniendo buena salud y un éxito aceptable, estaba segura de que, con el tiempo, lograríamos hacer fortuna, quizá incluso antes de que fuéramos demasiado viejos para disfrutarla. Entonces descansaríamos los dos, ¿y qué nos impediría irnos a vivir a Inglaterra? Inglaterra seguía siendo para ella la Tierra Prometida.

No puse el menor obstáculo en su camino; no objeté nada. Sabía que Frances no podía vivir callada e inactiva, siquiera relativamente. Necesitaba deberes que cumplir, y que fueran importantes; necesitaba trabajo que hacer, y que fuera estimulante,

---

* Carreteras.

absorbente, provechoso. Grandes facultades se agitaban en su interior, exigiendo alimento y ejercicio. No sería mi mano la que permitiera que murieran de hambre ni la que les cortara el vuelo. No, me deleitaba ofreciéndoles sustento y despejándoles el camino para la acción.

—Has trazado un plan, Frances —dije—; es un buen plan. Ponlo en práctica; tienes mi consentimiento, y siempre que necesites mi ayuda, pídemela y estaré ahí.

Los ojos de Frances me dieron las gracias casi con lágrimas: apenas un par de centelleos que pronto fueron enjugados. También se apoderó de mi mano y la apretó un rato entre las suyas, pero no dijo nada más que:

—Gracias, monsieur.

Pasamos un día divino y volvimos tarde a casa, iluminados por la luna llena estival.

Diez años se agolpan ahora ante mí con sus alas polvorientas, vibrantes e inquietas; años de ajetreo, de actividad, de infatigable empeño; años en los que mi mujer y yo nos lanzamos de lleno a la carrera del Progreso, tal como avanza el Progreso en las capitales europeas, y apenas conocimos el descanso; éramos ajenos a la diversión, no pensábamos jamás en caprichos. Sin embargo, a medida que se desarrollaba nuestra vida en común, marchando cogidos de la mano, no murmuramos jamás, no nos arrepentimos, ni vacilamos. Ciertamente la Esperanza nos animaba, la salud nos sostenía, la armonía de pensamiento y obra allanaba muchas dificultades y, finalmente, el éxito otorgaba de vez en cuando una alentadora recompensa a la laboriosidad. Nuestra escuela se convirtió en una de las más populares de Bruselas y, a medida que mejoramos nuestras condiciones y nuestro sistema educativo, la admisión de alumnos se hizo más exquisita, y finalmente acogió a los hijos de las mejores familias de Bélgica. También teníamos una excelente conexión en Inglaterra, que debíamos a las recomendaciones que el señor Hunsden inició por su parte. Durante una visita, y después de haberme insultado con palabras inflexibles por mi prosperidad, regresó a Inglaterra y no tardó mucho en enviarnos a una serie de jóvenes herederas de ...shire, sus primas, para que «las pula la señora Crimsworth», como decía él.

En cuanto a la señora Crimsworth, en cierto sentido se convirtió en otra mujer, aunque en otro sentido siguiera siendo la misma. Tan diferente era según las circunstancias que acabé hallándome bajo la impresión de tener dos mujeres. Sus talentos naturales, que ya había descubierto antes de casarme con ella, siguieron frescos y puros, pero surgieron con fuerza otros atributos, se esparcieron y cambiaron por completo el carácter externo de la planta. Firmeza, actividad e iniciativa cubrieron con su grave follaje el sentimiento y el ardor poéticos, pero estas flores seguían allí, siempre puras y frescas, a la sombra de los nuevos retoños y una naturaleza más consistente. Tal vez fuera yo la única persona en el mundo que conocía el secreto de su existencia, pero para mí estaban siempre dispuestas a despedir una exquisita fragancia y a ofrecerme una belleza tan sobria como radiante.

Durante el día, madame la directora gobernaba mi casa y la escuela como una mujer majestuosa y elegante cuya frente mostraba sus muchas preocupaciones y cuyo serio rostro era la imagen de una dignidad calculada. Inmediatamente después del desayuno, solía despedirme de esa dama, me iba a mi colegio y ella se iba a su aula. En el transcurso del día, regresaba a casa una hora, y la encontraba siempre en clase, diligentemente ocupada, y trabajando en silencio, con aplicación y disciplina. Cuando no estaba dando clases, supervisaba y guiaba mediante miradas y gestos. Entonces parecía vigilante y solícita. Cuando instruía, su aspecto era más animado; parecía disfrutar con su trabajo. Se dirigía a sus alumnas en un lenguaje que no era nunca árido ni trillado, pese a su sencillez. No utilizaba fórmulas rutinarias, sino que improvisaba sus propias frases; que resultaban con frecuencia muy enérgicas e impresionantes. A menudo, cuando aclaraba alguna de sus dudas favoritas sobre geografía o historia, se volvía realmente elocuente en su dedicación; sus alumnas, o al menos las mayores y las más inteligentes, sabían reconocer el lenguaje de un intelecto superior, también percibían sus elevados sentimientos, que dejaron huella en algunas de ellas. Había pocas palabras afectuosas entre maestra y alumnas, pero con el tiempo algunas de las alumnas de Frances llegaron realmente a quererla, y todas le tenían un gran respeto. Con ellas se mostraba seria por lo general, benéfica algunas veces, cuando la complacían con sus progresos y su atención, y siempre escrupulosamente cortés y considerada. Cuando se hacía necesario censurar o castigar, solía ser muy tolerante, pero si alguna se aprovechaba de su indulgencia —cosa que ocurría a veces—, su severidad estricta, súbita y rápida como una centella, enseñaba a la culpable hasta qué punto era grande el error cometido. Algunas veces, una chispa de ternura suavizaba sus ojos y sus modales, pero eso no solía ocurrir, salvo cuando alguna alumna estaba enferma, o cuando sentía nostalgia de su casa, o si se trataba de una niña huérfana de madre, o tan pobre, en comparación con sus compañeras, que su exiguo vestuario y su ruin asignación suscitaban el desprecio de las jóvenes condesas enjoyadas y de las señoritas vestidas con sedas. Sobre estos débiles polluelos, la directora extendía un ala de bondadosa protección. Era al lecho de aquellas niñas al que acudía por las noches para arroparlas; era a ellas a quieres buscaba en invierno para asegurarse de que tuvieran siempre un sitio cómodo junto a la estufa; era a ellas a las que llamaba por turno al salón para darles un trozo de pastel o de fruta, para que se sentaran en un escabel junto a la chimenea, para que disfrutaran de las comodidades de un hogar, y casi también de sus libertades, pasando la velada junto a ella. Les hablaba entonces con serenidad y en voz baja, las consolaba, las animaba y mimaba. Y cuando llegaba la hora de acostarse, les daba las buenas noches con un afectuoso beso. En cuanto a Julia y Georgiana G., hijas de un baronet inglés, en cuanto a mademoiselle Mathilde de..., heredera de un condado belga, y muchas otras niñas de sangre aristocrática, la directora se preocupaba por ellas como por las otras, esperaba verlas progresar, igual que a las otras, pero no se le pasó jamás por la cabeza distinguirlas con una muestra de preferencia. Sólo llegó a sentir un sincero afecto por una muchacha de sangre noble, una joven baronesa irlandesa, lady Catherine..., pero fue por su ánimo entusiasta y su inteligencia, por su generosidad y su genio; el título y el rango no le decían nada.

Mis tardes se desarrollaban también en el colegio, con excepción de una hora que me exigía diariamente mi mujer para su centro, y de la que no quería prescindir de ninguna de las maneras. Decía que yo tenía que pasar ese tiempo entre sus alumnas para conocerlas mejor, para estar *au courant* de todo lo que ocurría en la escuela, para interesarme por lo que le interesaba a ella, para poder darle mi opinión sobre asuntos espinosos cuando me lo pidiera, cosa que hacía a menudo. No permitía jamás que mi interés por sus alumnas decreciera, ni hacía cambios importantes sin mi conocimiento ni mi permiso. Le encantaba sentarse a mi lado cuando daba mi clase (de literatura), con las manos unidas sobre las rodillas, poniendo más atención que ninguna de las presentes. Muy pocas veces se dirigía a mí durante la clase; cuando lo hacía, era con un aire de marcada deferencia. Sentía placer y alegría en tenerme a mí como Maestro en todo.

Mis deberes diarios concluían a las seis de la tarde, y a esa hora volvía siempre a casa, pues mi hogar era mi Paraíso. Cuando entraba en nuestra sala de estar privada, la directora se desvanecía ante mis ojos y Frances Henri, mi pequeña zurcidora de encajes, era devuelta mágicamente a mis brazos. Grande habría sido su decepción si su maestro no hubiera sido tan fiel a la cita como ella y si no hubiera tenido presto el beso para responder a su suave *Bon soir, monsieur*

No dejó de hablarme en francés, y más de un castigo recibió por su terquedad. Me temo que no debí de elegir los castigos con buen criterio, pues, en lugar de corregir la falta, parecían alentarla. Las veladas eran nuestras, un esparcimiento necesario para reponer fuerzas y cumplir debidamente con nuestro deber. Algunas veces las dedicábamos a conversar, y mi joven ginebrina, ahora que estaba acostumbrada ya totalmente a su profesor inglés, ahora que lo amaba demasiado para tenerle miedo, depositaba en él una confianza tan ilimitada que no podía haber para él tema de conversación que no fuera motivo de comunión con el corazón de su esposa. En aquellos momentos, feliz como un pájaro con su pareja, me mostraba ella el ímpetu, el regocijo y la originalidad de su bien dotada naturaleza. Guardaba asimismo ciertas reservas de sarcasmo, de *malice*, y a veces me mortificaba, se burlaba de mí, me pinchaba por lo que ella decía que eran mis *bizarreries anglaises*, mis *caprices insulaires*[*], con una maldad perversa e ingeniosa que la convertía en un auténtico diablillo mientras duraba. No obstante, estas ocasiones eran raras, y su insólita transformación en duende siempre era breve. A veces, cuando recibía un varapalo en la guerra verbal, pues su lengua hacía plenamente justicia al fundamento, el sentido y la delicadeza de su francés nativo —idioma en el que siempre me atacaba—, solía revolverme contra ella con mi antigua decisión y detener físicamente al duende que me hacía chanzas. ¡Vana idea! En cuanto la sujetaba a ella por el brazo o la mano, el duende se esfumaba, la sonrisa provocativa

---

[*] Extravagancias inglesas... caprichos insulares.

se apagaba en sus expresivos ojos castaños y un rayo de amable homenaje brillaba bajo los párpados. Atrapaba a un hada irritante y me encontraba en los brazos con una mujer mortal, sumisa y suplicante. Entonces la obligaba a coger un libro y le imponía la penitencia de leerme en inglés durante una hora. Frecuentemente le prescribía una dosis de Wordsworth; este poeta pronto la sosegaba. Frances tenía ciertas dificultades para comprender la profundidad, la serenidad y la sobriedad de su espíritu. Tampoco su lenguaje era fácil para ella; tenía que hacer preguntas, pedir explicaciones, volver a ser una niña y reconocerme a mí como maestro y director. Su instinto interpretaba y adquiría rápidamente el significado de autores más ardientes e imaginativos: Byron la emocionaba; le encantaba Scott. Sólo Wordsworth era un misterio para ella, y vacilaba en expresar su opinión sobre él.

Pero tanto si me leía como si me hablaba; tanto si se mofaba de mí en francés como si me suplicaba en inglés; tanto si bromeaba con ingenio como si preguntaba con deferencia; tanto si narraba con interés como si escuchaba con atención; tanto si se reía de mí como si reía conmigo, a las nueve en punto siempre me abandonaba. Se desprendía de mis brazos, se alejaba de mí, cogía su lámpara y se marchaba. Su misión estaba arriba. La he seguido en ocasiones para contemplarla. Primero abría la puerta del *Dortoir* (el dormitorio de las alumnas), entraba sigilosamente en la larga habitación y recorría el pasillo entre las dos hileras de blancas camas para supervisar a todas las durmientes. Si había alguna despierta, sobre todo si estaba triste, le hablaba para apaciguarla; se quedaba unos minutos para asegurarse de que todo estaba tranquilo; comprobaba la lámpara que ardía toda la noche en la estancia; y luego se marchaba, cerrando la puerta sin hacer ruido. Desde allí se dirigía a nuestro dormitorio, donde había un pequeño gabinete; hacia allí encaminaba sus pasos; también había allí una cama, pero muy pequeña. Su rostro (la noche que la seguí para observarla) cambió cuando se acercó a este pequeño lecho, pasando de la gravedad a una tierna preocupación. Tapando con una mano la lámpara que sostenía, se inclinó sobre la almohada para mirar a un niño dormido, cuyo sueño (aquella noche al menos, y creo que habitualmente) era profundo y sosegado; ninguna lágrima humedecía sus oscuras pestañas, ni la fiebre encendía sus carrillos, ni pesadilla alguna alteraba sus facciones incipientes. Frances lo contempló; no sonreía; sin embargo, una profunda felicidad iluminaba todo su semblante, un sentimiento intenso y placentero se adueñaba de su ser, que aun así permanecía inmóvil. Pero vi su pecho latir, sus labios entreabiertos, su respiración algo entrecortada. El niño sonrió, y al fin sonrió también la madre y dijo en voz baja: «¡Dios bendiga a mi hijo!». Se inclinó para posar un levísimo beso sobre la frente infantil, cogió su mano minúscula y, por fin, se incorporó para alejarse. Llegué a la sala de estar antes que ella. Frances entró dos minutos más tarde y dijo en voz baja, al dejar la lámpara ya apagada:

—Victor duerme bien; me ha sonreído en sueños. Tiene su sonrisa, monsieur. —El susodicho Victor era, claro está, nuestro hijo, nacido durante el tercer año de nuestro matrimonio. Se le había puesto ese nombre en honor de monsieur Vandenhuten, nuestro querido y fiel amigo.

Frances era una buena esposa para mí, porque yo era un marido bueno, justo y fiel para ella. ¿Qué habría sido de ella si se hubiera casado con un hombre rudo, envidioso y negligente, con un derrochador, un borracho o un tirano? Ésta fue la pregunta que le propuse un día, y su respuesta fue, después de meditarla:

—Durante un tiempo habría intentado soportar el mal o curarlo y, cuando se hubiera hecho intolerable e incurable, habría abandonado a mi torturador súbitamente y en silencio.

—¿Y si te hubieras visto obligada a volver con él por ley o por fuerza?

—¿Cómo? ¿Con un borracho, un derrochador, un egoísta, un estúpido injusto?

—Sí.

—Habría vuelto. Me habría asegurado de si su vicio y mi sufrimiento tenían remedio, y en caso de que no lo tuvieran, habría vuelto a alejarme.

—¿Y si una vez más te hubieras visto obligada a regresar, y forzada a vivir con él?

—No lo sé —se apresuró a decir ella—. ¿Por qué me lo pregunta, monsieur?

Insistí en obtener respuesta porque vi un espíritu extraño en sus ojos, cuya voz estaba resuelto a despertar.

—Monsieur, si una mujer aborrece al hombre con el que está casada, el matrimonio es una esclavitud, y cuantos piensan cuerdamente se rebelan contra la esclavitud. Aunque la tortura fuera el precio de la resistencia, a la tortura habría de arriesgarme; aunque el camino hacia la libertad pasara por las puertas de la Muerte, esas puertas habría de franquear, puesto que la libertad es indispensable. Así pues, monsieur, resistiría hasta donde me alcanzaran las fuerzas, y cuando las fuerzas me fallaran, recordaría que siempre queda un último refugio. Sin duda la Muerte me protegería tanto de las malas leyes como de sus consecuencias.

—¿Una muerte voluntaria, Frances?

—No, monsieur. Tendría el coraje para soportar todos los sufrimientos que me deparara el Destino, y principios para luchar por la Justicia y la Libertad hasta el fin.

Ya veo que no habrías sido una paciente Griselda*. Y ahora, suponiendo que el Destino te hubiera asignado tan sólo; el papel de solterona; ¿qué te habría parecido el celibato?

* Uno de los modelos de sumisión femenina, que describen tanto Boccaccio en el *Decamerón* como Chaucer en *Los cuentos de Canterbury*.

—No gran cosa, desde luego. Sin duda la vida de una solterona es inútil e insípida, su corazón está vacío, y seco. Si hubiera sido una solterona, habría dedicado mi existencia a intentar llenar el vacío y mitigar el sufrimiento. Seguramente habría fracasado y habría muerto cansada, decepcionada, despreciada e ignorada, como tantas otras mujeres solteras. Pero no soy una solterona —añadió rápidamente—. Estaba destinada a no ser de otro más que de mi maestro; jamás habría agradado a otro hombre que no fuera el profesor Crimswoth; ningún otro caballero, francés, inglés o belga, me habría considerado agradable o bella, y dudo que a mí me hubiera importado la aprobación de los demás aunque hubiera podido obtenerla. Hace ocho años que soy la mujer del profesor Crimsworth, ¿y qué es él a mis ojos? ¿Es un hombre amado, honorable...? —se interrumpió, con la voz quebrada y velados de pronto sus ojos. Estábamos los dos de pie, uno junto al otro; me rodeó con sus brazos y me estrechó contra su corazón con apasionamiento. En sus ojos oscuros y dilatados brillaba la energía de todo su ser y teñía de color carmesí sus mejillas. Su mirada y su gesto fueron como una inspiración, pues en una había brillo y en el otro, intensidad.

Media hora después, cuando se hubo calmado, le pregunté adónde había ido aquel vigor desbordante que la había transformado, haciendo su mirada tan ardiente y excitante y su gesto tan fuerte y expresivo. Ella bajó la vista, sonriendo levemente.

—No sé adónde ha ido —dijo pasivamente—, pero sé que volverá siempre que se le pida.

Contémplanos ahora, al final de los diez años. Hemos hecho fortuna. La rapidez con la que hemos logrado nuestro objetivo se debe a tres razones. En primer lugar, que trabajamos muy duramente para conseguirlo. En segundo lugar, no contrajimos deudas que retrasaran nuestro éxito. En tercer lugar, en cuanto tuvimos capital para invertir, dos hábiles consejeros, uno en Bélgica y otro en Inglaterra, a saber, Vandenhuten y Hunsden, nos aconsejaron el tipo de inversiones que debíamos elegir. Sus sugerencias eran juiciosas; basándonos en ellas, actuamos con prontitud. El resultado fue provechoso; huelga decir hasta qué punto; los detalles se los comuniqué a los señores Vandenhuten y Hunsden, a nadie más pueden interesar. Con las cuentas zanjadas y tras habernos retirado de la profesión, considerando que no teníamos a Mamón por amo, ni queríamos pasar la vida a su servicio, y dado que nuestros deseos eran moderados y nuestras costumbres nada ostentosas, ambos convinimos en que podíamos vivir en la abundancia y legársela a nuestro hijo, y que además debíamos tener siempre a mano una balanza que, adecuadamente gobernada por una caridad bien entendida y una actividad desinteresada, pudiera ayudar a la Filantropía en sus empresas y ofrecer recursos a la Beneficencia.

Resolvimos trasladarnos a Inglaterra, adonde llegamos sanos y salvos; Frances vio cumplido el sueño de toda su vida.

Dedicamos todo un verano y un otoño a viajar de punta a punta de las islas británicas, y luego pasamos el invierno en Londres. Decidimos entonces que había llegado el momento de fijar nuestra residencia. Mi corazón anhelaba volver a su condado natal de ...shire, y es en ...shire donde ahora vivo; es en la biblioteca de mi propia casa donde ahora escribo. Mi casa se halla en medio de una región aislada y bastante montañosa a treinta millas de X, región cuyo verdor el humo de las fábricas no ha conseguido aún mancillar, cuyas aguas discurren aún puras, cuyos ondulados páramos conservan en algunos de los valles cubiertos de helechos que se extienden entre ellos su naturaleza primitiva, su musgo, sus helechos, sus jacintos silvestres, la fragancia de los juncos y del brezo, y sus brisas frescas. Mi casa es una vivienda pintoresca y no demasiado grande, con ventanas bajas y alargadas, con un tupido emparrado sobre la puerta principal que, justo ahora, en esta noche estival, parece un arco de hiedra y rosas. El jardín está cubierto de césped en su mayor parte, nacido de la tierra de las colinas, con una hierba corta y suave como el musgo, llena de flores peculiares en forma de estrellas minúsculas, incrustadas en el minucioso bordado de su fino follaje. Al final de la pendiente del jardín hay un portillo que se abre a un sendero tan verde como el jardín, muy largo, sombreado y solitario; en este sendero suelen aparecer las primeras margaritas de la primavera que le dan nombre, Daisy[*] Lane, que sirve también para distinguir la casa. Termina (el sendero, quiero decir) en un valle boscoso; el bosque, principalmente de robles y hayas, extiende su sombra sobre la vecindad de una antiquísima mansión, un edificio isabelino mucho más grande y antiguo que Daisy Lane, propiedad y residencia de un individuo familiar tanto para mí como para el lector. Sí, en Hunsden Wood —pues así se llama esa propiedad y ese edificio gris con muchos gabletes y chimeneas— vive Yorke Hunsden, aún soltero, supongo que por no haber encontrado aún a su ideal, aunque yo conozco al menos a veinte señoritas en un radio de cuarenta millas que estarían dispuestas a ayudarle en la búsqueda.

La propiedad fue a parar a sus manos tras la muerte de su padre, hace cinco años. Abandonó la industria tras haber ganado con ella el dinero suficiente para pagar ciertas deudas que gravaban la herencia familiar. Digo que tiene aquí su residencia, pero no creo que viva en ella más de cinco meses al año, porque vaga de país en país y pasa parte del invierno en Londres. Cuando viene a ...shire suele hacerlo acompañado y sus visitantes son a menudo extranjeros. En ocasiones se trata de un metafísico alemán, otras de un erudito francés. Una vez recibió a un italiano descontento y de aspecto feroz que no sabía cantar ni tocar ningún instrumento y del que Frances afirmaba que tenía *tout l'air d'un conspirateur*[**]. Todos los ingleses a los que Hunsden invita son

---

[*] *Daisy* en inglés es «margarita».
[**] Toda la pinta de un conspirador.

de Manchester, o bien de Birmingham, hombres duros y que, al parecer, no tienen más que un único pensamiento, pues solamente saben hablar del libre comercio. Los visitantes extranjeros también son políticos, pero su charla se ciñe a un tema más amplio: el progreso europeo, la expansión de las ideas liberales por el continente. En sus tablillas mentales, los nombres de Rusia, Austria y el Papa están grabados con tinta roja. A algunos de ellos les he oído hablar con energía y buen juicio. Sí, he estado presente en discusiones políglotas en el antiguo comedor revestido de roble de Hunsden Wood; en ellas se apreciaba una singular visión de los sentimientos que abrigaban personas decididas respecto a los viejos despotismos del norte y las supersticiones del sur, aún más viejas. También oí muchas estupideces, sobre todo en francés y en alemán, pero pasémoslas por alto. El propio Hunsden se limita a tolerar las tonterías de los teóricos; con los hombres prácticos parece confabulado, de palabra y obra.

Cuando Hunsden está solo en el Wood (lo que ocurre muy raras veces), suele venir a Daisy Lane dos o tres veces por semana. Tiene un motivo filantrópico para venir a fumarse su cigarro bajo nuestro emparrado en las noches de verano: dice que lo hace para matar las tijeretas de los rosales, insectos que, según afirma, nos habrían invadido ya de no haber sido por sus benévolas fumigaciones. También en los días de lluvia solemos esperar su llegada. Afirma que sólo es cuestión de tiempo que consiga volverme loco, atacando mis puntos débiles, o para obligar a la señora Crimsworth a que saque al dragón que lleva dentro, insultando la memoria de Hofer[*] y Tell.

También nosotros frecuentamos Hunsden Wood, y tanto Frances como yo disfrutamos enormemente de nuestras visitas. Si hay otros invitados, siempre es interesante estudiar sus carac-

---

[*] Andreas Hofer (1767-1810) encabezó la revuelta del Tirol contra franceses y bávaros, pero finalmente fue traicionado y ejecutado.

teres; su conversación es extraña y estimulante; la ausencia de provincianismo tanto en el anfitrión como en su selecta compañía da a la charla una libertad y una amplitud casi cosmopolitas. Hunsden es un hombre cortés en su propia casa; cuando decide utilizarla, tiene una inagotable capacidad para entretener a sus invitados. También su mansión es interesante; las estancias parecen históricas y sus pasillos legendarios; las habitaciones de techo bajo, con sus largas hileras de celosías en forma de diamante, tienen el aire encantado del viejo mundo, pues en sus viajes ha ido coleccionando objetos de arte que ha distribuido con gusto por sus estancias revestidas de madera o tapices. He visto allí uno o dos cuadros y una o dos estatuas que cualquier aficionado aristocrático habría envidiado.

Cuando Frances y yo cenamos y pasamos la velada con Hunsden, después suele acompañarnos a casa. Su bosque es inmenso y algunos de los árboles son centenarios; hay en él senderos sinuosos que, atravesando brezos y claros, hacen bastante largo el camino de vuelta a Daisy Lane; más de una vez, favorecidos por la luna llena y una noche apacible, cuando además cierto ruiseñor ha cantado y cierto arroyo oculto entre alisos ha prestado a la canción un suave acompañamiento, oímos las doce campanadas de la iglesia de una aldea, a una distancia de diez millas, antes de que el señor del bosque nos deje en nuestra puerta. Fluye su charla libremente a tales horas y mucho más amable y reposada que durante el día y ante otras personas. Se olvida entonces de la política y el debate para charlar sobre épocas pretéritas, de su casa, de su historia familiar, de sí mismo y de sus sentimientos, temas todos ellos a los que confiere un celo especial, pues son todos únicos. Una espléndida noche de junio, después de que yo hubiera bromeado sobre su novia ideal, preguntándole cuándo llegaría para insertar su belleza extranjera en el viejo roble de Hunsden, éste me respondió de repente:

—Dices que es un ideal, pero mira, aquí tengo su sombra, y no puede haber sombra sin cuerpo.

Nos había conducido desde las profundidades del sendero sinuoso hasta un claro del que se habían retirado las hayas para dejar el cielo al descubierto; la luz de la luna bañaba el claro y Hunsden alzó hacia ella una miniatura de marfil.

Frances la examinó primero con avidez, luego me la dio a mí, pero acercando su rostro al mío para ver en mis ojos qué pensaba del retrato. Me pareció que representaba un rostro femenino muy hermoso y peculiar, con «facciones rectas y armónicas», tal como había dicho él mismo en una ocasión. Era de tez morena; los cabellos negros como el azabache, apartados no sólo de la frente sino también de las sienes, parecían echados hacia atrás descuidadamente, como si su belleza los dispensara de... no, despreciara todo peinado. Los ojos italianos miraban directamente al que los contemplaba con una mirada resuelta e independiente. La boca era tan firme como fina, lo mismo que el mentón. En el dorso de la miniatura había una inscripción con letras doradas: «Lucia».

—Es un busto auténtico —concluí. Hunsden sonrió.

—Ya lo creo —replicó—. Todo en Lucia era auténtico.

—¿Y era una mujer con la que le habría gustado casarse pero no podía?

—Desde luego, me hubiera gustado casarme con ella, y el hecho de que no me casara demuestra que no podía.

Hunsden volvió a apoderarse de la miniatura, que tenía de nuevo Frances, y la guardó.

—¿Qué piensa usted de ella? —preguntó a mi mujer, abrochándose la chaqueta.

—Estoy segura de que Lucia en otro tiempo llevó cadenas y las rompió —fue su extraña respuesta—. No me refiero a las cadenas del matrimonio —añadió, corrigiéndose, como si temiera ser mal interpretada—, sino a algún tipo de cadenas sociales. Tiene el rostro de quien ha hecho un gran esfuerzo y ha salido triunfante para liberar un talento enérgico y precioso de una restricción insoportable; y cuando el talento de Lucia quedó libre, estoy convencida de que desplegó sus grandes alas y la llevó más alto de lo que... —vaciló.

—Siga —pidió Hunsden.

—Más alto de lo que *les convenances* le permitían a usted seguirla.

—Creo que se está volviendo usted maliciosa, impertinente.

—Lucia ha pisado los escenarios teatrales —prosiguió Frances—. Usted no tuvo nunca la intención de casarse con ella; admiraba su originalidad, su intrepidez, su vitalidad; se deleitaba con su talento, fuera éste cual fuera: el canto, el baile o la interpretación dramática; idolatraba su belleza, que respondía a sus deseos; pero estoy segura de que pertenecía a una esfera social en la que usted no había pensado jamás en buscar esposa.

—Ingenioso —comentó Hunsden—. Si es cierto o no, ésa es otra cuestión. Mientras tanto, ¿no le parece que su pequeña lámpara de alcohol palidece ante una *girandole** como la de Lucia?

—Sí.

—Al menos es sincera. Y el profesor, ¿se cansará pronto de la luz que usted le proporciona?

—¿Se cansará usted, monsieur?

—Mi vista ha sido siempre demasiado débil para soportar una fuerte llama, Frances. —Habíamos llegado al portillo.

He dicho hace unas cuantas páginas que aquélla era una agradable noche de verano, y lo era. A una serie de días radiantes, siguió el más radiante de todos. En mis campos acababan de recoger el heno, y su perfume seguía suspendido en el aire. Fran-

---

* Soporte para velas con varios brazos, en forma de candelabro o de aplique de pared.

ces me había propuesto un par de horas antes tomar el té en el jardín; veo la mesa redonda con el servicio de porcelana, colocada bajo cierta haya. Esperamos a Hunsden... Ya le oigo llegar. Ésa es su voz, sentando cátedra sobre algún tema con autoridad; la voz de Frances responde; está en desacuerdo con él, por supuesto. Discuten sobre Victor; Hunsden afirma que su madre está haciendo de él un gallina. La señora Crimsworth replica: «Prefiero mil veces que sea un gallina a que sea lo que él, Hunsden, llama "un buen mozo"», y añade que «si Hunsden residiera siempre en la vecindad y no fuera tan sólo un cometa que viene y va, nadie sabe cómo, ni dónde, ni cuándo, ni por qué, ella no estaría tranquila hasta que hubiera mandado a Victor a una escuela a cien millas por lo menos porque con sus máximas rebeldes y sus dogmas abstractos, echaría a perder una veintena de niños». Tengo algo que decir sobre Victor antes de terminar este manuscrito y dejarlo sobre mi mesa, pero habré de ser breve porque oigo el tintineo de la plata en la porcelana.

Victor tiene tanto de niño bonito como yo de hombre apuesto o su madre de belleza. Es pálido y enjuto, de ojos grandes, oscuros como los de Frances y hundidos como los míos. Sus proporciones son simétricas, pero es menudo de talla. Su salud es buena. Jamás he visto a un niño sonreír menos que él, ni a ninguno que muestre tan formidable ceño cuando lee un libro que le interesa o cuando escucha cuentos de aventuras, peligros y maravillas narrados por su madre, Hunsden o yo mismo. Pero, aunque reservado, no es infeliz; aunque serio, no es malhumorado; es susceptible a las sensaciones placenteras en tan alto grado que alcanza el entusiasmo. Aprendió a leer con el anticuado método del cuaderno de caligrafía en el regazo de su madre, y dado que lo consiguió sin esforzarse con ese método, ella no creyó necesario comprarle letras de marfil, ni ninguno de los demás estímulos para leer que hoy en día se consideran indispensables.

Cuando aprendió a leer, se convirtió en un devorador de libros, y aún lo es. Ha tenido pocos juguetes y nunca ha querido más; por los que posee parece haber desarrollado una predilección equivalente al afecto. Los sentimientos que dirige a algunos de los animales domésticos de la casa son casi apasionados.

El señor Hunsden le regaló un cachorro de mastín al que llamó Yorke en su honor. El cachorro se convirtió en un espléndido perro, cuya fiereza, sin embargo, se vio alterada por la compañía y las caricias de su joven amo, que no quería ir a ninguna parte ni hacer nada sin él: Yorke yacía a sus pies mientras estudiaba las lecciones, jugaba con él por el jardín, paseaba con él por el sendero y el bosque, se sentaba junto a su silla en las comidas, se alimentaba siempre de su mano, era la primera cosa que buscaba por la mañana. Y la última que dejaba por la noche. Un día Yorke acompañó al señor Hunsden a X y le mordió en la calle un perro que tenía la rabia. En cuanto Hunsden lo trajo a casa y me informó de esta circunstancia, salí al jardín y lo maté de un tiro allí mismo, mientras se lamía la herida: murió en el acto; no me había visto levantar la escopeta, pues me había colocado detrás de él. Apenas diez minutos después de que volviera a entrar en casa, unos sonidos angustiosos me golpearon los oídos, y salí al jardín una vez más, ya que era de allí de donde procedían. Victor estaba arrodillado junto a su mastín muerto, abrazado a su macizo cuello y sumido en un arrebato de la más terrible congoja. Me vio.

—¡Oh, papá! ¡No te perdonaré nunca! ¡No te perdonaré nunca! —exclamó—. Has matado a Yorke, lo he visto desde la ventana. Nunca pensé que pudieras ser tan cruel. ¡Ya no te quiero!

Le expliqué con voz firme la imperiosa necesidad de aquel acto, extendiéndome en profusión de detalles. Sin embargo, con ese acento amargo e inconsolable, imposible de transcribir, pero que a mí me traspasó el corazón, repetía:

—Podría haberse curado. Deberías haberlo intentado. Deberías haber quemado la herida con un hierro candente, o frotarla con sosa cáustica. No has esperado, y ahora es demasiado tarde. ¡Está muerto!

Victor se desplomó sobre el cadáver del perro. Aguardé pacientemente durante un buen rato hasta que quedó agotado por el llanto, y luego lo levanté en brazos y se lo llevé a su madre, convencido de que sabría consolarlo mejor. Frances había presenciado toda la escena desde una ventana; no quiso salir por miedo a que sus emociones se desbordaran y aumentaran mis dificultades, pero estaba dentro, esperándolo. Lo estrechó contra su bondadoso corazón, acurrucándolo en su amable regazo. Durante un rato lo consoló sólo con los ojos, los labios y su dulce abrazo, y luego, cuando disminuyeron los sollozos, le dijo que Yorke no había sufrido y que, si le hubiéramos dejado expirar de forma natural, habría tenido un espantoso fin. Sobre todo, le dijo que yo no era cruel (pues esta idea parecía causar un indescriptible dolor al pobre Victor), que era mi afecto por Yorke y por él mismo lo que me había hecho actuar así y que ahora me partía el corazón verle llorar desconsoladamente.

Victor no habría sido digno hijo de su padre si estas consideraciones, si estos razonamientos susurrados en tono tan dulce y acompañados de caricias tan cariñosas y miradas tan llenas de compasión no hubieran producido en él efecto alguno. Sí lo produjeron. Se tranquilizó, apoyó el rostro en el hombro de su madre y se quedó quieto, abrazado a ella. Poco después, alzó la vista, pidió a su madre que le volviera a contar todo lo que le había dicho sobre que Yorke no había sufrido y que yo no era cruel, y cuando estas balsámicas palabras se repitieron volvió a descansar la mejilla sobre su seno y de nuevo se quedó tranquilo.

Unas horas más tarde vino a verme a la biblioteca. Me preguntó si le perdonaba y si deseaba reconciliarme con él. Abracé al muchacho y lo retuve un buen rato, y después tuve con él una larga charla, en el curso de la cual me descubrió muchas emociones y sentimientos que aprobaba, si bien es cierto que en él hallé pocas de las características de un «buen mozo»; eran escasos los destellos de ese ánimo que quiere destacar tras una copa de vino o que enciende las pasiones hasta extinguirlas en su fuego; pero vi en la tierra abonada de su corazón las semillas incipientes de la compasión, la lealtad y el afecto, y descubrí en el jardín de su intelecto una rica cosecha de saludables principios: razón, justicia, coraje prometían, si no se agostaban, un fértil carácter. Así pues, besé con orgullo su ancha frente y sus mejillas —pálidas aún por las lágrimas— y me despedí de él ya consolado. Sin embargo, lo vi al día siguiente echado sobre el túmulo bajo el cual Yorke había sido enterrado, con las manos cubriéndose el rostro. Su melancolía duró varias semanas, y pasó más de un año antes de que quisiera oír hablar de tener otro perro.

Victor aprende deprisa. Pronto tendrá que ir a Eton, donde sospecho que sus dos primeros años serán absolutamente desdichados: abandonar a su madre, a mí y a esta casa le destrozará el corazón; las novatadas[*] no le sentarán nada bien; pero la emulación, la sed de conocimientos, la gloria del éxito le servirán de acicate y recompensa con el tiempo. Mientras tanto, siento una fuerte aversión a fijar el momento en que habré de arrancar de raíz mi única rama de olivo y trasplantarla lejos de mí, y cuando hablo a Frances sobre este tema, me escucha con una especie de dolor resignado, como si aludiera a una horrible operación que la aterroriza, pero su fortaleza no le permite retroceder. Sin embargo, este paso ha de darse, y se dará, pues, aunque Frances no convertirá a su hijo en un gallina, le acostumbrará a un trato, a una indulgencia, a un cariño que no recibirá de nadie más. Ella comprende,

---

[*] Se trata en realidad de un ejercicio de jerarquía típico de los colegios británicos, por el que un alumno debe servir de criado para un alumno mayor.

igual que yo, que en el temperamento de Victor hay una especie de energía eléctrica que de vez en cuando emite chispas ominosas. Hunsden lo llama su espíritu, y dice que no ha de ser domeñado. Yo lo llamo la chispa de Adán, y considero que hay que apagarla, quizá no a latigazos, pero sí con una férrea disciplina, y que todo sufrimiento mental o corporal que sirva para inculcarle radicalmente el arte del autodominio estará bien empleado. Frances no da nombre a ese algo que hay en el carácter acusado de su hijo, pero cuando asoma en el rechinar de dientes, en el brillo de los ojos, en la sublevación de los sentimientos contra la decepción, el infortunio, un súbito pesar o una supuesta injusticia, lo estrecha contra su pecho o lo lleva a pasear por el bosque y razona con él como cualquier filósofo, y a la razón Victor se muestra siempre accesible. Luego su madre lo mira con los ojos del amor, y con amor se puede infaliblemente someter a Victor, pero ¿acaso serán la razón y el amor las armas con las que en el futuro el mundo reaccionará ante su violencia? ¡Oh, no! Porque, a cambio de ese destello de sus ojos negros, de esa nube que ensombrece su hermosa frente, de esa compresión de sus labios carnosos, el muchacho recibirá algún día golpes en lugar de lisonjas y patadas en lugar de besos; luego los ataques de ira muda que debilitarán su cuerpo y enajenarán su alma merecen la dura prueba de un sufrimiento merecido y saludable, de la que espero saldrá convertido en un hombre mejor y más sabio (en eso confío).

Lo estoy viendo ahora, de pie junto a Hunsden, que está sentado en el jardín bajo el haya. La mano de Hunsden descansa sobre el hombro del muchacho y le está inculcando al oído Dios sabe qué principios. Victor tiene un agradable aspecto en este momento, ya que escucha con una especie de interés sonriente y nunca se parece tanto a su madre como cuando sonríe. ¡Lástima que sonría tan poco! Victor siente un gran aprecio por Hunsden, mayor de lo que considero deseable, dado que es bastante más intenso, decidido e indiscriminado del que he sentido yo mismo por ese personaje. También Frances lo contempla con una especie de angustia no expresada. Cuando su hijo se apoya en las rodillas de Hunsden o en su hombro, revolotea a su alrededor con movimientos inquietos, como una paloma protegiendo a sus polluelos de un halcón. Dice que desearía que Hunsden tuviera hijos, porque entonces comprendería mejor el peligro de incitar su orgullo y tolerar todas sus debilidades.

Frances se acerca a la ventana de la biblioteca, aparta la madreselva que la cubre a medias y me dice que el té está servido. Viendo que sigo ocupado, se acerca a mí en silencio y pone su mano sobre mi hombro.

—*Monsieur est trop appliqué*[*].

—Pronto acabo.

Frances acerca una silla y se sienta a esperar que acabe. Su presencia es tan placentera para mi espíritu como el perfume del heno fresco y las flores fragantes, como el resplandor del sol poniente, como el sosiego del atardecer estival para mis sentidos.

Pero entra Hunsden. Oigo sus pasos y allí está, asomándose por la ventana después de apartar la madreselva sin miramientos, estorbando a dos abejas y una mariposa.

—¡Crimsworth! ¡Crimsworth! Quítele esa pluma de la mano, señora, y oblíguele a levantar la cabeza...

—¿Sí, Hunsden? Le escucho.

—Ayer estuve en X. Tu hermano Ned se está haciendo rico con la especulación ferroviaria; en el Piece Hall[**] le llaman el especulador. Y he tenido noticias del señor Brown; monsieur y madame Vandenhuten piensan venir a verle el mes que viene con Jean Baptiste. También menciona a los Pelet. Dice que su armonía doméstica no es la mejor del mundo, pero que en cuanto al

[*] —El señor trabaja demasiado.
[**] Lugar donde se vendían los paños en piezas.

negocio *on ne peut mieux**, circunstancia que, en su opinión, bastará para consolarles de cualquier pequeño enfado. ¿Por qué no invitas a los Pelet a ...shire, Crimsworth? Me gustaría ver a tu primer amor, Zoraïde. No se ponga usted celosa, señora, pero debo decirle que estaba perdidamente enamorado de esa dama. Lo sé de buena tinta. Brown dice que ahora pesa ochenta kilos. Ya ve lo que se ha perdido, señor profesor. Bien, monsieur y madame, si no vienen ahora mismo a tomar el té, Victor y yo empezaremos solos.

—¡Papá, ven!

---

* No les puede ir mejor.